여러분의 '오늘'과
　　좋은 계절 보내시기를
　　강영숙

KB212143

송이야,

행복하렴.

　　조해진

앞바다에게 남복을.
2024 가을, 나의남도.

아름다운 조각들에게
　　박 수 연

당신과
나란히 걷고 싶어요
안보윤

진심을 담아......
　　강 태 식

당신의 소중한
　　조각들에게
　　이승온

2024
김승옥문학상
수상작품집

2024
김승옥문학상
수상작품집

문학동네

|차례|

대상 조경란 그들 ··· 007
작가노트 | 생각하는 일
리뷰 | 권희철 타임아웃

신용목 양치기들의 협동조합 ··· 063
작가노트 | 혐오하는 동안 사랑해버린 나에 대한 혐오가
리뷰 | 김경욱 지구가 스스로 돈다는 거짓말

조해진 내일의 송이에게 ··· 113
작가노트 | 어제를 겪고 오늘을 지나 내일을 살아갈 송이들에게
리뷰 | 하성란 너는 어떻게 살았느냐는 안부

반수연 조각들 ··· 149
작가노트 | 조각이지만 온전한
리뷰 | 김화영 수평 맞추기와 나사 조이기

안보윤 그날의 정모 ··· 189
작가노트 | 그러면 안 될 것 같은데
리뷰 | 권여선 누가 더 위험하지?

강태식 그래도 이 밤은 ⋯ 233
작가노트 | 서원에게
리뷰 | 이승우 견디게 하는 이야기

이승은 조각들 ⋯ 279
작가노트 | 소중한 무언가에 대한
리뷰 | 백지은 가슴에 손을 얹고

2024 김승옥문학상
김승옥문학상 취지 ⋯ 321
심사 경위 및 심사평 ⋯ 323

대상

/

조경란

그들

작가노트

생각하는 일

리뷰 | 권희철

타임아웃

조경란

1996년 동아일보 신춘문예에 단편소설 「불란서 안경원」이 당선되어 등단. 문학동네작가상, 오늘의 젊은 예술가상, 현대문학상, 동인문학상, 이상문학상 등 수상. 소설집 『불란서 안경원』『나의 자줏빛 소파』『코끼리를 찾아서』『국자 이야기』『풍선을 샀어』『일요일의 철학』『언젠가 떠내려가는 집에서』『가정 사정』, 장편소설 『식빵 굽는 시간』『가족의 기원』『혀』『복어』, 중편소설 『움직임』, 짧은 소설집 『후후후의 숲』, 산문집 『조경란의 악어 이야기』『백화점—그리고 사물·세계·사람』『소설가의 사물』이 있다.

© 한정구

그들

1

종소는 양파를 물에 담가두고 뒤를 돌아다봤다. 어머니는 식탁에 앉아 돋보기를 끼고 조간신문을 읽고 있어야 했다. 싱크대에서 식탁까지 겨우 네 걸음, 그 정도의 거리에서 분명히 어머니를 보고 있어도 가슴이 무거워질 때가 있는데. 지금 어머니는 방에 있다. 어머니가 닫은 방문을, 종소가 물기 묻은 손을 앞치마에 문지르곤 다시 걸어가서 한 뼘쯤 열어두고 왔다. 그런데도 어머니가 도로 문을 닫을까봐 신경이 쓰였다. 후배에게 돌아가신 어머니 이야기를 들어서만은 아니어도 그 영향이 크기는 했다.

일주일에 두 번, 오늘같이 강의가 없는 월요일과 금요일이면 종소는 후배의 출판사에 가서 일을 도왔다. 출판사 사정이 어려워졌다는 말을 후배가 어렵게 꺼낸 지난달까지는. 그날 후배와 출판사 앞 중식당에서 술을 마셨고 자리가 길어졌다. 후배가 어머니 이야기를 꺼냈을 때 종소는 술이 다 깨는 기분이었다. 지난해 장례식장에서 들었던 사인과는 달랐다. 후배는 주먹으로 눈가를 꾹 누르며 말했다. 선배, 어머니를 방에 혼자 두지 마. 종소는 후회했다. 후배가 그런 이야기를 할 줄 알았다면 그 자리에 나가지 않았을지 모른다. 사람들은 마흔아홉의 아들이 노인 우울증 진단을 받은 어머니와 단둘이 사는 삶을 알지 못해서인지 하고 싶은 말들을 거리낌없이 해버리는 경향이 있었다. 후배가 털어놓은 고백은 종소에게는 조금도 도움이 되지 않는 이야기에 속했다. 그러나 무슨 이유에선가 종소는 고개를 끄덕이고 말았다. 자신에게도 그런 가슴 아픈 일이 생긴다면 누군가에게 말하고 싶어질지도 몰라서.

어머니는 종소에게 채소를 손질하기 전에 물에 오 분쯤 담가놓으라고 가르쳤다. 오 분이 지나자 종소는 양파를 체망에 건져내곤 수도꼭지를 틀었다. 너무 세지 않게. 물소리. 종소는 그 소리를 외면하곤 양파를 깨끗하게 씻는 데 마음을 쏟으려고 했다. 희고 둥글고 싱싱한 것을 만지고 있는데도 기분을 바꾸는 데는 도움이 되지 않았다. 후배의 이야기가 종소가 가진 두려움을 부추기는 것 같았다.

종소가 서른다섯 살 되던 해에 아버지가 돌아가신 이후 어머니와 둘이 산 지 십사 년이 되었다. 십사 년. 그사이 종소는 실연을 한 번 했고 중년이 되었으며 전립선 때문에 수술을 했고 임용

10

에 실패했고 할 줄 아는 요리가 늘었으며 어머니가 싫어하는 것과 좋아하는 것을 제대로 구분하게 되었다. 그런 사람이 되는 데만 해도 그만큼이나 시간이 걸렸다는 게 믿기지 않는 밤도 있었다. 어머니가 좋아하는 것 중 하나는 거실 창을 열고 햇빛이 들어오는 이 인용 소파에 앉아 해를 쬐는 일이었다. 얼마 전까지는. 이제 그 자리는 거추장스러울 정도로 커다란 난 화분이 차지하게 되었고 어머니는 마땅한 자리를 찾지 못한 사람처럼 좁은 거실을 서성거리다 방으로 들어가버렸다.

이 주 전 어머니의 팔순 생일 때 일찍이 집을 떠나 뉴질랜드에 정착해 사는 누나가 화분을 배송시켰다. 그렇게 큰 화분을 받기는 처음이었다. 택배 기사가 간신히 내려놓고 간 화분을 종소는 좀 어이없는 눈으로 보다가 줄자로 키를 재보기까지 했다. 커다랗고 흰 나비 같은 꽃송이들이 주렁주렁 달린 호접란이었는데 화분 받침부터 맨 위에 핀 꽃까지 구십오 센티미터나 되었다. 화분에 난을 키우는 방법이 적힌 메모가 붙어 있었다. 바람과 햇빛이 잘 통하는 장소에 놓아두어야 한다는. 어머니는 창가 소파에서 일어났고, 종소가 화분을 밀다시피 해 소파에 앉으면 발이 닿는 바닥 자리에 두었다. 누나에게서 연락이 왔다. 결제할 때 원화를 헷갈려서 잘못 눌렀다고, 이왕 이렇게 된 거 잘 키워보라고. 누나는 아버지 장례식 이후 집에 한 번밖에 오지 않았다. 멀리 떨어져 사는 자식은 막상 집에 무엇이 필요한지, 부모가 무엇을 필요로 하는지 잘 모른다. 종소는 말을 하려다 말았다. 누나, 어머니가 좋아하는 건 이런 게 아니고 소금이야, 간수가 잘 빠진 천일염.

화분이 빛을 가려 아침에 현관 앞쪽으로 밀어두었는데 조금 전, 점심을 먹고 소파에 가 앉으려던 어머니는 우두커니 서선 화분을 창가로 옮기는 게 좋겠다, 하며 종소를 봤다. 종소가 가만히 있자 한마디 더 했다. 우리집 같은 데 두긴 너무 크고 아까운 화분이구나.

어머니는 지금 방에 계신다. 자꾸 뒤를 돌아다봐야 화랑이나 회사 로비 같은 데 어울릴 만한 희고 커다란 호접란 화분만 보일 뿐이었다. 금요일의 어머니가 그 화분으로 변신이라도 한 것처럼. 어머니는 아침 일찍 햇양파 한 망과 청양고추 한 봉지를 사왔다. 장아찌를 담그고 싶다는 말이었다. 양파장아찌를 좋아한 건 아버지가 아니라 어머니였나. 종소는 그런 일에는 소질이 있었다. 어머니와 둘이 먹을 반찬들을 만들어 사각 유리통에 담아 냉장고에 차곡차곡 넣어두는 일. 어머니는 당신의 외아들이 더 나은 사람이 되리라고 믿은 적이 있겠지만. 누군가의 기대에, 스스로의 기대에 못 미치게 사는 일에도 종소는 자신이 소질이 있다고 여겼다.

방에서 어머니는 혼자 무슨 생각을 하는 걸까. 더는 상담도 받지 않고 약도 먹지 않겠다고 결정한 어머니는. 아버지의 죽음이 늙어가는 어머니의 우울증을 유발했다고 종소는 확신하고 있었다.

어머니가 알려준 대로 계량한 간장과 원당, 고추씨, 생수와 매실액을 냄비에 넣고 불을 켰다. 방문을 닫는 소리가 들린 것 같았다. 아직 일어나지 않은 일에 대한 불안들이 늘 공기처럼 따라다녔다. 종소는 어머니 방 앞으로 가서 귀를 기울였다. 잠을 주무시려는 걸까. 아무 소리도 들리지 않았다. 방문을 열기가 겁이 났다. 언제부터인가 그랬다. 양쪽 귀가 거의 들리지 않았던 후배의 어머니가 내린 마지막 결정을 내 어머니도 할 수 있다고 상상하면 숨이 막히는 듯했다.

장아찌를 담가놓고 어머니와 주민센터 옆 놀이터까지 산책하고 올 생각이었다. 어머니를 집으로 다시 모셔놓곤 페트병과 맥주 캔을 챙겨 회수 로봇이 있는 데에 다녀오려고 했다. 이것이 오늘, 4월 셋째 주 금요일에 할 일이었다. 이런 자잘한 계획을 세우면 다른 때는 불안이 조금 잦아들곤 했으니까.

검은 간장 물이 부글부글 끓어올랐다. 어떤 사람들은 불안 없이 사나, 두려움 없이 사는 사람도 있을까, 그런 사람에게는 자신에게 부족한 무엇이 있을까. 열여덟 평 집안이 간장 냄새로 찼고 그 쿰쿰한 냄새가 생각을 멈추게 하려는 듯해서 종소는 입술을 꽉 다물었다. 한 사람이 떠올랐다. 잊고 있었던 건 아니었다. 내가 이선생을 선택하지 않은 것뿐입니다, 라고 종소에게 통보하듯 말했던 사람. 종소는 자신의 감정에 인과가 없다고 알아차려도 수정할 마음이 들지 않았다. 감정은 뜻밖의 방향으로 튀었고 종소는 그걸 가만히 지켜보았다. 지난 삼 년간 이런 때를 기다려왔는지도 몰랐다.

나는 누군가에게 두려움을 느끼게 할 수 있는 사람이다.

종소는 그 말을 확인하듯 읊조렸고 그런 자신을 타이르지도 않았다. 그가 한 말을 잊을 수가 없고 평생 그러리란 걸 알았다. 너무 짠 맛은 얼마나 쓰디쓴가. 식초를 넣기 전에 간을 본 종소는 간

장 물을 냄비째 개수대에 쏟아버리며 생각했다. 아무래도 그를
찾아가야겠다고.

2

영주가 보기에 남편은 말할 때면 중심을 피해 가려는 버릇이
있었다. 정확하게 짚어야 하는 중요한 문제에 직면했을 때도. 상
현의 학교에 불려갈 때도 남편은 그랬다. 나보다는 당신이 사람
들에게 더 편하다는 인상을 주니까. 학교에 영주가 가면 좋겠다
는 말을 그런 식으로 전하는 남편에게 영주는 이번엔 고개를 흔
들었다. 그 일만은 하고 싶지 않았다. 상현을 조금이나마 이해하
고 싶지도, 변명해주고 싶지도 않았다. 영주가 한 번 거절하면 남
편은 금방 알아들었다. 그건 예전과 달라지지 않은 점이었다. 된
밥을 좋아하지 않는 식성도. 전기밥통에 문제가 생겼는지 밥이
되거나 설익은 채로 완성되다 어느 때는 괜찮아졌다. 패킹이 헐
거워졌나본데. 남편이 우물거리며 식탁에서 일어났다.

일요일 여섯시였다. 남편은 저녁을 일찍 먹는 편이었고 영주는
그렇지 않았다. 일인분의 상을 치우는데 남편이 말했다. 같이 가
면 어떨까 싶어서. 학원에 상현을 데리러 가는 길이었다. 일요일
마다. 영주는 싱크대 앞에서 남편을 돌아봤다. 처음 만났던 이십
대 때부터 쓰기 시작한 굵고 검은 뿔테안경과 각이 진 조금 큰 얼
굴 때문인지 남편은 전체적으로 무뚝뚝해 보이는 인상이었다. 영

주가 한때 마음에 들어했으며 무뚝뚝한 게 아니라 우직하게 보였던. 상현을 저 사람과 낳았다. 자신이 또다른 시험에 든 것처럼 느껴지게 하는 아들을. 상현이 무슨 일을 저질러도 남편은 어떻게든 그애를 보호할 테고 만약 상현에게 이 세상에서 너를 제일 아끼는 사람이 누구일까? 라고 묻는다면 일 초도 망설이지 않고 아빠, 라고 말하리라. 남편은 그런 아빠였고 부자가 그런 관계라는 점은, 영주에겐 한걸음 물러나 바라볼 수 있는 그 적당한 거리에 자신을 안전하게 내려놓을 수 있게 했다. 담임선생에게서 전화가 걸려왔을 땐 그 거리를 두 배쯤, 아니 할 수 있다면 닿을 수 없을 만큼 늘리고 싶다고 원하게 만들었고.

남편에게 고개를 저어 보이며 영주는 손을 씻었다. 세탁소도 가야 하고. 그다음 말은 잇지 않았다. 남편은 어쩐지 영주의 생각을 봐버린 듯 고개를 끄덕이더니 상체가 발달한 몸을 재게 움직여 현관 밖으로 나갔다.

엘리베이터 소리가 사라질 때까지 현관 안쪽에서 기다렸다가 영주는 소파에 앉았다. 잠시 후 다시 끝자리로 옮겨 앉았다. 오늘은 카페 휴무일이다. 며칠 전부터 밖에 혼자 나가는 일도 겁이 나고 카페 문이 열릴 때마다 조용히 놀라고는 했다. 영주는 소파에서 등을 떼고 휴대전화를 열어보았다. 어머니에게서도, 다른 사람에게서도 새로 온 메시지는 없었다. '알았어'. 낯선 사람이 그런 메시지를 보냈다. 알았어.

영주는 선생님에게 긴 메시지를 썼다. 십 년 전의 전화번호로. 십 년 동안 선생님을 잊다시피 했고 오십대로 막 접어들었고 교수 부인으로 불리며 살았고 상현을 키웠고 카페 주인이 되었고 선생님이 새로 낸 책의 기사를 신문에서 보았다. 카페는 주로 오후에 나가지만 아르바이트생의 사정에 따라 오픈을 맡아야 할 때도 있었다. 출근 시간이 지나면 손님이 한 사람도 없을 때가 있기도 했다. 그럴 때면 여행을 간 것처럼 평소엔 하지 않던 일이 하고 싶어졌고 잊고 살았던 사람들이 떠올랐다. 남편에게도 친구들에게도 보여줄 수 없는 마음이 솟구치는 시간도 그런 때였다. 그런 마음을 너무 눌러놓으면 언젠가 크게, 너무 크게 터져버려 수습할 수 없어질 거라는, 지금껏 지켜온 생활이 모두 무너져버릴 거란 불안이 들었다. 영주는 길고도 긴 이야기를 선생님에게 썼다. 글자 수가 많아 전송에 실패했고 두 번에 걸쳐서 나누어 보냈다. 십 년 동안의 이야기를.

휴대전화 번호가 바뀌었을지도 모른다고 짐작한 건 그날 저녁이 다 돼서였다. 영주가 기억하는 선생님이라면 답장을 하지 않을 리가 없었다. 바쁘신 걸 거야. 영주는 에스프레소를 내리고 아이스크림을 컵에 담고 쿠키를 정리했다. 손님들이 많았다. 밤 아홉시쯤 선생님 번호로 답장이 왔다. 알았어. ……그건 선생님의 말투가 아니었다. 마침표도 없었다. 순간적으로 얼굴이 달아오르고 등에 땀이 났다. 영주가 보낸 메시지엔 선생님의 책 제목과 카페 상호도 있었다. 문맥을 보면 남편이 모르는 관계라는 점도 짐작할 터였다. 선생님과 자신의 개인정보가 온전히 드러난 내용이었다. 가슴이 쿵쾅거렸다. 상대방은 무슨 뜻으로 알았어, 라는 단답형의 문자를 보냈을까.

알았어. 그 묘한 반말투에서 영주는 두려움을 느꼈고 거기에 사로잡혔다. 순식간에 이런 상상에 빠져들었다. 알았어, 내가 너란 여자 얼굴 한번 보러 갈게. 알았어, 너 그렇게 외롭다고? 알았어, 네 인생이 너무 허무한 거 같다고? 알았어, 그만 징징거려, 이런 배부른 소리.

카페 문이 열릴 때마다 영주는 남의 눈에 띄지 않게 자신이 비틀거린다고 느꼈다. 흉기를 든 누군가 씩 웃으며 당신이 그 여자지? 하고 달려들 것 같았다. 험악한 사건들이 발생할 때마다 영주는 기사에서 보고 저장해둔 흉기 난동시 행동 요령을 외웠다. 그냥 서 있으면 표적이 될 가능성이 크므로 주변 물건을 휘둘러 안전거리를 확보해야 하고 소리쳐 도움을 요청하는 게 최선이라는.

영주는 에코백을 둘둘 말아 머리를 받치고 소파에 누웠다. 아무 소리도 들리지 않는 집이 낯설었다. 몸을 웅크리며 돌아눕다가 영주는 깨달았다.

선생님이 전화번호를 바꾸었고 선생님의 새 전화번호를 모른다는 상실감은 그 알았어, 라는 단문 사이로 완전히 사라지고 말았다고.

3

오래된 사층짜리 건물 일층에 있는 카페는 테이블과 의자를 제외하곤 인테리어라고 할 만한 게 없어서 한편으로는 주인이 너무

애를 쓰지 않는다는 느낌마저 들었다. 상호도 그저 그랬다. 직사각형 내부에 공간을 넓게 두고 이 인용과 사 인용 테이블이 각각 두 개씩 벽에 붙어 있고 카운터가 있는 맞은편 벽면으로는 벽면을 바라보고 앉는 긴 테이블을 놓았다. 그리고 출입구 왼쪽에는 창가 자리가 하나 있었다. 벽에 등을 대고 테이블에 앉지 않으면 실내 전체를 보기 어려운 구조였다. 카운터에서 본다면 모두가 한눈에 들어오는 단순하고 길쭉한 형태였지만. 종소는 미리 점찍어둔 자리에 가서 앉았다. 가운데 이 인용 테이블이었고 벽을 등지는 자리라 실내도 보이고, 거기 드나드는 누구라도 자신을 알아볼 수 있는 자리였다. 테이블들을 치우고 책장만 들이면 카페는 작은 작업실 같을 거라고 상상했다. 옆자리엔 교복 차림을 한 여학생 둘이 노트북으로 인강을 듣고 있었다. 종소도 노트북을 꺼내 중간고사 채점을 하거나 책을 꺼내 읽을 수도 있었다. 보통 다른 카페에서 그러듯. 오늘은 아니었다. 오늘의 목적은 그게 아니었고 종소는 가능하면 이 카페에 자주 와서 앉아 있을 작정이었다. 아무것도 하지 않으면서. 가능하면 최교수를 오래 두렵게 만드는 방식으로.

사장으로 보이는 사람이 다가와 테이블에 커피를 내려놓았다. 그럴 마음이 아니었는데 종소는 고개를 들어 그 사람을 올려다봤다. 소매를 걷어올린 흰 셔츠에 하늘색 앞치마를 둘렀고 왼쪽 눈 밑에 점이 두드러졌다. 부스스한 파마머리를 하나로 헐렁하게 묶은 사장이 예의상 조금 웃는 눈으로 이렇게 말하는 듯했다. 우리 카페에 처음 오신 분이네요. 쟁반을 마치 방패처럼 가슴 앞으로 올린 채.

종소가 잔을 들어올리자 사장이 카운터로 돌아갔다. 카페 출입구 왼쪽 작은 공간에 심어놓은 고추, 가지, 상추 모종, 나팔꽃 들이 눈에 들어왔다. 보통은 입간판을 세워두는 곳 같은데 구태여 땅을 파내고 우격다짐으로 모종을 심어놓은 것처럼 보였다. 커피에서 초콜릿맛과 오렌지 향이 났다. 한 번, 이 카페에 와볼 기회도 있었다. 입시 채점을 일찍 마치고 최교수를 포함해 몇몇 인문대 교수, 조교들과 독문학과 양교수 연구실에서 와인을 마시다가 학교 앞 식당으로 자리를 옮겨 모두 만취한 날. 종소가 알기론 최교수 부인이 카페를 개업한 지 얼마 안 됐을 시기였다. 일행들은 편의점에서 와인을 사서 카페로 몰려갔고 그날 아버지 제사가 아니었다면 종소도 갔을지 몰랐다.

그러나 종소는 며칠 전에 이 카페 사장을 본 적이 있었다.

일요일, 어머니가 초저녁잠이 든 걸 확인한 후 종소는 장승배기로 가는 버스를 탔다. 집에서부터 삼십여 분쯤 걸리는 곳이었다. 처음 가서 어정쩡한 모습을 보여주는 게 내키지 않아 마스크를 쓰고 카페 앞까지 가볼 계획이었다. 카페는 일요일 휴무라고 나와 있었다. 버스 정류장에서부터는 주택가 골목의 언덕을 지나야 했는데 언덕이라기보다는 아주 좁은 골목이었고 경사가 심했다. 아래에서 긴 치마를 입은 한 여자가 올라오는 게 보였다. 오른손에 뭔가를 들곤 입에 댔다가 떼어내길 반복하면서. 손동작을 보니 걸으면서 담배를 피우는 것 같았다. 그것도 좁은 골목에서. 종소가 싫어하는 유의 사람이었다. 종소는 인상을 썼다. 여자와 거리가 가까워졌을 때 종소는 눈을 얼른 내려뜨리고 고개를 숙여버렸다. 여자가 손에 들고 있는 건 담배가 아니라 아이스크림이었다. 여자가 종소 옆을 지날 때 녹은 아이스크림 바에서 몇 방울이 떨어졌다.

　길을 제대로 찾은 건 그 여자를 지나치고 삼십 분도 넘어서였다. 불이 꺼진 카페에서 아까 그 아이스크림 여자가 테이블에 턱을 괴고 앉은 모습을 몰래 보듯 보게 된 것도. 여자는 추워서 그러는 듯 한 손을 목뒤로 넘겨 등에 늘어진 긴 머리를 모아 잡더니 셔츠 안으로 집어넣었다. 어깨를 웅크린 여자는 우는 사람처럼 보였다. 조금 떨어진 데서 보면 사람들은 외롭거나 슬퍼 보였다. 그렇게 보이는 건 자신에게 문제가 있어서라고 종소는 여겼다.

　사장이 커피를 테이블에 내려놓을 때 종소는 그래서 가슴이 조금 뛰었다.

4

　저 사람, 언제부터 우리 카페에 왔어?

　영주가 창가에 앉자마자 남편이 물었다. 목소리가 갈라져 들렸다.

　당신, 아는 사람이구나.

　우리 학과에 겸임으로 있다 나간 이선생이야.

　아이스크림 가게에 재즈가 흘러나왔다. 아이스크림과 재즈. 그건 유치원에서 고전영화를 틀어주는 것과 같을지 모른다고 생각했지만 영주는 그 조합에 몰두할 수 없었다. 남자는 키도 작고 체구도 왜소한 사람이었다. 여러 명이 벽에 밀치면 그대로 힘없이 압박당하고 말 것처럼. 영주는 고개를 몇 번 흔들다가 물었다.

저 사람이 뭘 잘못한 거야?

남편은 양손을 들어올려 안경다리를 만지작거렸다. 그 작은 손으로. 영주는 얼른 시선을 돌렸다. 결혼을 결정한 건 남편의 작은 손 때문이라는 걸 아는 사람은 선생님밖에 없었다. 아버지의 크고 두꺼운 손을 두려워했으니까. 굵은 팔뚝에 비해 균형이 맞지 않을 정도로 작고 가는 남편의 손을 잡으면 안심이 되었다. 그 손을 잡은 지 너무 오래되었지만. 남편은 말이 없었다.

그 남자. 남편이 이선생이라고 말한 남자는 지금 카페에 꼼짝하지도 않은 채 앉아 있고 그들은 자신들의 카페를 나와 맞은편 아이스크림 가게 창가에 나란히 앉아 있었다. 그건 영주가 원한 방식이 아니었지만 남편은 조금 전 카페 문을 열곤, 그 남자를 한번 보곤, 제대로 본 게 맞는지 다시 확인하는 듯하다가, 뭔가를 피하려는 사람같이 도로 밖으로 나가더니 영주에게 메시지를 보냈다. 잠깐 얘기 좀 하자고.

남자는 4월 마지막 주에만 카페에 세 번이나 왔다. 대략 오후 다섯시에. 그는 커피를 마시고 이따금 창밖으로 눈을 돌릴 뿐 아무것도 하지 않고 자리에 앉아 있기만 했다. 두어 번 화장실에 가는 걸 제외하곤. 처음에 영주는 알았어, 라고 메시지를 보낸 사람이라고 짐작하곤 비상벨을 설치해둔 카운터 근처를 떠나지 않았다. 단골손님들은 빤했다. 건물 사람이나 근처 특성화고등학교 학생들. 영주는 손님들 얼굴을 기억했다. 얼굴이라기보다는 특징을. 쉬지 않고 다리를 떠는 사람, 매번 물티슈를 서너 개씩 달라고 해서 챙겨 가는 사람, 캡 모자와 마스크로 한사코 얼굴을 가리는 사람, 통화하면서 나 지금 인천공항인데, 라고 말하는 사람, 교복을 입고 나란히 앉아 꼬물거리듯 서로의 팔과 허리를 만지는 여학생들, 텀블러에 음료를 담아달라고 하는 사람들. 그리고 남자는, 남자는 아무런 특징이 없었다. 그냥 같은 자리에 앉아만 있을 뿐.

저 사람을 여기서 내보내야 해. 가까이 가면 위험할 거야. 영주가 그렇게 여긴 건 사실이었다.

그러나 남자는 영주에게 관심이 없어 보였고 실은 아무것에도 관심이 없는 흐릿하고 의욕 없는 눈으로 두어 시간 자리를 차지하다가 나가곤 했다. 저녁이 되어 조명을 밝히면 남자의 숱이 빽빽한 잿빛 머리카락이 은발로 보였다. 누굴 기다리는 사람 같기도 했는데, 그런 사람치고는 초조해 보이는 기색도 없었다. 남자는 보통 일곱시가 되면 스르르 자리에서 일어났다.

영주는 팔짱을 끼며 고개를 끄덕였다. 그는 남편을 기다리고 있으며 그 때문에 카페에 어떤 목적을 갖고 왔다는 사실에.

남편이 다 녹은 녹차 아이스크림을 종이 스푼으로 휘저으며 말했다.

못 오게 해야겠지.

영주는 남편을 돌아보지 않았다. 그 말이 당신이 말 좀 해봐, 라는 뜻으로 들려서. 영주는 남편에게 묻고 싶어졌다. 그 남자가 학교를 나간 게 아니라 당신이 내보낸 게 아니냐고. 영주는 고개를 홱 돌렸다. 남편은 오른쪽 귓구멍에 흰 털 몇 개가 비어져나왔고 소맷단에 모교 고등학교 53주년 기념이라고 새겨진 빛바랜 기념품 반소매 셔츠를 입고 있었다. 입을 다물고 영주는 창밖을 보았다. 깃털 구름이 전선줄에 걸려 있었다. 줄을 잘못 그어놓은 것 같았다. 사 차선 도로에서 건널목만 건너면 자신의 카페였다. 가까웠고, 어렵지 않게 느껴졌고, 할 수 있을 것 같았다. 가족에게는 두 개의 배역이 있었다. 원래 맡은 배역과 문제가 생기면 그때그때 주어지는 일시적인 배역. 지금 영주는 새 역할을 떠맡은 기분이었다. 정류장 표지판에 앉아 있던 까마귀 한 마리가 허공을 탁 치듯 날아갔다.

내가 말할게, 더는 오지 말라고.

영주가 담담하게 말했다.

같이 가서 말하는 게 낫겠지.

아냐, 당신은 집에 가.

혼자 괜찮겠어?

이상한 사람은 아니잖아?

저건 이미 이상한 거지.

남편의 휴대전화 진동이 울렸다. 조교야. 남편은 전화기를 들고 잠시만, 하는 눈으로 영주를 보고 밖으로 나갔다. 영주는 유리 하나 사이로 남편의 뒷모습을 보았다. 조교에게서 온 전화를 밖으로 나가서 받는 남편. 영주는 아까 남편이 한 말을 정정해주고 싶어졌다. 우리 카페가 아니라 내 카페라고.

5

종소는 가르치는 일을 좋아했다. 강의실에 있을 때 자신에게 조금 나은 부분이 열린다는 느낌이 들었고, 지식과 경험을 텍스트를 바탕으로 해석해 들려주는 일이 자신에게 가장 자연스러운 일처럼 느껴졌다. 그건 학생들을 좋아한다는 말과는 조금 달랐다. 학생들이 교재를 읽거나 글쓰는 일에 몰두해서 자신을 바라보지 않는 순간이면 얼마든지 강의실이라는 공간에 머물 수 있을 듯한 기분까지 들었다. 작은 연구실에서 책을 읽고 연구하고 탐구심으로 가득찬 학생들을 가르치는 일. 그 고지식한 이상이 이룰 수 없는 꿈이 됐다는 걸 이제는 알았다. 문제는 그게 종소가 아는 유일한 삶이었다는 데 있었다.

최교수와의 일이 있고 난 후 아는 교수들이 더러 강의를 소개해주었다. 지난 학기까지 KTX를 타고 군산, 부산, 광주로 강의를 하러 다녔다. 이번 학기엔 독문과 양교수의 소개로 세 시간짜리 강의를 갑자기 맡게 되었다. 담당 강사가 3월부터 지방대학에 임용이 되었다고. 집에서 가까운 대학이었다. 영화학과 학생들에게 스토리텔링을 가르치는 일. 긴 강사 생활 동안 전공과 무관한 강의를 자주 맡아왔고 어떻게든 해냈다. 이러다가 나중엔 시 창작까지 가르칠 수 있겠어. 후배들 앞에서 종소는 그런 말을 한 적도 있었지만 정말로 제의가 들어온다면 두말없이 하겠다고 할 자신의 모습이 그려져 씁쓸해지기는 마찬가지였다.

이번 학기 과목은 '서사 연구(1)'이었고 2학기 때도 수업을 맡을 수 있을지 몰랐다. 다음 학기 시간표를 짜고 있을 시기였다. 늦어도 6월 종강 전에는 과사무실에서 연락이 와야 했다.

학생들은 오십이 다 돼가는, 자리를 잡지 못한 게 뻔해 보이며 네이버에 검색해도 프로필이 나오지 않는 중년 남자 강사의 수업에 그다지 흥미를 갖지 않을 거였다. 종소는 오늘 다른 때보다 친절하게 수업했고 밀어붙이는 느낌이 들지 않도록 열 명의 학생들에게 인물과 상황이라는 주제로 짧은 이야기 만들기를 시켰다. 십오 분. 그 짧은 시간에도 학생들이 무언가를 떠올리고 만들어 내는 게 매번 놀라웠다. 그리고 학생들이 주제에 몰두해 있는 그 십오 분 동안은 마음먹기에 따라 강의실에서 혼자가 될 수도 있고 딴생각에 빠질 수도 있었다. 이 B105호 대형 강의실에 처음 들어온 순간부터 종소는 이곳이 마음에 들었다. 교단 옆 왼쪽 창문의 붉은 커튼 두 쪽을 누군가 각각 케이블 줄로 묶어둔 걸 보았을 때부터. 케이블 줄을 종소가 이따금 상상하는 것과는 다른 용도로도 쓸 수 있다는 게 새롭게 느껴지는 동시에, 때때로 어머니보다 먼저 사라져버리고 싶을 때가 있고 보통 수준 이상으로 죽음에 집착하는 종소에겐 그 줄의 쓰임새가 상징적으로 다가왔다. 아무튼 어쩔 수 없이 배정되었는지 열 명 정원인 강의를 대형 강의실에서 하고 있었다. 토론 형식으로 배치한 책상들 뒤쪽의 계단식 공간은 오래전 종소의 모교 강의실을 떠올리게도 했다. 출입구 쪽 벽에 붙은 '화재 대응 매뉴얼'을 물끄러미 보다가, 그럴 마음은 없지만 시간이 남으니까, 하는 태도로 발소리가 나지 않게 강의실 가장자리를 걸어다녔고 붉은 커튼으로 가려놓은 가짜 창문에 비친 자신의 모습—간절기 재킷에 면바지를 입은, 특징이라고는 하나도 없어 보일—을 남을 보듯 바라보기도 했다.

학생들은 고개를 숙이고 인물과 상황에 관해 쓰고 있었다.

종소는 가장 위쪽 계단까지 걸어올라갔다. 강의실이 있는 건물은 지대가 높아 일층이 지상 삼층이었다. 그래서 이 강의실은 B105호로 돼 있으나 건물 현관에서 시작하면 지하 삼층이고 가짜 창문을 열면 사람 하나가 들어갈 수 있는 정도의 검고 어두운 통로 같은 공간이 내려다보였다. 종소는 창문을 열어보았다. 쿰쿰하고 오래된 먼지 냄새가 어두운 밑바닥에서부터 훅 끼쳐왔다. 학생 중 누군가 나를 창문 아래로 밀어뜨려버리고 창문을 잠그고 강의실을 나간다면. 종소는 상상하곤 했다. 그럼 비명을 질러야 할까, 기어올라와 유리창을 깨야 할까, 누군가에게 구조될 때까지 기다려야 할까, 희박한 공기에 질식할 때까지…… 종소는 그 가짜 창문 아래의 기이하고 어두운 공간에 매료되었다는 걸 학생들에게 들키고 싶지 않았다.

들키고 싶지 않은 것이 또하나 생기긴 했다. 종소는 삼 주 연속 같은 요일에 같은 카페에 갔고 앞으로도 그럴 예정이었다. 최교수를 맞닥뜨린 건 지난 수요일 한 번밖에 없었다. 기다린 일이었는데 뜻밖에도 종소는 너무 빨리 목적에 가까워졌다고 느꼈다. 게다가 최교수는 예상보다 더 놀란 것 같아 보였으니까. 다음엔 최교수와 부딪치게 되는 상황이 더 미뤄졌으면 했다. 그런 마음이 막상 마주친 수요일 이후에 생긴 게 좀 의아하기는 했지만. 달리 설명할 수 없는 것들도 있었다. 그러니까 카페에 가서 사장이 내려주는 드립커피를 마시며 아무것도 하지 않는 시간. 어머니 걱정도, 다음 학기 걱정도 하지 않고 멍하게 창밖을 보거나 눈을 뜨고 있어도 아무것도 보지 않으며 앉아 있는 시간에 종소는 일종의 짧은 평온을 느꼈다. 평소에는 없던 시간이었다. 있었어도 그렇다는 걸 발견하지 못하고 살았거나. 종소는 카페에 가고 싶어졌고 사장이 자신을 의심과 불안과 약간의 호기심이 어린 눈으로 흘긋 스칠 때의 순간을 감각하고 초콜릿맛과 오렌지 향이 나는 커피가 마시고 싶어졌다. 일주일에 세 번 가는 횟수를 더 늘려야 할까. 종소는 자신을 속이고 싶어졌다. 살다보면 별수없는 일들이 늘 일어난다고. 지금 나에게 그런 일이 조용히 벌어지고 있는지도 모른다는 짐작을 잠시, 잠시 하려고 했다.

교수님.

종소는 얼른 돌아섰다. 계단 밑, 평평한 자리에 디귿자로 모여 앉은 여학생 중 한 명이 못마땅하다는 투로 말했다. 이십 분이나 지났는데요.

6

가끔은 에코백을 거꾸로 들고 쏟아 안에 든 내용물 전부를 보여주고 싶다는 충동이 들 때가 있었다. 선생님에게 보낸 메시지에 그런 내용도 썼다. 영주는 거의 언제나 그 에코백—어깨에 멜 수도 있고 손으로 들었을 때 땅에 끌리지 않을 정도의 길이감인

초록색 손잡이가 달렸고 튼튼한 무지 천으로 만들어진, 단순하고 안에 주머니도 하나 달린—을 들고 다녔다. 손수건, 카드지갑, 수첩, 반창고, 여행용 반짇고리, 경량 양산, 발목 양말, 볼펜, 목도장, 롤 빗, 가벼운 화장품 파우치. 그게 전부였고 그건 별게 아니어서 시시때때로 그런 충동에 휩싸인다는 게 스스로 자조적으로 느껴질 때도 있지만.

영주는 맞은편에 앉은 남자의 시선을 느끼며 에코백에서 반짇고리를 꺼내 실 색깔을 골랐다. 남편이 이선생이라고 말했던 손님의 간절기 재킷은 옅은 군청색. 같은 색이 없어서 조금 짙은 하늘색을 골라 안경을 쓰곤 바늘에 끼웠다. 밤 열시 반이었고 카페가 문을 닫는 열시 이후에도 남자, 아니 이선생이 계속 앉아 있는 바람에 나가란 말을 못 했었다. 영주는 지난번 남편과 나눈 대화를 분명하게 기억했고 자신의 역할을 잊어버린 것도 아니었다. 그러나 그에게 그만 나가달라는 말을 하지 못했고, 그만 와주었으면 좋겠다는 말도 꺼내지 못했다. 그는 아무 짓도 하지 않았고 수상쩍은 눈길을 보낸 적도 없고 흉할 정도로 다리를 벌리고 앉지도 않았고 여기만큼 편한 데가 없다는 표정으로, 잠시 주어진 고요를 받아들이듯 커피를 마시며 밖을 내다보는 게 다였다. 간혹 누군가에게 메시지를 보내고 화장실을 좀 자주 다녀오는 것 말고는.

카페 조명을 하나 껐을 때야 눈치챈 듯 그가 황급하게 자리에서 일어났다. 그가 출입구로 가는 몇 걸음 사이에 뭔가 바닥으로 떨어지는 소리가 났다. 작은 쇠붙이가 스톤 마감재로 떨어지는 소리. 흘려들을 수도 있었을 텐데 카운터 안쪽에서 지켜보던 영주에게 일종의 신호같이 들린 소리. 그가 허리 숙여 열쇠를 주웠고 이상하다는 듯 주머니에 다시 손을 집어넣는 것을 영주는 보았다.

거기 잠깐 앉아보세요. 시간 괜찮으시면.

남자들이란. 영주는 팔을 크게 움직여 에코백을 움켜쥐고 테이블로 갔다. 그는 좀 머쓱한 표정으로 거절하듯 문 앞에 서 있었다.

주머니에 구멍이 난 거죠.

그런 것 같네요.

지금 안 꿰매면 더 중요한 걸 잃어버리게 될 거예요.

영주는 고개를 조금 숙인 채 에코백 입구를 벌렸다. 그러지 않으셔도 되는데요. 그가 우물우물하는 것 같더니 바스락 소리가 나는 얇은 재킷을 천천히 벗어서 테이블 위에 올려두었다.

집 열쇠인가봐요.

영주는 실이 바늘귀에 한 번에 들어간 게 조금 아쉬워져서 살짝 빼내며 물었다.

도어 록 소리가 커서. 어머니 잠귀가 밝으시거든요.

그가 느릿느릿 말했다. 체구와 달리 굵은 저음의 목소리였다.

영주가 바늘귀에 실을 한 번에 꿰지 않으려는 사이, 그가 검은 면티 앞섶에 붙은 먼지를 떼어내는 사이 정적이 지나갔고 그래서였는지 불쑥 그가 말했다.

어머니가 자주 우십니다. 소리 내서요.

영주는 휘딱 그의 재킷을 뒤집어 오른쪽 주머니를 살피는 시늉을 하다 말했다.

제 어머니는 지금도 자주 맞아요. 팔순 넘은 아버지에게요.

그들은 침묵했다.

영주는 안경을 고쳐 썼고 터진 주머니에 바늘을 찔러넣었다. 그는 자신의 두 손이 자신을 해칠 두려운 무기라도 되는 듯 주머니 깊이 찔러넣는 버릇이 있었다. 앉아서도 종종 그랬고 카운터에서는 그런 그의 옆모습이 너무나 잘 보였다. 주머니를 튼튼하게 꿰매야 했다. 영주의 머릿속이 복잡해졌다. 감침질을 할까 휘갑치기를 할까 시침질을 할까 홈질을 할까, 어떤 말을 할까, 어떤 말이 하고 싶은가.

지난해 11월에 상현의 담임선생에게서 전화가 왔다. 상현을 비롯한 아홉 명이 점심시간에 반에서 체구가 작은 아이를 후미진 곳으로 데리고 가 벽에 밀쳐놓고 압박했다고 했다. 압박당한 아이가 바닥으로 쓰러지자 놀이를 주도한 애들이 그 위로 엎어지고 다시 엎어지면서 장난으로 비명을 지르고 119에 전화하는 시늉도 했다고. 숨막혀요, 진짜라니까요, 숨막혀 죽을 거 같아요, 빨리 여기로 와주세요. 아이들은 웃고 까부느라 맨 아래에 깔린 아이가 기절한 걸 몰랐고 그애를 보려고 하지도 않았다. 그게 처음도 아니었다. 그 무렵 아이들은 '압사 놀이'에 빠져 있었다. 가장 체구가 작은 애, 그다음 작은 애, 남은 애들 중 작은 애, 그런 식으로 상현이 낀 무리는 반 아이들을 선택했다. 그애가 숨이 넘어가는 걸 보면서 옆에서 오줌을 누고 담배를 피우고 손뼉을 쳤다. 마지막 놀이에서 아이들이 몸을 뗐을 때 압박당한 아이는 입에 거품을 흘리며 혼절해 있었다. 아이들은 그제야 당황했다. 그 놀이를 주도한 상현은 이렇게 말했다고 했다. 영상에서 본 참사 사건을 흉내내보고 싶었고 겨우 그 정도로 사람이 쓰러질 줄은 몰랐다고.

남편은 학교에 가서 담임선생을 만났고, 피해를 당한 아이의 부모를 만나러 갔다. 아이는 이틀 만에 퇴원했고 부모는 징계 처리를 원했다. 남편은 다른 아이들의 부모와 함께 그 부모를 설득하기 위해서 지치지도 않고 거의 매일 찾아갔다.

영주는 상현을 데리고 심리 상담을 받으러 갔다. 딱 한 번만. 상현이 거절했기 때문이기도 했지만 상담사는 영주를 따로 만나고 싶어했다. 노란 스웨터를 입어 영주의 눈에 너무나 낙관적으로 보였던 상담사는 이런 말을 했다. 식물이 살아가는 데는 아이들처럼 반드시 빛과 물과 공기가 필요한데 식물마다 개화하는 낮의 길이가 다르다고. 개나리, 진달래 같은 장일식물들은 낮이 길어질 때, 코스모스, 국화 같은 단일식물들은 낮이 짧아질 때, 그리고 민들레나 토마토 같은 중일식물들은 일정한 시간 이상만 햇빛을 받을 수 있으면 꽃을 피운다고. 영주는 울음을 터뜨리고 싶은 걸 참고 상담사를 노려보듯 바라보았다. 그다음 말은 뭔가? 애가, 그러니까 열일곱 살이나 되는 덩치 큰 놈이 아직 제 낮의 길이를 알지 못하는 식물의 상태와 같다는 건가? 아니요, 선생님. 영주는 고개를 내저었다. 고개를 내저었고 계속 내저었다. 상현은 그런 상태가 아니라고. 그애는 식물이 아니고 고통이 뭔지, 불안이 뭔지, 준비도 안 됐는데 덥석 엄마가 되는 게 어떤 기분인지 모르는 단순하고 괴팍한 동물에 가깝다고.

상현에게 끝난 그 일이 영주에게는 아직 끝나지 않은 일로 남았다. 이따금 영주는 자신이 누군가를 압박하는 나쁜 꿈을 꾸었다. 상현이 자기 아들이 아니라 남편의 아들이기만을 바라게 된 것도 그때부터였을 것이다.

촘촘히 휘갑치기 한 주머니 가장자리가 작은 흉터처럼 보였다. 주머니를 튼튼하게 꿰매기에는 옷감이 너무 얇았다. 영주는 이제 카페의 모든 불을 끄고, 집을 나가는 상상을 부추기는 데 늘 도움이 되었던 에코백을 무심하게 멘 채 집으로 돌아가야 할 시간이라는 걸 알았다. 계속 아무 말도 없이 들어만 준 낯선 남자, 남편이 출입을 금지하고 싶어하는 새 단골손님에게 영주는 도로 뒤집은 재킷을 내밀었다.

7

교직원 셔틀버스를 타고 왕복 네 시간이 걸리는 학교로 강의하러 가는 목요일 전날 밤이면 종소는 일기예보를 확인했다. 어제는 온종일 가는 비가 내리더니 밤부터 다시 기온이 올라갔다. 날씨 기사에서 오늘 이른 시간에는 짙은 안개를, 오후에는 때 이른 더위와 자외선과 오존을 주의해달라고 했다. 짙은 안개와 자외선과 오존. 다음달이면 아마 장마, 태풍, 습도에 주의해야 할 거였고 여름은 그런 식으로 종소에게는 주의해야 할 것과 불가피한 것들이 늘어나는 계절이기도 했다. 달리 말하면 여름은 종소의 계절이 아니었다. 아버지가 돌아가신 해의 기록적인 폭염도, 태풍 때문에 교통 통제나 단수로 고생했던 경험도, 지난해 연립주택 지하에 물이 차 인근 초등학교 강당으로 대피해야 했던 일도 모두 여름이 남긴 상처들이었다. 혼자 겪어도 쉽지 않은 일이 늙고 우울한 어머니가 있으면 작은 재앙으로 변했다. 기온이 올라가고 습도가 높아질수록 종소는 막연한 두려움 또한 그만큼 자신에게 번져든다는 걸 알았다. 그게 여름이 오기 때문인지 어머니 때문인지 혼란스러울 때도 있지만.

세 시간짜리 강의를 마치고 종소는 고속버스터미널에서 내려 지하철을 갈아타고 여기에 왔다. 목요일 저녁에 이 카페에 오기는 처음이었다. 목요일은 강의를 마치고 집에 가면 저녁 여섯시. 종소가 학교에 다녀오는 날엔 어머니가 저녁밥을 지었다. 표고버섯을 넣은 솥밥이나 콩나물밥 같은 한 그릇 음식을 김치나 장아찌 하나를 두고 어머니와 둘이 먹었다. 어머니가 온종일 천천히 움직여서 만든 미지근한 저녁밥을. 시대를 고려해도 어머니는 아버지와 나이 차가 좀 나는 편이었는데 아버지 택시에 손님으로 탔다가 만났다고 들었다. 아버지는 구자춘 시장 때 개인택시 면허를 받은, 돌아가시기 전까지 몇 남지 않은 택시 기사였고 그 점을 자랑스러워했다. 아버지는 삶에 확신이 있는 사람이었다.

화장실이 하나 있는 열여덟 평 연립주택에서 부모와 살았다. 아버지는 택시를 몰고 종소는 공부를 하고 어머니는 살림을 맡으며. 아버지가 심장마비로 돌아가시자 어머니는 아버지의 사인도 죽음도 인정하려고 들지 않았다. 시간이 더 지나자 어머니는 마지못해 아버지 없는 삶으로 얼음판에 발을 디디듯 조심스럽게 한 발 내딛는 것처럼 보였다. 그러곤 우울증 치료를 중단하고 약도 더는 먹지 않겠다고 선언했다. 무슨 결심을 한 듯, 어머니는 종결이라는 표현을 썼다. 선배는 어머니 없이 선배 삶의 중요한 지점에 가닿을 수 없는 사람처럼 보여요, 라는 말을 후배에게 들은 적도 있었다. 어머니 때문에 다른 관계를 제대로 이어가기 어려웠다. 어머니가 요구한 삶은 아니었는데도 그랬다. 어머니 없는 생활을 이제 종소는 상상하기 힘들었고 아버지 대신 어머니에게 신뢰할 수 있는 동반자 역할을 하기가 장기적인 목표가 되었을 것이다. 오늘 어머니는 숙부네에 간다고 했다.

목요일의 카페는 다른 요일보다 손님이 많았다. 사장은—종소는 사장을 사모라고 불러야 하나 가끔 망설여지는 자신이 낯설었다—주문을 받고 머신으로 커피를 내리고 조각 케이크와 쿠키를 포장하느라 분주해 보였다. 아르바이트생은 여덟시에 돌아갈 텐데, 오늘 카페는 여섯시 반인 지금부터 한창일 듯한 분위기였다. 주머니 속에서 종소는 손을 쥐었다 폈다 했다. 주머니는 완전히 봉합된 것 같았다. 그러다 종소는 얼른 주머니에서 손을 빼곤 뒷머리를 한 번 재빨리 매만졌다. 두 시간 동안 교직원 셔틀에서 좌석 등받이에 기대고 앉느라 뒷머리가 눌렸을 거란 생각이 뒤늦게 들어서. 어색한 기분이 지나갔다. 처음 목요일에 와서인지, 아니면 이 카페에서는 별로 하지 않았던 어머니 생각을 해서인지. 그게 아니면. 종소는 주위를 둘러보았다. 무언가를 분주히 하는 손님들, 말소리, 볼륨을 낮춘 음악소리, 키보드 두드리는 소리, 에스프레소 머신 소리, 원두를 분쇄하는 소리. 혼자 테이블을 차지하고 앉아 있는 사람은 자신밖에 없었다. 커피 한 잔만 시켜놓고.

사장은 종소가 카페가 들어섰을 때 목례만 한 번 해 보였을 뿐이었다. 모르는 사람에게 하듯. 종소는 좀 일찍 자리에서 일어나야겠다고 마음먹었다. 오늘은 이 카페가 낯선 게 마음에 들지 않았다. 손님이 많은 것도 오늘따라 공기가 답답하게 느껴지는 것도. 종소는 살짝 도리질을 했다. 자신이 무엇을 기다리는지 모른다는 걸 발견한 듯. 지금 이 순간도 최교수를 기다리고 있다는 확신이 들지 않았고 그건 이해할 수 없는 일이었다. 최교수에게 두려움을 느끼게 하겠다는 계획은 어쩌면 실패에 가까워진 걸까. 종소는 비판적으로 살펴보려고 했다. 여기까지 오게 된 자신에 대해서. 그러나 그러기에는 배가 너무 고팠다. 종소는 주름이 져쪼글쪼글한 면바지를 추어올리며 자리에서 일어나 화장실로 갔다. 여느 때처럼 화장실 문을 밀었다. 안쪽에서 둔탁한 소리와 함께 짧은 비명이 들렸다. 종소는 열린 문틈으로 누군가 머리를 손으로 감싸며 바닥으로 쓰러지는 것을 보았다.

8

영주는 화장실로 뛰어갔다. 안쪽에 쪼그려앉아 두 손으로 머리를 감싸쥔 손님 앞에서 어쩔 줄 몰라 하는 얼굴로 서 있던 남자가 영주를 보고 더듬거렸다.

　제가, 문을, 문을 너무 세게 밀었나봐요.

　손님, 괜찮으세요?

　영주는 허리를 굽히곤 손님에게 물었다. 영주가 알기로 맞은편 건물 법학학원에 다니는 젊은 남자였다. 카페에 자주 와 한겨울에도 아이스 아메리카노만 주문하는 사람. 카페에 올 때마다 그는 영주에게만 한마디씩 했다. 깨끗한 얼음을 쓰는 거 맞나요? 커피가 너무 싱거운데 다시 만들어주시면 안 되나요? 요 아래 카페보다 커피값이 삼백원 더 비싼 이유가 있나요? 오늘은 커피가 너무 쓰기만 한데 쿠키 하나 서비스로 주시면 안 되나요?

　그 손님이었다. 영주는 순간적으로 생각했다. 자신의 카페에서 손님이 머리를 다친 것보다 남자가 다치게 한 손님이 하필 그 젊은 남자라는 사실이 문제라고.

　손님이 여전히 쭈그려앉은 채, 이제 앞머리께를 두 손으로 받치듯 만지며 신음을 참는 듯한 소리로 말했다.

　아무래도 뇌진탕 같아요, 뇌진탕이 틀림없어요.

　남자가 영주를, 영주가 남자를 보았다. 두 사람은 서 있었고 손님은 앉아 있어서 두 사람이 눈을 마주치고 있다는 걸 아는 다른 사람은 없었다. 그 눈에 당혹감과 불안과 그리고 이성적으로 제어할 수 없는 어떤 두려움과 무모한 감정이 섞여 있다는 걸 아는 사람도. 큰일난 거죠. 네, 큰일난 거예요, 우리. 두 사람은 서로에게 집중했다. 그 눈에서 무슨 표시를 찾듯.

　머리가 쪼개지는 것같이 아파요.

손님이 다시 화장실 바닥에 드러누우려고 했다.

영주의 냉정한 면은 뇌진탕이라면 손님은 의식을 잃었을 거예요, 라고 말하고 싶었고 남자 입장의 영주는 이분은 그저 문을 밀었을 뿐이에요, 라고 말하고 싶었지만 사장으로서의 영주는 다급한 소리로 이렇게 말했다.

손님, 그럼 119를 부를까요?

영주는 손님 앞에 쭈그려앉았다. 세 사람이 있기에 화장실은 좁았다. 카페를 리모델링할 때 신경을 가장 많이 쓴 데가 화장실이었다. 남녀 공용이지만 두 칸을 구분하고 손 세정제, 종이 타월, 방향제, 면봉과 머리빗까지 비치했고 틈틈이 들어가 세면대의 물기를 닦았다. 가능한 한 영주가 다른 카페에 갔을 때 사용하고 싶은 화장실처럼 만들려고. 문에 관해 생각한 적은 한 번도 없었다. 누군가 문을 밀 때, 같은 순간 안에서 문을 당기는 사람이 있어 다칠 위험에 대해서도.

무슨 일이야?

영주는 뒤돌아봤다. 남편이 처음 보는 표정으로 화장실 밖에 서 있다가 들어왔다. 남자가 주춤거리며 벽으로 붙어 서듯 했고 영주도 세면대에 허리가 닿도록 뒤로 물러섰다. 어휴, 정말 죄송합니다, 손님. 남편이 거의 무릎을 꿇듯 손님 옆에 앉았다. 일어서실 수 있겠어요? 제가 부축하겠습니다. 손님이 머리에서 손을 떼지 않은 채 인상을 쓰며 비칠비칠 자리에서 일어나자 남편이 밖으로 데리고 나가며 말했다.

당신은 이선생님 좀 챙겨.

남편과 손님이 먼저, 그리고 영주가 화장실을 나왔다. 마지막으로 남자가 느리게, 지금부터는 도무지 무얼 해야 할지 모르겠다는 듯한 태도로 화장실에서 나와 우두커니 서 있었다. 집에 갈 수도 도로 자리에 앉을 수도 없다는 얼굴로. 무슨 사고가 났나봐, 웅성거리던 손님들도 몇몇을 제외하곤 다시 제자리에서 할일들을 하고 있었다. 영주는 남자의 재킷 소매를 약간 끌며 말했다.

그만 가보시는 게 좋겠어요.

남자는 영주를 봤다. 자신에 대한 실망감, 당혹감. 눈에 담긴 건 그보다 많아 보였다. 그럴 수는 없어요, 라고 움찔거리는 듯한 입술도. 남자는 원래 앉았던 테이블로 걸어가 신중히 몸을 접는 것처럼 움직여 자리에 앉더니 영주의 남편과 손님 쪽으로 고개를 돌렸다.

영주는 남자를 보내고 싶었다. 남편이 왔으니까. 남편은 손님을 달래거나 치료하거나 요구를 들어줄 것이다. 남편은 그런 일에 유능했다. 요즘도 아버지와 싸울 때면 어머니는 최교수 좀 오라 그래, 네 아버지 좀 말려보라 그래, 소리 죽여 울며 끈질기게 매달렸다. 부끄러운 줄도 모르고. 영주는 어머니에게 쏘아붙이는 대신 아무도 없는 데서 흐느꼈다.

아까 남자가 카페에 들어왔을 때부터 희미한 불안이 느껴졌다. 오늘은 남자가 오는 요일이 아니었고 원두가 들어오는 목요일은 저녁부터 남편이 와서 자루를 옮기고 카페 일을 돕는 날이었다. 이선생, 아직도 카페에 와? 남편이 물었을 때 영주는 글쎄, 내가 있을 땐 못 봤어, 라고 대답했다. 그랬는데도 남편은 높낮이가 없는 어조로 말했다. 한번 더 카페에서 마주치면 경찰에 신고할 거라고. 그게 이틀 전이었다. 어쩌면 남편은 자신의 말을 믿지 않고 남자가 오는지 오지 않는지 먼 데서 카페를 지켜보고 있었을지도 몰랐다. 신중하고 자기 외에는 쉽게 믿지 않고 끈질긴 데가 있는 사람이니까.

영주는 두 손을 늘어뜨린 채 테이블 사이에 그대로 서서 남편과 다친 손님을, 남자의 옆얼굴을 동시에 바라보았다. 남자는 화가 나 보였다. 가책을 느끼는 얼굴이었다. 손을 주머니에 깊이 찌르고 있었고 가능하면 그걸 꺼내 자신을 한 대 치고 싶어하는 표정. 영주는 이렇게 보았다. 화가 난 게 아니라 남자는 지금 눈물을 꾹 참고 있는 거라고.

남편과 손님은 출입구 옆 창가 자리에 나란히 앉아 있었다. 남자가 그만 카페를 나가는 것을 보고 싶었다. 앞치마를 벗어 착착 접어놓고 영주도 따라 나가고 싶었다. 영주는 카운터로 돌아가 물 세 잔을 따라 남자에게, 그리고 손님과 남편 앞에 차례로 내려놓았다.

아무래도 CT를 찍어봐야겠어요.

손님이 영주를 비스듬히 올려다보곤 남편에게 말했다.

그러세요. 그러세요.

남편이 손님 쪽으로 몸을 돌려 앉은 채 연신 고개를 끄덕였다.

머릿속이 계속 쾅쾅 울려요. 조짐이 정말 나빠요.

손님이 말했고 남편이 의자를 밀고 일어나 말했다.

지금 가십시다.

그들이 자리에서 일어나는 걸 보고, 그들에게 눈을 떼지 않고 있던 남자가 일어났다. 그들을 따라나서려는 듯 테이블을 돌아 나왔다. 출입문을 잡고 있던 남편이 걸어와 남자에게 말했다.

걱정하지 말고 그만 돌아가세요, 이선생님.

9

5월 마지막 주 토요일이었다. 부처님오신날이라 아침 일찍 숙모와 절에 다녀온 어머니는 종소가 그사이 외출했다 돌아왔다는 걸 아는 체하지 않았다. 화분에 대해 아무 말도 묻지 않았고. 종소는 대형 부직포 가방에 생수 페트병과 맥주 캔들을 세어 삼십 개만 담았다. 재활용품을 들고 집을 나서려는 종소에게 어머니는 소금이 떨어졌다고 말했다. 아, 그 생각을 미처 못했다. 장아찌를 담그느라 천일염을 다 써버렸고 아직 오이지도 담그지 못했는데. 그럴게요. 종소는 온순하게 고개를 끄덕였다. 소금. 어머니가 여름에 가장 필요로 하는 것은 소금이었다. 어머니는 어떤 한시적인 어려움이 생겨도 먹는 일에 관해서는 소금만 있으면 겪어낼 수 있다고 믿었고 종소에게 여름은 소금만으로는 부족한 계절이었다. 제습기, 공기청정기, 에어컨을 꺼내고 청소해야 했고 날이 쨍해지는 대로 어머니의 침구도 새로 세탁하고 말려야 했다. 그러고 보니 할일이 많았다. 종소는 재래시장 앞 대로변에 있는 회수 로봇을 찾아 복개천 방향으로 걸으며 소금에 관해, 아니 어머니에 관해 생각했다. 그러니까 어머니는 올여름을 지나실 모양인가보다고. 십 킬로그램짜리 천일염을 몇 포대쯤 사놓으면 어머니가 계속 살아가고 싶어할까.

좁은 복개도로에서 건널목을 건너면 대로가 나왔다. 종소는 신호에 걸려 있던 낯익은 번호의 버스가 막 지나가는 것을 보았다. 팔 년 동안 겸임교수로 있던 학교에 다닐 때 타고 다니던 버스였다. 마지막 방학이 되었던 여름방학을 앞두고 최교수가 넌지시 이력서와 지난 십 년 동안의 경력을 정리해서 보내달라고 했다. 그러곤 일 년 후에 전임을 뽑을 거라고 해서 늦춰진 줄로만 알았다. 그러나 그 가을에 바로 공고가 났고 그 사실을 종소만 알지못하는 일이 벌어졌다. 독문과 양교수가 둘이 저녁을 먹자고 해서 나간 자리에서 다음날이 공고 마감이라는 걸 알게 되었다. 최교수가 다른 대학의 전임인 모교 후배이자 박사과정 제자를 뽑을예정이라고 귀띔하면서 양교수는 조언했다. 작정하고 시작한 일이라 더 얽히지 않는 게 좋겠어요, 이선생.

앞차 때문에 주춤거리는 듯하던 버스가 속도를 내 고개 방향으로 달려갔다. 종소는 그해 2학기까지 수업을 마쳤다. 최교수에게서는 아무 연락이 없었고 마주칠 일도 연락을 주고받아야 할 일도 없었다. 그게 마지막 학기라고 말해준 사람도 없었지만 종소가 학교를 그만두어야 하는 건 수순 같아 보였다. 새 전임이 맡을 전공과목이 종소가 지난 팔 년 동안 맡아온 과목이었다. 자신은 수업을 더 할 권리가 있다고 주장하고 싸우기에 종소는 지쳤고 종소가 살아온 방식도 아니었다. 종강하던 날, 종소는 학생들이 모두 떠난 강의실에 오래 혼자 앉아 있었다. 강의실 창밖으로 학교를 상징하는 백룡 조각상이 보였는데 삼층에서 내려다보니 기백이 느껴진다기보다는 발버둥치며 하늘로 올라가고 싶어하는 지친 인간의 몸짓처럼 보였다.

중앙난방을 꺼버렸는지 시간이 갈수록 강의실엔 냉기가 돌았다. 밤 아홉시 반쯤 경비가 강의실 뒷문을 한번 열어보았다. 정리할 게 좀 있어서요. 종소의 얼굴을 아는 경비는 교수님 나가실 때 불 좀 꺼주세요, 하곤 문을 닫았다. 종소는 조금 더 기다렸다. 경비가 오래된 건물 사층을 돌아보고 일층으로 내려갈 동안. 종소는 꼼꼼히 목도리를 두르고 출석부와 교재가 든 납작한 가방을 챙겨 사층으로 올라갔다. 복도는 소등돼 있었고 인기척도 없었다. 구름다리를 건너 다른 건물로 가야 도서관이며 로비가 나왔다. 이 건물엔 층마다 여자, 남자 화장실이 하나씩 있었다. 남자 화장실은 여자 화장실을 지나쳐서 붙어 있어 좀 불편했다. 여럿이서 양교수 방에 모여 물잔에다 와인을 마신 날이었던가. 자리를 정리하고 식당으로 가기 전에 종소는 화장실에 가다가 여자 화장실에서 조교가 물잔을 씻으며 씨발 것들이 연구실에서 술이나 처마시고, 하는 소리에 어깨를 움츠리며 그 앞을 지나간 적이 있었다. 종소는 어깨를 움츠리지도 주위를 두리번거리지도 않았다. 강의동은 텅 빈 듯했고 지금까지 남아 있는 사람은 자신과 경비밖에 없을 것이었다. 남자 화장실에는 세면대가 두 개, 그래서 수도꼭지가 두 개씩 있었다. 종소는 화장실에 들어가 수도꼭지 두 개를 다 틀었다. 너무 세게 틀지는 않았다. 누군가 금방 알아

차리지 못하도록. 삼층 화장실로 내려갔고, 같은 일을 했다. 일층
화장실까지, 팔 년 동안 강의했고 지금은 나가야 하는, 더러 잊을
수 없는 학생들을 만나기도 했던. 다시는 돌아오지 못할 사층 건
물의 수도꼭지 여덟 개를 모두 틀어놓고, 일층에서 잠시 물 흐르
는 소리를 듣다가 종소는 천천히 건물을 나왔다.

　그것으로 되었을지도 몰랐다. 그 학교에서의 팔 년. 벚꽃이 한
창일 때는 교정에 어머니를 모시고 가기도 했다. 아버지가 너를
참 자랑스러워하셨을 거다. 라는 말을 하며 모처럼 웃는 어머니
의 얼굴을 보기도 했다. 양교수 연구실이 전망이 좋다고 감탄할
때면 양교수가 웃으며 그럼 나 정년 후에 이선생이 쓰면 되겠다
고 농담하던 순간들. 어쩌면 좋은 시절이었을 것이다. 가져볼 수
없는 것을 꿈꿀 수도 있었던. 종소는 고개를 주억거리곤 대로변
으로 걸음을 돌려 커다란 직사각형 상자처럼 생긴 '순환 자원 회
수 로봇' 앞으로 다가갔다. 시작하기 버튼을 누르고 구멍에다 페
트병을 하나씩 하나씩 넣었다. 페트병이 떨어지는 소리, 기계 안
에서 찌그러지는 소리가 경쾌하고 생동감 있게 들렸다.

　아침 일찍 종소는 택시를 불러 호접란 화분을 뒷좌석에 어렵게
실었다. 화분이 어찌나 큰지 조심했는데도 좌석에 실을 때 꽃대
가 몇 개 꺾였다. 화분을 카페 안으로 들여놓고 그냥 나올까 하다
가, 요의가 느껴진 것도 아니었는데 아르바이트생에게 양해를 구
하곤 화장실에 갔다. 문 눈높이쯤에 못 보던 노란색 안내문이 붙
어 있었다.

반대편사랑주의

문뒤에누가있을수있습니다

종소는 안내문을 다시 읽었다. 그러곤 한번 더 읽었다. 화장실 문 앞에서 얼굴이 붉어지는 게 이상하게 보일 것 같아 주머니에 서 한 손을 빼곤 목덜미를 문지르며 아르바이트생에게 인사하고 카페를 나왔다. 반대편사랑주의. 종소에게는 얼핏 그렇게 보였고 그런 식의 자발적 오독이 얼마나 미성숙하고 유치하기까지 한지 지금은 짚어보고 싶지 않았다. 취약한 여름이 오고 있어서 그런 지도 몰랐다. 다시 와서는 안 되는 장소라고 깨달아서인지도. 카 페 사장의 말처럼 사람들은 이상한 짓을 하고 이상한 상상을 하 고 가끔 정말 바보 같은 짓을 저질러버리기도 하니까. 종소는 카 페 앞에 잠깐 서 있었다. 땅을 파내서 화단을 만들기 전까지 거기 는 야외 테이블을 놓는 자리였다고 했다. 그런데 카페 문을 닫을 때마다 훔쳐가지 못하게 의자와 테이블을 사슬 같은 쇠줄로 둘둘 감는 일이 너무나 끔찍했다고 사장은 말했다. 주머니를 꿰매주던 밤에. 종소는 여길 처음 온 지난달 말보다 상추와 고추 모종이 눈 에 띄게 자랐다는 걸 알았다. 아침의 나팔꽃은 환하게 벌어져 있 었다. 종소는 그 자리에 쓰레기가 있는지 확인하려는 듯 허리 숙 여 들여다보곤 주머니에 손을 찔러넣었다. 그 사람 이름. 한 장 남 은 카페 영수증이 주머니에 잘 들어 있었다. 종소는 그곳으로부 터 멀어졌다.

페트병 찌그러지는 소리가 다시 종소를 일깨웠다.

남은 페트병과 맥주 캔을 모두 회수 로봇에다 집어넣었다. 페트병 하나에 십 포인트, 하루에 삼십 개만 가능했다. 그럼 삼백원. 삼십 일 한 달이면 삼천원만큼의 포인트가 적립되었다. 휴대전화 번호를 누르고 포인트를 확인했다. 그건 분주했던 오늘 한 일에 대한 증명처럼 보였고 종소는 빈 부직포 가방을 접어 손에 쥐고 마트로 가기 위해 건널목으로 갔다. 소금 사는 걸 잊어서는 안 돼. 가로수 사이로 떨어져내리는 얼룩덜룩한 빛 속에 종소는 자신을 세워두곤 신호를 기다렸다.

10

영주가 고장난 전기밥통의 내솥과 겉면을 마른행주로 한번 닦은 후 보자기에 싸는 동안 남편은 양치하곤 셔츠를 갈아입었다. 육 인용 전기밥통의 무게는 육 킬로그램쯤 될 것 같았다. 수리 센터는 자동차를 타고 가기에는 가깝고 그 무게를 들고 걸어가기에는 애매한 거리였다. 남편이 버스 정류장까지 같이 가자고 말했다. 오늘도 남편은 학원에 간 상현을 데리러 가는 모양이었다. 어제 남편은 술에 취해서 들어왔고 차는 학교에 세워두고 왔을 거였다. 어제 학교에서 무슨 일이 있었어? 영주는 무심한 투로 들리지 않도록 조심하며 물었다. 남편이 학교에서 무슨 일을 하는지, 정확히는 무슨 문제가 있는지 무엇 때문에 편안해 보이지 않는지 물어본 적이 별로 없었다. 그랬다는 걸 영주는 이제야 안 것 같았다. 최근 남편과 뜻밖에 대화를 자주 하게 되면서. 카페 화장실에서 머리를 다친 손님 때문에.

남편은 그 손님을 데리고 카페 사거리에 있는 병원, 그리고 더 큰 대학병원에까지 같이 다니며 CT를 찍고 결과를 확인했다. 병원 시간과 맞지 않아 수업도 휴강했다고 했다. 아무 이상이 없는데도 손님은 머리가 계속 울리고 정확히 이마 쪽—손님은 전두엽이라는 표현을 썼다고 했다—에 지독한 통증이 느껴진다고 말했다. 남편이 세번째 병원을 알아보겠다고 하자 손님이 자신이 한 수 접어준다는 듯한 목소리로 제안했다. 앞으로 모든 음료를 무료로 해주면 없던 일로 하겠다고. 남편이 영주에게 그렇게 전하며 쓸쓸하게 웃었다. 영주는 웃지 않았고 남편이 보지 않는다면 손으로 가슴을 쓸어내리고 싶은 심정이었다. 그보다 나쁜 상태가 될 수도 있었으니까. 모두에게. 이선생에게.

학교에는 항상 여러 가지 문제가 있지. 남편은 가벼운 투로 말하곤 식탁 위 밥통을 싼 보자기를 들어올렸다.

버스 정류장 의자에 두 사람은 나란히 앉았다. 남편은 끌어안는 것처럼 밥통을 다리 위에 올려두었다. 남편이 타야 할 버스는 오 분 후에 온다고 안내기에 나왔다. 벌써 한여름처럼 무덥고 습했다. 황금연휴가 시작되는 토요일 오후라서 그런지 정류장에 다른 사람은 없었다. 구름 밑으로 뿌옇게 해가 비쳤다. 수리 센터는 다섯시에 문을 닫는다. 지금은 네시. 영주에게는 시간이 있는 것처럼 느껴져서

여보, 하고 남편을 보지 않고 불쑥 불렀다.

상현이 말이야. 내가 좋은 엄마가 되지 못할지도 모른다는 거 그애 태어나자마자 알았어. 나도 당신도 서툴렀지만 그래도 난 엄마였는데. 그애 탯줄이 완전히 떨어지기 전엔 물이 담긴 통에 넣어서 씻겨주지 말라고 배웠는데도 내가 그렇게 했잖아. 그래서 거기가 물러져선 감염이 됐잖아. 당신이 상현이 배꼽에 고인 고름을 거즈로 닦아줬잖아. 결국 항생제 치료를 하고 수술용 실로 묶어서 피를 막고 떼는 치료 받느라 갓 태어난 그애가 병원에 있을 때, 별거 아닌 일이라고들 했지만 그때부터 나 알아버렸어. 내가 좋은 엄마가 되기엔 부족한 사람이라는 거. 그게 그애와 나의 시작이었어.

남편이 타야 할 버스가 도착했다. 남편은 타지 않았다. 남편은 말이 없었다. 이제 그런 생각이 들었다. 상현의 상담사가 한 식물 이야기는 자신을 향한 말이었을지 모른다고. 반평생을 살아가고 있는데도 자신의 낮의 길이에 대해서, 자기 자신에 대해서 알지 못하고 들여다보지 않았다는 말을 그렇게 한 것 같다고. 영주는 남편의 옆얼굴을 보았다. 잘못을 바로잡지 못한 일들이 마치 거기에 쓰여 있기라도 한 듯.

다시 버스가 왔다. 남편이 밥통이 든 보자기를 영주에게 내밀며 말했다. 여보, 가서 상현이 데리고 올게. 영주는 일어서는 남편의 작은 손을 보았다. 그리고 그 손이 움켜쥐듯 잡고 있던 그들의 고장난 밥통을.

버스가 정류장을 떠날 때까지 기다렸다가 영주는 수리 센터 쪽으로 방향을 잡았다. 다들 꽃이 피는 곳으로 간 것인지 거리에도 사람이 많지 않았다. 연휴가 시작된다는 사실도 알지 못했다. 영주는 카페에 전화해서 아르바이트생에게 일찍 문 닫고 들어가라고 해야겠다고 생각했다. 수리 센터에 들렀다가 집으로 돌아가기 전에 빈 카페에 잠깐 앉아 있을 수도 있었다. 거긴 혼자 있는 시간이 가장 좋았고, 가장 불안했다. 알았어, 라는 메시지를 보낸 낯선 이가 불쑥 출입문을 열고 들어올 수도 있고, 머리를 다친 손님이 아무때나 찾아와 얼음이 깨끗한지를 확인하며 아이스 아메리카노를 요구할 수도 있고, 잠깐 테이블에 엎드려 잠든 사이 자신이 강한 힘으로 누군가를 밀치는 진저리쳐지는 꿈을, 얼굴이 안보이는 여러 명과 함께 누군가를 벽으로 밀고 압박하는 나쁜 꿈을 또 꾸게 될지도 모르고, 꽃을 좋아하느냐고 물었던 사람이 가져온 흰 꽃들이 줄줄이 매달린 커다란 화분이 들어올지도 모른다. 그리고 잠시 그랬던 것처럼, 아무도 모르는 작은 광채 하나가 그 문으로 들어왔다 나간 거라고, 미처 알아차릴 틈도 없이. 영주는 고개를 끄덕였다. 에코백을 잊고 왔다는 걸 이제야 안 것처럼. 살아갈 수 없을 것 같은 일들은 아직 일어나지 않았고 지금은 밥통이 너무 무거워져서 영주는 그걸 가슴 앞으로, 자신의 두 손으로 떠받치듯 들고 걸었다.

생각하는 일

지금은 단종된 모닝글로리의 B5 스프링 노트를 좋아해서 미리 한 박스를 사두었다. 매 소설을 시작하기 전에 조금은 강박적으로 그 '구상 노트'에 메모하고 정리한다. 날짜별로, 메모한 장소나 시간도. 그렇게 기록해놓는 이유는 어떻게 인물을 떠올리고 무엇이 이야기를 바꾸고 결정적으로 왜 그 소설을 쓰겠다는 결심을 하게 되었는지, 생각의 흐름과 사고의 방향이 조금은 보이는 듯해서이다. 그런다고 '소설이 어떻게 오는지' 정말로 알 수 있는 것은 아니지만.

「그들」을 준비하던 때의 노트를 펼쳐보니 처음에는 모친을 누군가나 어딘가에게 떠맡겨야만 하는 아들의 이야기, 라고 짧게 적어두었다. 그뒤에는 내가 '조각들'이라고 표현하는 경험, 문장, 밖에서 듣고 보고 주워 온 편린에 대한 단상 들. 이렇게는 소설이 안 될 거야, 라고 침울하게 써놓고 산책하러 갈 때마다 노트를 들고 간다. 서너 달, 혹은 그보다 오랫동안. 이야기도 인물도 중요하지만 그 안에서 무엇을 놓치고 있는지 들여다보고 생각하는 데 시간을 쏟는다. 그러다가 5월 초에 개인적으로 힘든 일이 있었다. 구상을 지속할 수도, 글을 쓸 수도 없었다. 5월 셋째 주 월요일에 낙성대 스타벅스에 앉아 생각했다. 살아 있다는 걸 느끼고 싶다고. 그런 감정은 나에게도 소설의 인물에게도 어쩌면 모두에게 중요한 감정일 수도 있지 않을까 단정하고 싶었다. 종소. 그때 떠오른 이름이었다. 그리고 그가 누군가를 만나서 미워하는 마음도 원망하는 마음도 사라지게 되는 희미한 경이의 순간을, 잠시지만 서로에게 중요한 사람으로 느껴지는 경험을 하게 하면 어떨까 생각했다. 작은 투쟁을 하며 힘들게 살아가는 두 사람의 이야기. 그런 심심한 이야기가 떠올랐다. 떠오른 것들이 있어도 생각에 생각이 많아졌다. 점점 더 그렇게 되었다. 종소라는 이름 옆에 이 년 전 12월에 찍어두었던 사진을 찾아 나란히 놓아보았다.

가끔 가는 동네 식당 화장실 문에 어느 날 '반대편사람주의'라는 노란색 스티커가 붙어 있었다. 사진을 찍어두며 그때부터 궁금해졌다. 이 안에서 어떤 일이 일어난 걸까? 내가 만난 적 없는 인물들의 사정이 알고 싶어졌고 자주 상상해보곤 했다. 이 인물 중 한 명이 종소구나, 라고 그냥 고개를 끄덕였다. 원고 마감이 한참 지나버린 때였는데 쓰기 시작했다. 발표하지 못해도 이 단편을 써야 남은 올해를 견뎌낼 수 있을 것 같았다. 수업을 나간 이틀을 제외하고 닷새 동안 썼다. 초고를 마치고 언제부턴가 그러듯

구상 노트를 펼쳐 이번 소설을 쓰며 '느낀 점/반성할 점'에 대해 각각 한 페이지씩 적어내려갔다. 대략 이렇게. "행동이 곧 그 인물이다. 평소에 사람을 더 깊이 관찰할 것, 무엇을 덜어내고 무엇을 말하지 말아야 할까 깊이 고민하고 쓸 것, 눈을 더욱 크게 뜨고 '현실'을 볼 것, 특별하진 않아도 잊고 있던 그 인물의 고유한 장점을 드러낼 것, 작가가 그 이야기를 통해 보여주고 싶은 국면을 결정하는 건 시점이 아닐까" 등등. 쌓여 있는 구상 노트에서 어느 면으로 내가 가장 중요하게 여기고 자주 들여다보는 페이지들이 됐다. 나는 소설쓰기를, 소설을 쓰면서 배우고 수업을 하면서 배우고 소설을 읽으면서 배운다. 소설을 정성 들여 쓰기보다는 쓰기 전에 정성을 다해 생각하려고 한다. 나의 일이 소설쓰기라기보다는 소설에 대해 생각하는 일이 본질적인 일인 것처럼.

원고를 넘기자 곧 여름방학이 시작되었다. 분지의 도시로 가서 저녁이면 천을 따라 매일매일 걸었다. 더 쓸 무엇을 남겨두고 온 기분이었다. 미움이 아니라 안타까움, 안타까움보다 서로가 서로에게 중요해져버리는 사람들의 이야기. 그래서 알았다. 종소의 이야기가 아직 끝나지 않았다고.

타임아웃

권희철(문학평론가)

「그들」에는 시간의 흐름이 더이상 같은 박자로 지속되지 못한다는 표시가 빈번하다. 생각나는 대로 몇 개만 골라보면,

종소는 후배의 출판사에 가서 일을 도왔다. 출판사 사정이 어려워졌다는 말을 후배가 어렵게 꺼낸 지난달까지는.(9~10쪽, 이하 강조는 인용자)

〔종소의—인용자〕 어머니가 좋아하는 것 중 하나는 거실 창을 열고 햇빛이 들어오는 이 인용 소파에 앉아 해를 쬐는 일이었다. 얼마 전까지는.(11쪽)

며칠 전부터 〔영주는〕 밖에 혼자 나가는 일도 겁이 나고 카페 문

이 열릴 때마다 조용히 놀라고는 했다.(15쪽)

〔영주가〕 상현이 자기 아들이 아니라 남편의 아들이기만을 바라게 된 것도 그때부터였을 것이다.(32쪽)

이런 표현들은 그 안에서 별다른 문제 없이 살아갈 수 있게 해주었던 누군가의 일상적인 리듬이 더이상 작동하고 있지 않다는 사실을 표시한다. 생각해보면 종소의 박자들은 정말이지 계속해서 중단돼오기만 했다. "아버지는 택시를 몰고 종소는 공부를 하고 어머니는 살림을 맡으며" 나름으로 안정되고 화목했던 가정의 리듬은 십사 년 전 종소의 아버지가 심장마비로 돌아가신 뒤 중단됐고 그 여파로 어머니가 노인 우울증에 걸렸다. 종소가 어느 대학의 겸임교수로 팔 년간 재직하며 새로운 박자가 자리잡는 것 같았지만 삼 년 전 임용에 실패한 뒤로 대학과 연결된 안정적 리듬은 극히 불안정해졌다. 경제적인 사정도 함께 불안정해졌을 종소는 출판사에서 파트타임 일을 하며 어떻게든 균형을 찾아보려 했지만 그나마도 지난달 중단됐다. 출판사를 경영하는 후배가 더이상 일거리를 줄 수 없다고 알려오며 함께 들려준 이야기 때문에, 종소는 어머니가 스스로 목숨을 끊을지도 모른다는 막연한 불안에 시달려야 했고 그래서 그나마 남아 있던 미약하지만 안정적이었던 모자 관계의 박자가 더더욱 희미해진 듯하다. 하지만 그것만으로도 아직 끝이 아니라는 듯이 종소에게 들이닥친 일들은 아주 사소한 리듬들까지 찾아내 중단시킨다. 어머니의 팔순 생일을 맞아 누나가 배송시킨 호접란 화분이, 바람과 햇빛이 잘 통하는 장소에 놓아두어야 하는 그 커다란 화분이 거실 창가 자리를 차지하는 바람에 거실 소파에 앉아 햇볕 쐬기를 즐기는 어머니의 별것 아닌 생활 습관조차도 중단됐다. 이제 종소에게는 부엌일을 하다가도 뒤만 돌아보면 어머니가 별일 없이 소파에 앉아 계신다는 것을 확인할 수 있으리라는 너무나 사소한 기대조차 끊어져버렸다. "자꾸 뒤를 돌아다봐야 (……) 희고 커다란 호접란 화분만 보일 뿐이었다. 금요일의 어머니가 그 화분으로 변신이라도 한 것처럼."

종소와는 처지가 퍽 다른 것처럼 보이기도 하지만, "지금껏 지켜온 생활이 모두 무너져버릴 거란 불안"을 느끼고 있는 영주에 대해서도 우리는 종소 못지않게 길고 세세한 '중단'의 목록들을 작성하려면 할 수도 있을 것이다.

기존의 리듬이 중단됐지만, 다른 방식으로 삶을 이어갈 수 있게 해줄 새로운 리듬은 아직 조성되지 않은 탓에, 시간이 정지된 듯한 '타임아웃'된 공간이 「그들」의 무대다. 종소와 영주가 이 무대를 충분히 활용할 수 있다면, 자신의 삶이 무난히 이어질 수 없게 만드는 여러 상황에 대해 이런저런 탐색과 시험을 해본 끝에 새로운 리듬을 찾아낼 수 있다면 그때는 타임아웃이 끝나고 시간이 다시 흐르며 두 사람은 각자의 경기를 재개할 수 있을 것이다.

아니, 그것이 꼭 틀린 말이 아니지만, 그러나 그와 같은 서술은 지나치게 경쾌하고 활기차며 낙관적이라는 점에서 「그들」과 '인생의 타임아웃'에 대한 적절한 설명이 될 수 없다. 인생의 타임아웃은 운동경기의 타임아웃과는 달리 경기장의 시계가 멈춰 있는 동안 체력을 회복하거나 휴식을 취할 수 없다. 거기에는 위기 대처 방안을 코치해줄 존재가 따로 있지도 않고 일정한 시간이 경과한 뒤 시계가 다시 움직이고 경기가 다시 이어지리라는 보장도 없다. 종소에게서 보듯 인생의 타임아웃은 많은 경우 끝이 보이지 않는 지난한 하강 국면이자 빠져나가기 어려운 생존의 위기이고 때로는 타임아웃에 갇힌 채 삶 그 자체가 끝나버리기도 한다. 운좋게 타임아웃에서 무사히 빠져나와 새로운 삶의 리듬을 시작한다 해도 그것을 꼭 '회복'이라고 할 수 있을지 장담할 수 없고 거기에 무슨 극적인 변화가 있는 것도 아니며 그것이 더 나은 삶으로 이어지는 것은 더더욱 아니다.

그런데도 그 무대를 활기찬 운동경기가 연상되는 '타임아웃'이라고 부를 수 있다면, 다음과 같은 이유 때문일 것이다. 이 고통스럽고 우울하며 절망적인 무대에서 어리석은 낙관 없이 더이상 삶이 평온하게 이어질 수 없다는 사실을 분명하게 자각하고 기존의 리듬에 매달리려는 게으르고 헛된 습관에 사로잡히지 않으면서도 체념과 절망에 너무 쉽게 빨려들어가지 않으려 애쓰며 삶을 향한 의욕을 끝까지 붙들고 있는 사람들이 있다. 그들은 새로운 박자가 시작되기 전까지 혼란스럽고 한심하고 부조리한 방식으로밖에는 살아갈 수 없고 그런 점에서 그들의 인생이 누군가에게는 '어리석고 하찮은' 것으로 보일지도 모르겠지만 어쨌거나 삶 그 자체를 중단시키지 않고 이어나가면서 그 안에서 새로운 박자가 시작될 희미한 가능성을 탐색하고 있는 이들이 바로 그들이다. 거기에 승리나 패배로 이어지는 드라마틱한 변화는 없을지도 모르지만, 눈에 띄는 사건 같은 것은 일어나지 않을지도 모르지만, 그들의 한심한 머뭇거림이나 소심하고 좀스러운 반응들 그리고 무의미하고 경련적인 제스처들 속에서, 더이상 살아낼 수 없는 현재로부터 물러서서 삶에 대한 의욕을 간수할 수 있는 타임아웃이 마련되고, 그 타임아웃을 통해서 새로운 리듬이 도래할지도 모를 틈새들이 탐색 가능해지는 것이다. 물론 종소와 영주가 '그들'에 속하고, 「그들」은 그 어리석고 하찮은 인생들이 자기 삶에 쏟아지는 부당한 고통과 무의미한 우연들을 얼마나 간절하게 받아들이고 또 그것에 절박하게 대처하려 하는지를 세밀하게 보여주는 바람에 우리가 그 인생들을 더이상 어리석고 하찮은 것으로는 볼 수 없게, 오히려 탄복하게 만든다.

아마도 이 소설에서 가장 강렬하고 인상적인 동시에 안타까운 순간은 다음의 장면일 것이다.

남자[종소]가 영주를, 영주가 남자를 보았다. (⋯⋯) 다른 사람은 없었다. 그 눈에 당혹감과 불안과 그리고 이성적으로 제어할 수 없는 어떤 두려움과 무모한 감정이 섞여 있다는 걸 아는 사람도. 큰일난 거죠. 네, 큰일난 거예요, 우리. 두 사람은 서로에게 집중했다. 그 눈에서 무슨 표시를 찾듯.(36쪽)

종소는 임용 과정에서 자신을 부당하게 배제해버린 최교수에게 복수하고 싶어 최교수의 아내가 하는 카페에 찾아갔던 것이지만, 카페 사장인 영주는 자신의 비밀을 아는 낯설고 위험한 남자가 찾아와 뭔가 무서운 일을 벌일 것만 같았고 그것이 종소라고 착각했던 것이지만, 몇 가지 사소하고도 미묘한 계기들이 쌓여 두 사람 사이에서 마치 사고처럼("네, 큰일난 거예요, 우리.") 사랑이 덜컥 시작되려는 이 장면. 그리고 종소가 나중에 영주의 카페에서 발견하는 경고문, "반대편사람주의" 혹은 "반대편사랑주의"도.

하지만 러브 어페어는 일어나지 않는다. 이것은 타임아웃을 활성화하는 이야기니까(우리의 초점은 '유예된 활성화'가 아니고 '활성화된 유예 상태'다*). 타임아웃은 희망 없는 절망을 모르지만 절망 없는 희망은 더더욱 모르고 그리고 무엇보다 혼란과 위태로움 속에서도 끝까지 현재의 삶과 씨름하고 현재의 삶이 다르게 다시 시작될지도 모른다는 가망 없는 희망을 놓아버리지 않으니까. 그러니 종소와 영주는 각자의 갑갑한 현실을 내버려둔 채 그것을 아무것도 아닌 것으로 만들어버리는 너무나 아름답고 격정적인 사랑의 사건으로 서둘러 건너가버릴 수는 없는 것이다.

하지만 그들이 따로 또 함께 만들어가는 타임아웃 속에서 종소와 영주가 자기 삶의 동요와 위태로움에 진지하고 또 예민하게 열려 있지 않았더라면 삶에 대한 의욕을 잃고 무감각과 무기력 속으로 빠져드는 듯했던 두 사람에게 그렇게까지 두렵고도 무모한 감정이 찾아왔을 리 없다. 그렇게 격렬하게 동요하는 감정을 통과하는 일이 없었다면 소설의 마지막 장면에서 두 사람이 각각의 삶을 소중히 다루며 수선해나갈 생각을 하고 이제는 타임아웃에서 빠져나갈 수 있으리라는 예감을 하지도 못했을 것이다. 어머니에게 있을지도 모를 자살 충동을 걱정하는 듯 보이지만 사실은 그 자신이 죽음에 매혹되어 있던 종소에 대한 마지막 서술은, 소설의 시작부터 평온한 일상적 리듬이 망가지고 말았다는 사실을 표시한다는 듯 고장나버린 전기밥통에 신경쓰지 않고 여차하면 자기 인생에서 가출하는 것이 가능하다는 듯 늘 에코백에 간단한 짐을 싸 다니던 영주에 대한 마지막 서술은, 각각 이렇게 돼 있다.

소금. 어머니가 여름에 가장 필요로 하는 것은 소금이었다. (……) 십 킬로그램짜리 천일염을 몇 포대쯤 사놓으면 어머니가 계속 살아가고 싶어할까. (……) 소금 사는 걸 잊어서는 안 돼. 가로수 사이로 떨어져내리는 얼룩덜룩한 빛 속에 종소는 자신을 세워두곤 〔새로운 박자가 시작되었다는, 타임아웃은 끝났다는—인용자〕 신호를 기다렸다.(40~41, 45쪽)

아무도 모르는 작은 광채 하나가 그 문으로 들어왔다 나간 거라고, (……) 영주는 고개를 끄덕였다. 에코백을 잊고 왔다는 걸 이제야 안 것처럼. 살아갈 수 없을 것 같은 일들은 아직 일어나지 않았고 지금은 〔수리 센터로 들고 가는—인용자〕 밥통이 너무 무거워져서 영주는 그걸 가슴 앞으로, 자신의 두 손으로 떠받치듯 들고 걸었다.(48쪽)

이 마지막 장면에 도달하기까지 일상의 리듬이 중단된 이후 종소와 영주 두 사람이 각자의 불안과 공허 그리고 고통 앞에서 오래 머뭇거리고 더듬거리고 흔들리며 무엇인가를 겪고 미묘하게 굴절되어가는 과정들이 그러니까 그들의 활성화된 타임아웃이 「그들」에는 너무나 섬세하게 그려져 있다.

부기附記

「그들」의 제목은 물론 '종소와 영주'를 가리킨다. 하지만 '그들' 이라는 말은 약간 멀리 떨어져 있는 대상을 가리킬 때가 많아 이 렇게까지 클로즈업되는 종소와 영주에게서 소설의 제목이 조금씩 미끄러지고 있다는 인상을 주기도 한다. 두 사람보다 더 많은 사람들을 포괄하는 경우가 흔하다는 점에서도 '그들'이라는 말은 종소와 영주를 포함하는 더 커다란 인물군을 가리키는 것이 아닐까 생각해보게 된다. 예컨대 지금 이 글에서 '타임아웃'을 진술하며 '이 고통스럽고 우울하며 절망적인 무대에서 어리석은 낙관 없이 더이상 삶이 평온하게 이어질 수 없다는 사실을 분명하게 자각하고 기존의 리듬에 매달리려는 게으르고 헛된 습관에 사로잡히지 않으면서도 체념과 절망에 너무 쉽게 빨려들어가지 않으려 애쓰며 삶을 향한 의욕을 끝까지 붙들고 있는 사람들'이라고 썼던 것 같은 사람들. 이 짤막한 소설은 '그들' 가운데 우연히 스쳐지나가며 서로에게 삶에 대한 의욕을 되찾아주고 있는 종소와 영주 두 사람만을 보여준 것이지만 그 둘은 '어쨌거나 삶 그 자체를 중단시키지 않고 이어나가면서 그 안에서 새로운 박자가 시작될 희미한 가능성을 탐색하고 있는' 아직 다 알려지지 않은 커다란 군중인 '그들'에 속하는 것이라고 한다면?

한편 「그들」은 구체적인 날짜를 꼼꼼하게 표시하고 있어 종소와 영주의 '타임아웃'이 정확히 "오늘, 4월 셋째 주 금요일"부터 시작해서 "5월 마지막 주 토요일"에 그 끝이 예감되고 있는 것으로 특정된다. 그런데 서술상 5월 마지막 주 토요일이 부처님오신날이고 이때부터 연휴가 시작된다고 했으니, 이 허구의 사건들은 어느 봄날에나 벌어졌을 수 있는 일일 수 없고 꼭 2023년 봄의 일, 2022년 10월 29일의 이태원 참사로부터 두 계절이 지난 바로 그 시기의 일이 된다. 영주의 아들 상현이 그 이해하기 어려운 '압사 놀이'의 가해자가 되고 그 사실이 "지난해 11월"에 담임선생으로부터 통보되었으며(실제로 2022년 11월 기사들을 찾아보면 '압사 놀이'에 대한 언급이 자주 나온다) 그것이 영주의 리듬을 '중단'시키는 여러 계기 가운데 하나가 되는 것도 꼭 이 시기의 일들이었기 때문에 가능한 것이다. 영주에게 종소가 "여러 명이 벽에 밀치면 그대로 힘없이 압박당하고 말 것처럼" 느껴지는 것도, "이따금 영주는 자신이 누군가를 압박하는 나쁜 꿈을 꾸"는 것도. 이태원 참사라는 트라우마 이후의 일임을 표시하기 위해서 「그들」이 그렇게 구체적인 날짜를 꼼꼼히 표시해야 했다고 한다면 어떨까?

아주 넓은 의미에서의 이태원 참사 생존자들 모두는, '우리'와

겹쳐질 수도 있고 그러지 않을 수도 있는 '그들'은, 트라우마 이후를 살고 있다. '그들' 중 누구도 기존의 삶의 리듬을 신뢰하고 낙관하며 절망 없는 희망으로 행복하게 살아남을 수는 없었을 것이다. 그렇지만 '그들' 가운데 적지 않은 사람들이 희망 없는 절망에 빨려들어가지 않았을 것이고 어쨌든 자기 삶을 이어나가며 새로운 삶의 리듬을 탐색해왔을 것이다. 「그들」을 '그들'에 대한 이야기로 읽는 것도 불가능한 일은 아닐 듯하다. 「그들」을 '그들'이 자기 삶의 의욕을 되찾을 수 있게 도와주는 이야기로 읽는 것도 불가능한 일은 아닐 듯하다. '타임아웃'된 공간 속에서 우글거리는 그 많은 '그들' 각자는 서로 만날 수 있고 그 우연한 만남 속에 "미처 알아차릴 틈도 없이" "아무도 모르는 작은 광채 하나가 (……) 들어왔다"가 나갈 수 있으며 「그들」은 '그들'을 대신해서 '그들'처럼 '그들'과 함께 바로 그 광채를 보여주는 것이니까.

아마도 그 광채는 다음의 경고문 속에서 은은히 빛나고 있는 것 같다. 문 뒤에 사람이 있을 수 있습니다. 반대편사람주의. 반대편사랑주의. 충격에 대비할 것. 충격을 기대할 것.

---

* '활성화된 유예 상태'는 로런 벌렌트가 '상황'을 정의하며 동원한 표현이다(『잔인한 낙관』, 박미선·윤조원 옮김, 후마니타스, 2024, 354쪽). 이 글에서 중요하게 다루고 있는 '타임아웃'과 '트라우마 이후'라는 용어 그리고 그에 대한 생각들도 모두 『잔인한 낙관』 그중에서도 특히 '답보 상태'라는 개념을 참고한 것이다.

신용묵

양치기들의 협동조합

작가노트

혐오하는 동안 사랑해버린 나에 대한 혐오가

리뷰 | 김경욱

지구가 스스로 돈다는 거짓말

신용목

2000년 『작가세계』 신인상에 시 「성내동 옷수선집 유리문 안쪽」 외 4편이 당선되어 등단. 육사시문학상 젊은시인상, 시작문학상, 노작문학상, 현대시작품상, 백석문학상, 시와표현작품상 등 수상. 장편소설 『재』, 시집 『그 바람을 다 걸어야 한다』『바람의 백만번째 어금니』『아무 날의 도시』『누군가가 누군가를 부르면 내가 돌아보았다』『나의 끝 거창』『비에 도착하는 사람들은 모두 제시간에 온다』『우연한 미래에 우리가 있어서』, 산문집 『우리는 이렇게 살겠지』『비로 만든 사람』이 있다.

© 이효영

양치기들의 협동조합

0

그러나 내 몸에서 천천히 걸어나와 나를 향해 돌아서던 그림자에 대해, 마치 몸을 바닥에 던져두고 내 눈만 가져간 것처럼 빤히 나를 내려다보던 어둠에 대해, 그리고 어느 찰나에 내 눈을 돌려주고는 미명 밖으로 사라져버려 나를 외롭게 만들던 밤에 대해, 마음이라 불리는 축축한 허구에 대해 쓰려고⋯⋯

이야기를 시작한 것은 아니다. 적어도 그것은 허구가 아니다.

나도 안다. 이야기를 하기 위해 나는 몇몇 인물을 깨워야 한다. 몸을 세우고 머리를 달고 얼굴을 새겨야 한다. 무엇보다도 거기 꼭 맞는 마음을 주어야 한다. 그러나 몇 문장을 거쳐 사소한 배경에 어울릴 만한 일화를 곁들이고 나면, 어김없이 그들의 몸과 머리와 얼굴은 모두 그림자 속으로 숨어버린다.

그들의 마음은? 끝없이 펼쳐진 밀밭의 트랙터 바큇자국으로 찍혀 있거나 더러운 털을 가진 양들의 목초지에 머물고 있을지도 모르지. 그러나 사라진다. 캄캄한 터널 속으로 들어가듯 기억이었으나 역사가 되고 다시 전설이 되고 새롭게 망각이라 불리는 곳으로. 너무 많아서 사라진 것처럼 느껴지는 곳으로……

모두 안다. 그림자와 어둠과 밤이 남는다. 그래서 그림자이거나 어둠이거나 밤……은 허구가 되지 못한다. 그것은 실재이다. 이야기 속으로 도망가고 싶어도 그것들은 이야기 밖으로 길고 차갑고 끝나지 않는 몸을 내민다. 아무리 등을 밝혀도 밤이 오는 것처럼 그림자의 세계는 어떤 허구로도 가릴 수 없다.

1

처음 그림자를 본 것은 산볼에서 온타나스로 향하는 길이었다. 끝없이 펼쳐진 밀밭이 지평선을 날카롭게 그어놓은 곳. 태양은 뜨겁고 바람은 매서운 곳. 스페인어로 아마폴라스라고 부르는 양귀비밭을 만나면, 그래서 쉽게 눈을 떼지 못하고 쳐다본다. 대평원 가운데 무더기씩 등장하는 그 꽃빛은 석양을 오려 와 밀밭 사이에 기워놓은 듯 환했다.

얀과 나는 순례길에서 벗어나 폐허의 흔적을 간직한 옛 마을들을 둘러보고 다녔다. 흩어진 돌무더기 사이 홀로 선 벽체가 지붕이 있던 자리에 들어온 구름을 물끄러미 받치고 있는 곳이었다.

단서.

그게 무엇이든 단서가 있을 거라며, 얀은 벽체의 빈틈이나 뒹구는 돌무더기를 유심히 살피곤 했다. 그러나 얀 스스로도 그 단서가 어떤 형태와 방식을 가지고 있을지 알 수 없었으니, 사실 우리의 수색은 과거의 세부를 들여다보는 일에 지나지 않았다. 시간이 자신의 얼굴을 보여주기 위해 사물을 어떻게 거울로 삼는지…… 그것은 관념으로 된 역사가 아니라 물질로 된 시간을 보는 일 같기도 했다. 낡고 부서지고 버려진 것들로 기념되는, 의도치 않게 우리는 시간의 공동묘지를 헤매고 있는 것이었다.

당연히 지체되었다. 보통 순례자들은 오전 일고여덟 시에 숙소를 떠나 오후 두세 시에 다음 행선지에 도착한다. 뜨거운 태양을 피하기 위한 방편이기도 하지만, 알베르게라고 불리는 순례자 숙소에 여장을 풀고 그날의 빨래를 하고 필요하다면 약국이나 마트에 들를 시간을 벌기 위해서이기도 하다. 물론 이른 저녁식사 후엔 피로에 내몰려 일찌감치 잠자리에 든다. 반면 우리는 해가 저물 때까지 길 위에 있었다. 저녁 아홉시가 다 되고야 날이 저물었으니 꽤 오래 메세타를 헤맨 것이다.

어둑발이 제법 짙었을 때 양귀비밭을 만났다. 붉은 꽃잎이 지평선에서부터 낮게 깔려온 빛을 조용히 마시고 있었다. 나는 그 여린 빛의 그물에 당겨진 것처럼 양귀비밭에 사로잡혀 있었다. 얀은 몇 걸음을 앞서 걸었는데, 잔뜩 쌓아올린 배낭이 머리를 가리고 있었지만 발걸음만큼은 다부졌다.

처음엔 구름 그림자인가 생각했지만 석양조차 스러지는 시간에 구름 그림자가 드리울 리 없었다. 어둑한 양귀비밭 가운데서 무언가가 일어나기 시작했던 것이다. 이곳저곳 불규칙하게, 마치 물질을 하다 숨을 고르려고 물 밖으로 고개를 내미는 해녀들처럼, 한두 개에서 서너 개로 다시 대여섯 개로 조금씩 더 많은 형상들이 나타나 양귀비밭을 오가기 시작했다. 서로 엉겼다가 떨어지고 간혹 길어졌다 짧아지며, 어느 순간엔 꼼짝없이 멈춰 있는 것도 있었다.

꽉 깨물고 있던 입술에서 번져나온 피처럼, 제 빛에 젖어 더 짙게 일렁이는 그것들은…… 분명 그림자였다.

얀! 봤어?

얀은 뒤도 돌아보지 않고 투덜대기만 했다.

길도 제대로 안 보이는 시간이야. 아직 한 시간은 더 걸어야 한다고!

얀은 벌써 저만치 앞서 가서 어둠 속으로 거의 스며들고 있었다. 더는 그를 부를 엄두를 내지 못하고 나는 가만히 그림자들을 응시했다. 사람들은 사라지고, 그들의 그림자만 남아 양귀비씨를 뿌리고 그것을 따고, 때가 되면 모질게 양귀비 꽃대를 잘라내는 풍경이 저럴지도 몰랐다. 이제 얀은 보이지 않았다.

2

얀은 독일인이었지만 독일인에 대한 편견을 깨기 위한 독일인이라고 스스로 소개하는 것처럼 말수가 많은 편이고 그 말들은 어디까지가 농담이고 허풍인지 알 수 없는 것들이었다.

정말이야, 몽크. 특별히 너한테만 말하는 거야.

얀은 '목' 자로 끝나는 내 이름을 '몽크'로 발음했다. 그러면서 왜 수도승처럼 생기지 않았느냐는 실없는 농담을 덧붙이는 식이었다. 만난 지 한나절 만에 '특별히' 지상 최대의 비밀 중 하나를 알려준다고 했으니, 그 비밀 역시 비밀일 리 없으며 비밀이었다 하더라도 이미 비밀이 아니게 된, 다만 얀의 확신 속에서만 비밀일 뿐이었다. 이건 비밀이어야 한다는 확신 말이다.

정말? 그걸 넌 어떻게 알았어?

나는 숱 적은 금발에 갈색 수염을 가진 이방인과 조금 더 대화를 이어가고 싶었을 뿐이었다.

그의 직업은 펀드매니저였다. 그렇지만 독일인에 대한 편견을 깨기 위한 일상적인 노력에 걸맞게 그다지 성실한 매니저는 아니라는 것 정도는 라면값의 등락도 이해 못하는 나조차도 짐작할 수 있었는데, 마치 설교 사이사이에 접속사처럼 덧붙이는 '아멘'만큼이나 조금의 배려도 없이 내뱉는 어려운 경제 용어 사이사이에 '겟 리치 퀵'을 외치는 면모만으로도 충분했다.

몽크. 이건 정말로, 정말로, 고급 정보야! 너도 알다시피 스페인은 내전이 심했어. 말이 내전이지 유럽의 모든 국가가 암암리에 참전했지. 암암리에. 이게 포인트야. 암암리에.

얀의 설명은 이랬다. 암암리에 참전한 국가들이 암암리에 반군과 정부군을 지원하다보니 마치 마약류를 거래하듯, 범죄 자금이 오가는 방식과 비슷하게 군자금이 움직였다는 것이다. 실제로 범죄 집단들의 거래 방식이 모두 CIA나 KGB 같은 정보기관의 방식을 모방하고 있다는 설명도 곁들였다. 더불어 국가마다 화폐가 달라 현금으로 군자금을 융통할 수도 없었을 테니 틀림없이 금이나 은일 것이라고. 마침내 반군들의 승리로 내전이 끝나자 상황이 바뀌었다. 이제 반군들이 정부군이 되고 정부군과 그들을 지지하던 시민군이 반군이 되었다. 한때 정부군이었던 반군은 산발적으로 저항을 이어갔다. 물론 군자금도 그들의 활동 경로를 따라 흩어졌을 것이다.

공식적인 기록은 없어. 여기 메세타는 토벌도 어려웠지만 반군들이 활동하기도 쉽지 않았어. 사방이 훤히 보이니까. 그래서 마을 주민으로 위장했지. 정부군은 앞뒤 가리지 않고 주민들을 학살했고 다음 차례는 군자금을 찾는 것이었어. 그들이 찾았을까? 천만에. 그게 백 년도 안 된 일이야. 심지어 반군들의 저항은 오륙십 년 전까지 계속되었다니까.

3

나는 프랑스 남부 생장에서 출발한 지 십이 일 만에 부르고스에 도착했다. 부르고스에서부터 대평원 메세타가 시작된다. 순례자들이 가장 사랑한다는 프랑스길은 생장에서부터 산티아고까지 팔백 킬로미터에 달하지만, 지역마다 다른 역사를 가진 도시와 다른 풍광의 자연이 기다리고 있어 지루함을 느낄 틈이 없다고…… 안내책자는 소개한다. 그렇지만 일주일 내내 삭막한 지평선을 바라보며 걸어야 하는 메세타만큼은 힘들 수 있으니 기차나 버스를 타고 점핑을 하는 것도 좋은 선택이라는 설명이 덧붙여져 있다. 지루함을 느낄 틈이 없는 길. 그 이유가 각색의 도시와 풍광들 때문만이 아님을 깨닫는 데는 오래 걸리지 않았다. 하루 삼십 킬로미터 내외를 걸었지만 첫 사흘 동안은 대개의 시작이 그렇듯 의지가 몸을 압도할 수 있는 시간이었고 몸의 상태도 어느 정도 그 의지를 뒷받침해주었다. 넷째 날부터는 달랐다. 모든 피가 발바닥으로 모여 붉은 쇳물처럼 뜨거워진 느낌이었고 다섯째 날엔 그 쇳물이 천천히 식어 납작하게 굳어버린 느낌이었다. 걸을 때마다 발바닥 피부 밑에 얇게 깔려 있는 철판이 뜨겁게 달궈지는 느낌이랄까. 벗어보면 연노랑 물집들이 물컹하게 잡혀 있었다.

　그즈음 순례 소감을 묻는 말에 대다수는 '저스트 페인'이라고 답하곤 한다. 고통을 느끼는 것 외에는 어떤 것도 생각할 수 없었다. 이런 것이 순례라면…… 아무리 기도해도 나타나지 않는 신을 자기 몸속의 고통으로 발견하는 것이 순례가 아닐까…… 생각했다. 신앙이라는 관념을 고통이라는 감각으로 전환해 물질화시키는 방법 말이다. 그런 생각이 들자 고통스러움과 무관하게 순례가 좋아졌다. 어떤 깨달음이 고통을 넘어선다는 말은 이때

가능한지도 모르겠다. 고통을 고통대로 두더라도 그 고통의 이유는 납득할 만하고, 그래서 좋아할 수 있게 되고, 마침내 그 고통을 감수하겠다고 다짐할 때 말이다. 그래서 모든 교회는 인간의 고통의 크기를 보여준다. 그것이 아니고서야 십자가라는 형틀을 제일 꼭대기에 세워놓는 이유를 무신론자인 나는 이해할 수 없다.

그러나 고통을 통해 신을 만난다는 것은 충분히 매력적이다. 우리는 신을 타인의 죄 속에서 발견하려고 드니까. 신 앞에 자신의 결백을 드러내기 위해서 누군가를 죄인으로 만들기까지 하니까. 그리고 그 누군가를 응징함으로써 신의 엄격함을 자기 행동의 당위로 바꿔놓으려고 하니까. 그것이 아니고서는 결백이 없는 자신의 결백을 드러낼 수 없으니까 말이다. 바로 타인을 죄인으로 만드는 것. 그것이야말로 진짜 죄일 것이다. 자신의 유죄를 통해서만 증명되는 결백. 어쩌면 원죄는 처음부터 있었던 게 아니라 무죄를 위해 유죄 속으로 들어가게 만드는 저 그릇된 욕망의 고리에 내재되어 있는지도 모른다. 요컨대 우리는 죄를 짓는 것으로 결백을 주장하곤 한다. 결국 그것이 우린 모두 죄인이라는, 이상한 신학적 명제를 완성시킨다. 그래서 모든 사랑 앞에 신의 가호가 있는 것처럼 모든 전쟁 뒤에도 신들의 가호가 있는 것은 아닐까.

4

검색을 거듭한 끝에 호젓한 호텔을 찾았다. 깔끔하진 않지만

72

부르고스대성당이 가까웠고, 객실이 열세 개밖에 없어 소란스러울 리도 없었다. 열흘 넘게 묵었던 곳은 전부 공립 알베르게였다. 최소 삼십 명에서 최대 백오십 명이 한 공간에서 먹고 잤다. 저렴했다. 일박에 일 유로 안팎. 일평생 쓸모없을 거라 여겼던 군필 이력이 여기서 빛을 발할 줄 몰랐다. 덕분에 집단 숙박 시설에 잘 적응했지만 다시 군대 가는 꿈처럼 그게 꼭 유쾌한 일은 아니었다. 메세타 대평원을 앞둔 부르고스에서만큼은 아늑한 곳에서 쉬며 몸과 마음을 정비하고 싶었다. 가성비 좋은 호텔이었다. 일층에 프런트를 겸한 펍이 있어서 간단한 식사까지 할 수 있었다. 주인은 연로했다. 어깨를 잔뜩 움츠린 채 손을 길게 늘어뜨리고 있어 더 그래 보였지만, 바에서 주문을 받고 바로 뒤에 놓인 맥주 탭까지 돌아서는 데도 서너 번씩 잰걸음을 디뎠다. 리뷰대로였다. 친절하나 느리다. 좋은 분인 것 같으나 매사 깔끔하지는 않다. 대체로 그런 의견이었다. 호텔이라기보다는 개인 객실이 있는 알베르게에 가까웠다. 주인이 오래 살기를 바란다라는 리뷰를 보았을 땐 순례자들의 마음은 역시 너그러운가 하는 생각도 들었다. 나까지 그런 마음이 되어 아직 만나지도 못한 주인의 장수를 바라는 마음에 좋아요를 누르기도 했다.

여긴 와인이 좋아.

레닌은 주문한 생맥주를 내오며 옆에 와인잔도 함께 내려놓았다. 시식용인데도 절반 가까이 채워진 와인이 심하게 요동쳤다. 수전증 때문이었다. 레닌은 자신의 손을 다른 손으로 꼭 쥐었다.

이제 움직임에 간격이 생겼어. 말하자면 떨리는 건 시간의 눈금 같은 거야.

레닌은 마치 이런 말을 얻기 위해 늙은 사람처럼 무안함을 철학적인 농담으로 바꿔놓는 능력이 있었다.

이름이 레닌이지만 보다시피 다른 사람이야. 그러니까 사회주의를 좋아하지 않더라도 나를 미워할 필요는 없네.

첫인사를 나누는 순간부터 나는 레닌을 좋아하게 되었다. 맥주잔과 와인잔을 연거푸 비우며 순례에 대한 별 시답잖은 이야기를 나눴다. 레닌은 경험 많은 사람이 으레 가질 법한 편견이나 고집이 없었다. 오히려 '알게 된 것'을 말하기보다는 여전히 '느끼는 것'을 말할 줄 알았다. 가령, 시간이 흐르면 자갈이 모래가 되고 모래가 흙이 되고 흙이 아주 작아져 공기처럼 부서지는 순간이 오는데, 그게 어둠의 질감이라고 했다. 어둠은 역사 이전부터 부서진 것들과 부서질 것들 모두를 품고 있다고…… 시인 같다고 하자, 그는 가는 뼈가 앙상하게 드러난 손을 들어 파리를 쫓듯 자신에게 날아든 칭찬을 지웠다.

그때 얀이 계단을 내려왔다. 레닌은 얀이 주문한 와인을 건네주며 기름에 절인 올리브를 두 개의 접시에 나눠 담아 얀과 내 앞에 내놓았다.

5

레닌은 얀의 이야기를 싫은 내색 없이 다 받아주었다. 간만에 사교의 기회를 얻은 독신자처럼 조금 들떠 보였다. 가끔 손으로 귀 둘레를 감싸며 얀의 말에 집중하기도 했다. 이곳 순례길에 얽힌 전설들은 대체로 사실에 기인한다는 게 얀의 주장이지만, 소문이 그런 것처럼 심하게 왜곡되거나 부풀려지곤 하는데, 산토도밍고의 수탉 전설이 화제가 된 것은 순전히 얀이 독일에서 왔기 때문이었다.

오래전 독일에서 온 젊은 순례자를 흠모한 여관집 딸이 있었다. 그녀는 마음을 고백했지만 독실한 신자였던 그는 어머니와의 순례를 택한다. 자신의 사랑이 받아들여지지 않자 그녀는 도리어 그에게 유린당했다며 거짓 고소를 한다. 젊은 순례자는 처형을 당하고 슬픔 속에서 혼자 순례를 마친 그의 어머니가 꿈속에서 아들을 만난 뒤 신부를 찾아가 그가 살아 있다고 말한다. 마침 저녁식사중이던 신부가 그 말이 사실이라면 내가 먹고 있는 이 닭이 살아날 것이라고 하자 정말 접시 위의 수탉이 날아올랐다는 전설.

여관집 딸이 거절당한 것을 참지 못하고 청년을 음해한 이야기라는 얀의 요약을 레닌은 이렇게 바꾸었다.

어떤 사랑은 파멸을 통해서만 자신을 드러내지. 자의든 타의든 거기 휘말린 자들은 같은 죗값을 치르게 설계된 것 같아. 그건 전쟁과도 닮았어. 어떤 병사도 자기가 일으킨 전쟁에서 싸우지 않아. 마침내 모두 죽게 되지. 누군가를 죽인 자는 그 순간 자신도 죽었다는 것을 본능적으로 알거든. 여관집 딸의 생명도 그때 끝났어. 그녀는 그후로 어떤 사랑도 하지 못했을 거야. 그 삶은 죽음이나 다름없지. 날마다 자신이 처형당하고 있다는 사실조차 모르는 채 살아가는 거니까.

맥주와 와인을 번갈아 마신 나는 이미 취기가 올라 더는 단어를 골라 문장을 완성할 수 있는 상태가 아니었다. 사실 영어라면 맨정신에도 어려웠다. 다만 생각했다. 그렇다면 죽은 닭이 살아서 날아오른 이유는 무엇일까? 적어도 독일 청년의 결백을 상징하기 위함은 아닐 것이다. 어쩌면 사랑이, 전쟁이, 그 모든 비극이 끝난 후에도 끝나지 않고 되살아나는 슬픔이 있기 때문은 아닐까. 슬픔은 죽지 않고 접시 위에서 죽은 닭이 날아오르듯 불쑥불쑥 일상을 깨운다. 그리고…… 다시 죽어서 접시에 담긴다. 일상이라는 무덤에 말이다.

얀이 화제를 바꿨다.

그러니까, 레닌. 당신만 하더라도 전쟁의 기억이 있지 않아?

나는 레닌의 나이를 정확히 가늠하기 힘들었다. 가톨릭 전통이 강한 순례길 곳곳에서 노년의 봉사자들을 만나는 게 어렵지 않았고 그들은 대체로 친절하고 유연한 성격을 가지고 있었다. 그래서 나이보다 덜 늙어 보였는지도 모른다.

갑자기 피곤하군.

그만 대화를 마치고 싶은 건지 그저 말을 고르려는 건지 알 수 없는 표정으로 레닌은 대답을 뒤로 미루며 잰걸음으로 돌아섰다. 물 따르는 소리가 들렸다. 잠시 물을 마시며 침묵을 달랜 후에 레닌이 이야기를 시작했다. 나는 반쯤 졸며 그의 이야기를 따라가려 애썼다. 꿈결이었을까. 그의 목소리는 이상하게 슬펐는데 마치 설원의 오두막에서 조금씩 새어나오는 불빛처럼 그의 몸에서 조금씩 흘러나오는 듯했다. 언젠가 나는 인간의 몸은 일생 동안 그 사람이 짓게 될 죄가 갇힌 방으로 설계되어 있다는 생각을 한 적 있다. 인생은 거기 달린 문이고 사랑은 그 문을 연다. 말하자면 레닌의 목소리는 그 문을 통해 모든 죄가 걸어나가고 마침내 텅 빈 방에 조용히 켜지는 불빛 같은 목소리였다. 나는 이미 잠 속을 드나들고 있었다.

6

산볼에서 사흘을 머물기로 했다. 그리고 다음 마을인 온타나스에서 이틀을 머무는 것까지가 우리의 약속이었다. 안은 허물이 벗겨진 자리에 굳은살이 빨갛게 돋기 시작한 내 발을 보고는 혀를 찼다. 그리고 지도를 펼쳐 보였다. 비행기를 타고 빌바오에 내린 그는 부르고스까지는 기차를 타고 왔지만, 메세타를 열흘간 도보로 훑을 거라고 했다.

어이, 몽크. 딱 닷새만 나랑 같이 메세타의 옛 마을을 다니지 않을래? 어차피 순례길과 절반 이상 겹치니까.

나는 '메세타의 옛 마을'이라는 말에 더 끌렸다. 사라진 시간만이 남길 수 있는 신비가 삶의 흔적 곳곳에 흩어져 있을 것 같은 기대감이 뒤따랐다. 사라진 보물에 대해 속삭이는 그의 허풍 앞에 나는 대답 대신 빙그레 웃어 보였다. 얀 역시 나를 따라 빙긋, 웃었다. 굳이 말이 필요하지 않았다. 그 미소로 이상한 약정이 체결된 기분이었는데, 진짜 군자금으로 쓰던 막대한 금괴를 손에 넣자는 결의라기보다는 함께 '보물 사냥꾼'이 되어 동심의 세계로 뛰어들어보자는 장난 같은 마음이었다. 말하자면 그 웃음의 교환 속에는 '함께 동화 같은 모험을 떠나보자는 천진한 제안이지?'라는 나의 물음이 있었고, '그래 맞아'라는 얀의 대답이 있었다. 우리는 만난 지 하루가 채 지나지 않아 탐험대가 된 것이다. 뭐랄까. 먼 곳에서 끝없이 뒷모습을 보이며 사그라드는, 허황되지만 그래서 잠시 현실을 넘어서는 천진함을 얀으로부터 선물받은 기분이었다.

하지만 레닌이 말한 산볼에 도착했을 때는 어쩌면 얀의 말이 사실일 수 있다는 생각을 했다. 내가 그것을 사실이라고 믿고 싶어졌는지도 모르지만…… 메세타 대평원 한가운데 달랑 한 채 남아 있는 중세 가옥을 개조하여 만든 알베르게였다. 당연히 편의시설 전무. 와이파이는 물론 전기도 들어오지 않는 곳이니 쏟아질 듯한 별을 볼 수 있다고 안내책자에 소개되어 있다. 순례자들과 함께라면 별자리를 따라 태초를 그려볼 수도 있었겠지만…… 나는 쉬지 않고 자신의 계획을 떠드는 얀의 들뜬 목소리를 듣는 것으로 대신했다. 아마 동화 속 주인공들도 그랬을 것이다. 인간을 성장시키는 것은 신학적 질문보다는 숨은 보물 찾기일지도 모른다.

산볼 근처에는 제법 큰 마을이 있었는데, 중세에 알 수 없는 이유로 사람들이 떠나고 지금은 흔적만 남아 있다…… 하지만 그건 관광 안내책자용 설명이라고 레닌은 말했다. 메세타 대평원이 끝나고 갈리시아로 접어들기 전 레온주에 아스토르가라는 중세 도시가 있는데, 그곳은 가톨릭교회 최초의 이단자인 프리실리아누스가 처형당한 곳이다. 당연히 그의 시신은 처참하게 전시되어 있었는데 그것을 모르는 체할 수 없었던 추종자들은 시신을 몰래 수습하여 그의 고향인 갈리시아까지 옮겼다. 흥미로운 점은 그 길이 산티아고 순례길과 정확히 일치한다는 것이다. 산티아고 순례길이 번성한 이유가 어쩌면 이교도들의 순례 때문일 거라고…… 부르고스에서 나는 잠 속을 오가느라 떨어지는 고개를 겨우 괴며 그 이야기를 들었다.

　몸은 같은데 꼬리가 다른 것이 이단이라면, 결국 다른 끝을 가졌다는 뜻일 것이다. 다른 끝에서 하나를 바라보는 것. 그들은 모두 하나의 이유 때문에 죽이거나 죽었을 것이다. 삶과 죽음이 같고 사랑과 전쟁이 늘 한몸인 것처럼 말이다. 나는 잠시 레닌이 프리실리아누스의 추종자는 아닐까…… 생각했지만, 그 생각을 영어로 힘겹게 바꾼 뒤 혀를 움직여 호흡의 각도를 잡아 또렷이 발음해낼 수 없을 만큼 취해 있었다.

　몽크! 진짜 중요한 정보는 지금부터야. 이단자들이 모여 살았던 곳이 바로 이곳 메세타였다는 거야.

　얀은 레닌의 말을 거듭 정리하여 들려줬다.

　이단과 반군은 같은 운명을 지녔어. 당연히 전략도 비슷했지.

이단들이 뭔가를 도모하기 가장 좋은 곳에 반군들도 모일 수밖에 없었어. 메세타 대평원 말이야. 꼭꼭 숨기면 잘 찾지만, 빤히 보이는 곳에 두면 오히려 못 찾는 원리. 그래서 여기인 거지.

산볼에서 온타나스까지 펼쳐진 메세타 대평원에 이단자들의 마을이 있었고, 그곳은 가톨릭 군대에 의해 토벌된다. 역사는 반복된다. 이천 년이 흐른 후 반군들이 그곳에 숨어 있다가 정부군에 의해 토벌된다.

무덤이야! 바로 무덤!

얀은 거의 소리를 질렀다. 폐허가 된 마을, 허물어진 벽이나 남은 울타리를 깔고 앉아 떠올리기에 가장 적당한 것이기도 했다. 정말 그랬을지도 모른다. 역사가 반복이면 상징은 연속이다. 프리실리아누스의 시신을 관에 담아 옮겼듯이 반군들은 가장 중요하게 여기는 것을 관에 담아 옮겼을지도 모른다. 그리고 다급한 순간이 왔을 때 관의 용도대로 그것을 땅에 묻었을 것이다. 얀다운 그럴듯한 추론이었고 나 역시 상당 부분 거기에 매료되었다. 하지만 무덤을 파헤친다는 것만은, 죽은 조상을 신으로 섬기며 자신의 길흉을 점지받는 오래된 전통을 가진 한국에서 성장한 나로서는 받아들이기 힘든 일이었다. 그건 놀이가 아니었고 보태어 죄를 짓는 일이었다. 죽은 자에게 짓는 죄. 아니, 여전히 살아서 그들을 기리는 사람들에게 짓는 죄이자 죽음으로 끝나는 모든 생명이 가진 숭고함에 대한 죄이기도 했다.

얀은 벌써 자리에서 일어나 무덤을 찾고 있었다. 얀의 눈빛과 걸음은 잘잘 끓는 프라이팬에 올라선 것처럼 이리저리 튀고 있었다. 그 모습이 내 속에 아이처럼 잠들어 있던 어떤 두려움을 흔들어 깨우는 듯했다.

7

순례길 도중 공동묘지를 만나는 건 어렵지 않았다. 마을 근교나 마을 안의 어딘가 또는 공원에 작은 성소를 세우고 제법 높은 울타리를 둘러친 모습이었다. 모르고 보면 교회나 작은 농가로 생각할 만했다. 묘한 분위기에 끌린다며 일부러 찾는 순례자도 있었다. 반면 메세타 대평원에서, 그것도 사라진 마을에서 묘지를 찾기란 쉽지 않았다. 가장 수색이 쉬웠을 장소에는 가장 은밀한 은신처를 만들기 마련이다. 간혹 끝없는 밀밭에 가려진 곳에 뜻밖의 협곡이 숨겨져 있기도 했다. 얀과 사흘째 되는 날 도착한 작은 마을 온타나스도 그랬다. 오백 미터 앞에 마을이 있다는 표지판에도 불구하고 정작 마을은 보이지 않는다. 그러다 거짓말처럼 움푹 들어간 구릉이 나오는데, 마을은 그 자리에 기지처럼 앉아 있었다. 사립 알베르게는 조금 더 단촐했다. 우리는 각자 적당한 베드를 정해 짐을 풀었다.

정말로 묘지를 파헤치는 일은 없을 것이다. 얀의 들뜬 표정이 조금 걱정되긴 했지만 작고 통통하고 말 많은 이 독일인의 호기심을 나는 내가 알고 있는 천진하고 순박한 호기심의 범위 안에서 생각하려고 노력했다. 그러나 겨우 사흘을 같이 지냈을 뿐이다. 칠십이 시간. 그것으로 내가 얀을 안다고 말할 수는 없지 않은가. 이런 생각이 들자 갑자기 배꼽 안쪽에서부터 스멀거리며 이상한 불안감 같은 게 일어나려는 것을 나는 깊은숨으로 지그시 눌렀다. 짧았지만 우리는 함께 먹고 취하고, 알베르게에서 아래위로 침대를 나눠 썼으며 종종 번역기의 도움을 받아가며 각자의 영어로 많은 이야기를 나눴다. 하지만…… 그는 가족이 없다고 했고 그래서 나도 없다고 했다. 그가 세상이 아름답다고 해서 나도 그렇게 생각한다고 했다. 우리는 여행지에서 짧게 만나는 사이였고, 적당한 거리와 적당한 동의가 서로의 안전과 평안을 지켜준다고 생각했다. 악의는 없었다. 나는 얀에게 사실을 말하지 않았다. 좀 소원하더라도 나에겐 가족이 있었고 적어도 내가 세상에 대해 느끼는 비애는 아름다움과는 거리가 멀었다.

얀의 말은 다 사실이었을까? 얀이 나를 모르는 만큼 나도 얀을 모르는 것이다. 물론 악의는 없을 것이다. 내가 알지 못하는 어떤 악의까지 품고 있다고는 생각하고 싶지 않았다. 하지만 모른다는 것. 그것이야말로 최대치의 공포가 되기도 한다. 어둠 뒤편이 그런 것처럼, 우주처럼 캄캄한 미래가 그렇고 죽음이 그런 것처럼 말이다. 물론 우리가 사실을 주고받았다고 한들, 언어 속에 담을 수 있는 것들만으로 서로를 안다고 말할 수 있는 것도 아니다. 그동안 나를 거쳐간 사랑은 말로 옮겨질 수 있는 것들을 믿지 말라고 가르쳤다. 말해진 것들 속에는 말해지지 않는 것들이 있고, 무엇보다도 말이 되기 위해 말이 되지 못한 것을 지워버린 흔적이 있고, 그 피 묻은 상처가 자라서 결국 거짓이 되는 순간이 있었다. 다만 큰 위안은, 종일 다녔으나 좀처럼 묘지로 추정할 만한 게 보이지 않는다는 것이었다. 이단과 반군의 역사라면 더욱 그럴 것이다. 무덤조차도 숨길 수밖에 없었을 테니 말이다.

뜻밖에도 그것은, 무심히 지나쳐도 모를 법한 나지막한 언덕 아래에서 발견되었다. 대평원이 누워서 슬쩍 들춘 이불 같은 언덕이었는데, 그것이 지진 때문이었는지 대륙이 생겨났다는 고생대부터 이어진 지층의 불균질한 융기 때문인지는 알 수 없었다. 누군가 일부러 흙을 모아 만든 둔덕이라고 해도 우리가 익히 아는 대단한 고대 건축물들을 떠올린다면 믿지 못할 바도 아니었다. 그 아래 마치 이불을 뒤집어쓴 어둠이 가늘게 눈을 뜨고 바깥을 내다보고 있는 모양의 동굴 입구가 있었다. 대평원의 작은 동굴은 고요하고 평화로운 외관에 가려져 있었다. 그러나 평화는 전쟁을 숨기고 있고 고요의 살갗 속엔 절규가 있다. 그런 역설들을 받아들일 수밖에 없는 때가 있다. 동굴 안에 들어섰을 때, 어둠이 조금씩 눈에 익으면서 서서히 드러나는 기이한 광경을 지켜본 사람이면 더더욱.

8

기이하다고밖에, 다른 말을 찾을 수 없었다. 안쪽에서부터 눅눅한 공기가 빨랫줄에서 벗겨진 담요처럼 온몸을 덮쳐왔다. 순간

철삿줄이 파고드는 것 같은 찌릿한 한기가 등골을 지나갔다. 동굴 속엔 나무로 만든 × 자가 빽빽하게 꽂혀 있었다. 오래되어 검게 삭은 나무도 있었지만 대부분 단단한 매듭을 유지하고 있어서, 마치 삶으로는 닿지 못하는 금기의 시간을 보여주는 듯했다. 얀에게 품었던 의심이 무색하게 이 광경 앞에 나 혼자가 아니라는 사실이 절실하게 위안이 되었다.

이 어처구니는 뭐야!

나와 달리 얀은 학생들이 엉망으로 헝클어뜨려놓은 교실에 들어선 선생님 같은 표정을 지었다. 기실 동굴은 웬만한 교실 크기였다.

이 차이는 뭘까. 생각해보면 무신론자를 자처했던 나는 알 수 없는 광경 앞에 설 때마다 인간의 감각 너머에 있는 무언가를 본 것처럼 작아졌다. 반면 신앙인을 자처하며 묵주 반지까지 낀 얀은 애초부터 세상엔 경배할 무언가가 없다고 믿는 사람처럼 굴었다. 하나도 인정할 수 없는 자는 무언가를 인정할 수밖에 없는 순간이 오면 자신의 신념 전체가 지진을 겪는 반면, 하나만 인정하는 자는 그 견고한 유일함 때문에 어떤 순간에도 자신의 신념을 내주지 않는 것일까.

그게 하나같이 왼쪽으로 기울어진 십자가라는 것을 깨닫는 데는 오래 걸리지 않았다. 일부러 십자가를 삐딱하게, 왼쪽으로 눕혀놓은 것이다. 얀에게는 이조차 턱을 괴고 불량스럽게 보이기 위해 최선을 다하는 학생들처럼 보였을까. 레닌에게 들은 프리실리아누스주의자들의 은밀한 의식이 떠오르기도 했지만…… 그보다는 싸늘하게 식은 누군가의 몸을 안고 있는 듯 어두운 흙으로 남은 슬픔이 스멀거리는 것 같았고 그것이 나를 모조리 적실 것만 같아 서둘러 동굴을 벗어나고 싶은 마음이 앞섰다.

그만 나가는 게 좋겠어.

말했지만, 얀은 오히려 동굴 안쪽으로 성큼성큼 걸어들어갔다. 나도 모르는 사이에 그의 점퍼를 붙들고 있던 내 손이 얀의 등 뒤로 힘없이 떨어졌다. 얀의 움직임은 망설임이 없었다. 그러지 않았으면 좋았겠지만 누운 십자가를 아무렇게나 짚거나 밀치면서…… 그리고 다시 뒤돌아 주변을 살피던 얀의 눈이 작게 반짝였다.

몽크! 무덤이야! 바로 여기가 공동묘지라고!

메아리가 동굴 벽을 호미 날처럼 찍으며 쩌렁쩌렁 울렸다. 진짜 여기에 누군가 잠들어 있어서 저 소리에 깨어나면 어쩌나, 나도 모르게 재게 주위를 둘러보았다.

9

나는 온타나스에서 택시를 타고 카리온 데 로스 콘데스까지 갔다. 하루를 묵은 다음 다시 레온까지 버스를 타고 이동했다. 더는 걷고 싶지 않았다. 최대한 빨리 메세타 대평원을 벗어나고 싶었다. 애초에 이유 없는 순례길이었고…… 더군다나 나는 순례자라고 할 수 없었다. 이 행성의 북반구 어디나 5월은 적당히 땀을 흘리며 일을 하거나 걷기에 좋은 계절이었으며 당연히 놀기에도 좋았다. 이맘때에는 날마다 백여 명이 프랑스 남부에 도착해 현지어로 '카미노'라 불리는 순례길에 오른다. 저마다 속도가 다르지만 며칠씩은 동선이 겹치기 마련이라 이런저런 정보를 교환하기도 하고 사적인 대화를 나누기도 한다. 그것도 순서가 있어서 대략 삼십 일 전후를 걷는 동안, 처음 열흘간은 만나는 사람마다 왜 순례길을 걷게 되었는지 물었고, 다음 열흘간은 순례길에서 얻은 새로운 정보를 교환하는 일에 집중했으며, 나머지 열흘간은 가볍게 인사를 나누며 각자의 길을 걸었다.

처음 열흘 동안, 나는 '직장을 그만두면 카미노 아니냐?'는 반문으로 그 이유를 대신했다. 일상은 촘촘하고 휴가는 짧은 한국인들이 한 달 일정에 적잖은 비용이 드는 이 코스를 선택하기란 쉬운 일이 아니었다. 정말 한국인 열에 일곱은 사직 후에 이곳을 찾았다. 정작 얀은 한 달 여름휴가로 온 여행이었고, 장난기에 비해 독실한 가톨릭 신자였다. 나로 말하자면…… 이유가 없었다. 도리어 처음 열흘간, 내가 왜 이 길을 걷고 있는지 스스로에게 계속 되물어야 했다.

어서 이 여행을 끝내고 싶었다. 최대한 빨리. 서둘러. 그러니까 내가 보고 듣고 느끼는, 그래서 내 몸의 감각을 둘러싸고 있는 이곳으로부터 최대한 멀어지고 싶었다. 내 몸의 부분들이 잔모래처럼 서걱이는 불순물들로 채워지는 기분이 들었다. 그런데도 아스토르가에서만큼은 하루쯤 묵어가고 싶었다. 갈팡질팡하는 마음을 부축할 만한 빌미를 찾아보았지만, 따지고 보면 이유란 건 애초부터 없었다. 뭐, 가지 않을 이유도 없지 않은가. 아스토르가라면 그 이유를 찾는 게 되레 무의미한 일이라는 생각마저 들었다. 인색한 영주 때문에 장인이 매시에만 종이 울리고 반시간에는 울리지 않게 종탑을 만들었다는 이야기가 있고, 가우디가 설계한 화려한 주교관과 중세 도시답게 웅장한 대성당과 수도원이 있으며 갖은 과일 향을 가진 초콜릿으로 유명했지만⋯⋯ 무엇보다도 아스토르가는 프리실리아누스가 처형당한 곳이었다.

안은 내가 자기를 만날 운명이었다고 했다. 산볼의 별밤 아래서였다. 늦도록 유적지를 헤맨 우리는 알베르게 수영장에 발을 담갔다. 수영장이라고 하지만 대평원에 간간이 숨어 있는 작은 협곡 어디쯤에서 흘러내리는 시내를 잠시 가뒀다 다시 흘려보내는 연못에 가까웠다. 울고 난 아이의 눈망울마냥 까맣게 일렁이는 물속에 떨어진 별빛들이 작은 지느러미를 달고 헤엄치고 있었다. 안은 말끝에 예의 그 미소를 보이며 와인을 병째 들이켰다. 나 역시 예의 그 미소를 지어 보였다. 그때는 우리가 특별할 것 없는 인사를 덤덤히 주고받은 뒤 각자의 속도로 메세타를 떠날 거라고는 생각하지 못했다. 아니, 우리는 처음부터 서로에 대해 알지 못했다. 그는 여전히 내가 가족이 없고 세상을 아름답게 여기는 사람이라고 알고 있을 것이고⋯⋯ 꼭 안이 나에 대해 잘못 알고 있는 만큼 나 역시 그를 잘못 알고 있을 터였다. 쓸쓸한 것은, 잘못 알고 있는 것마저도 그다지 많지 않다는 것. 우리는 끝까지 서로를 몰랐다.

몽크! 나는 다시 빌바오로 돌아가 비행기를 탈 거야. 너의 남은 여정이 평안하길 바라.

온타나스에서의 이틀째 날이었고 어쨌든 약속한 오 일을 다 채운 마지막날이었다. 얀은 배낭을 꾸리는 동안 한마디도 하지 않다가 배낭을 짊어지고 신발까지 챙겨든 후에야 나에게 인사를 전했다.

너도 그러길 바라.

나는 얀의 뒷모습을 멍하니 지키는 것으로 마지막 세리머니를 하려고 했다. 몇 걸음 내딛던 얀이 문득 뒤돌아섰다.

몽크! 메세타가 무슨 뜻인지 알아?

뜬금없는 질문에 나는 대답 대신 살짝 눈살만 찌푸렸다. 예의 그 미소를 보이며 천천히 뒷걸음을 딛던 얀이 멀어진 만큼 조금 목소리를 키우며 말했다.

물론 대평원이지. 그런데 '양치기들의 협동조합'이란 뜻도 있대. 흥미롭지 않아?

그러고는 대답을 기대하지 않는다는 듯 뒤돌아 성큼성큼 사라졌다.

10

한 번도 생각해보지 않은 일이 일어났다. 아스토르가에서 레닌을 만난 것이다. 운명 같은 우연이었다. 아스토르가에서 그를 만난 것이 우연이 아니라 부르고스에서 그를 만난 게 우연이었다. 그는 여러 명이 돌아가며 관리하는 아스토르가 공립 알베르게 호스트 중 한 명이었고, 간혹 메세타를 가로질러 친구가 운영하는 부르고스의 호텔을 찾는다고 했다. 나와 얀이 도착했을 때는 백내장 수술을 한 친구를 대신해 이틀 동안 펍을 맡아주었던 거라고……

높은 언덕에 성을 쌓은 중세 도시 아스토르가의 알베르게는 가파른 성곽을 올라서자마자 성곽과 같은 각도로 한쪽 벽체를 세워놓고 서 있었다. 도착할 즈음엔 숨이 턱밑까지 차올랐지만 레닌은 숨을 가라앉힐 새도 주지 않았다. 그는 프런트를 동료에게 부탁하고 내가 배정받은 베드가 있는 방까지 예의 그 잰걸음으로 앞장섰다. 알베르게에서 공짜로 주는 일회용 침대 시트를 깔고 그 위에 침낭을 풀 즈음, 레닌은 생각났다는 듯 얀에 대해 물었다. 나는 어떻게 이야기해야 할지, 어디까지 이야기해야 할지 몰라 잠시 레닌의 얼굴을 쳐다보았다.

동굴에서, 얀은 내가 얀이라고 믿었던 사람이 아니었다. 나 역시도…… 내가 모르는 내가 되었다. 얀도 누군가의 백골을 마주하고 싶지 않을 거라고 생각했지만 무색하게도 십자가 하나를 뽑아드는 얀의 모습이 내 눈에 들어왔다. 물론 말렸다. 그러나 지금 생각하면 내가 정말 말렸는지 말리지 않았는지 모를 만큼 모든 게 혼란스러울 뿐이다. 사실 나는 말리지 않았다. 어느 순간 나도 얀과 함께 무덤을 헤집고 있었으니 말이다. 그저 최소한의 알리바이가 필요했을 것이다. 느닷없이 부려질 백골의 주인으로부터 가책을 조금 면할 수 있을 정도의 말. 그래서 얀, 이건 아니지 않아. 말했고, 그 말을 덮을 만큼 더 강하게 얀이 나를 끌어주기를 바랐을지도 모른다. 여기 어딘가 관이 묻혀 있고 그 속에 우리가 찾고 있던 뭔가가 진짜 있을지도 몰라. 정말 얀이 그렇게 내뱉은 것인지 그저 내 생각이 얀의 말을 구성한 것인지 분명하지 않지만 나는 분명히 그렇게 말하는 얀의 목소리를 들었다. 최소한의 알리바이는 얀이 십자가 하나를 뽑아 툭, 내 앞에 던졌을 때 이미 완성되었다. 분명 자의였지만 얀에 의한 자의. 그런 말도 안 되는 합리화로 말이다. 거친 털을 마음의 어둠으로 감춘 채 끝없이 때를 노리던, 내 몸 깊숙한 곳에서 사육해온 욕망이 단단한 늑대의 턱뼈를 달고 등장한 것이다.

11

메세타의 다른 땅들과 마찬가지로 동굴 바닥도 모래 함량이 높은 마사토에 가까웠다. 파기 어렵지 않다는 뜻이다. 우리는 메세타의 하루가 지평선 너머로 제 빛을 다 거두어갈 때까지 무덤을 파헤쳤다. 어둠이 내리자 흙더미 위에 이리저리 쓰러져 있는 십자가들이 더 괴기한 분위기를 자아냈다. 거기에, 괴기한 웃음소리가 더해졌다. 얀이 갑자기 파고 있던 구덩이에 벌렁 드러눕더니 크게 웃기 시작한 것이었다. 웃다가 사레가 들렸는지 갑자기

기침까지 해댔다. 동굴 바닥 거의 전부를 헤집었다. 파낸 흙과 파인 모양이 어지럽게 겹쳐져 전쟁이 지나간 자리 같았다. 갑자기 화가 치밀어올랐다. 정확히 누구에게 또 무엇에게 화가 났는지 가리킬 수 없었지만, 불에 그을린 밤송이가 명치부터 식도를 긁으며 목까지 차오르는 느낌이었다. 십자가 막대기를 옆으로 던졌다. 모래알이 작은 개울처럼 구덩이 속으로 흘러내렸다. 나도 구덩이에 드러누웠다. 어떤 무참함과 허망함이 나와 함께 그 구덩이 속으로 와르르르 무너져 들어오는 것 같았다.

아무것도 없었다. 관도 시신도 뼛조각 하나도 나오지 않았다. 시신의 자리도 군자금의 자리도 내 몸의 철창을 열고 나와 나를 물고 놓지 않던 욕망의 자리도 텅 비어 있었다.

어떤 열망이 찾아오면 현실은 자취를 감춘다. 중요하지 않은 것이 되는 것이다. 그러나 열망이 차갑게 식고 나면 현실은 다시 가장 긴요한 문제가 되어 돌아오기 마련이다. 한동안 잠잠하게 누워 있던 얀이 흙을 한 움큼 쥐고는 공중으로 집어던졌다. 그것들은 싸리비 지나가는 소리를 내며 떨어졌다. 동굴은 조용한 고양이처럼 작은 메아리를 구석으로 몰았다.

꼼짝없이 오늘은 여기서 자야 할 판이네.

온타나스까지는 한나절을 걸어야 하는 거리였다. 인가 없는 대평원 깊은 안쪽이었고 어둠 속이라면 어디를 헤매게 될지 몰랐다. 나는 휴대폰을 집어들었다. 안테나는 뜨지 않았고 배터리도 십팔 퍼센트밖에 남지 않았다. 시팔! 나도 모르게 한국 욕이 새나왔지만, 얀은 전혀 관심을 두지 않았다. 그저 알아들을 수 없는 혼잣말을 계속 중얼거렸다. 뭔가에 홀린 것 같은 시간이었다. 피로감이 몰려왔다. 족히 두어 시간 동안 쉬지 않고 땅을 파댔다. 기력이 남지 않았다. 비상식량으로 챙겼던 빵과 초콜릿이 있었지만 가방이 있는 입구까지 가기도 귀찮았다. 사위가 점점 어두워지는 것을 느끼며 천천히 눈을 감았다.

　눈을 떴을 때는 동굴 밖이 희미하게 밝아온 다음이었다. 얀은 여기저기 쌓인 흙을 밀어 구덩이를 메우고 있었다. 애초에 무덤이 아니었다면, 굳이 원상 복구할 것까지는 없지 않나. 온몸이 쑤셨고 기운이 없었던 터라 만사가 귀찮고 무용한 일처럼 보였지만 나는 잠자코 얀을 거들었다. 팔 때보다 더 힘이 들었다. 반쯤 메우고는 동굴 밖을 바라보며 소금빵을 나눠 먹었다. 다시 메울 땐 동굴 안을 향해 몸을 굽혔다. 마지막엔 발을 이리저리 끌며 평평하게 바닥을 골랐다. 그리고 십자가를 세우기 위해 집어들었을 때 얀도 나도 십자가가 하나같이 왼쪽으로 누워 있는 이유에 대해서는 전혀 궁금해하지 않았다는 사실을 깨달았다.

　얀은 십자가를 정확히 왼쪽으로 눕혀 세웠다. 이단의 징표일지도 몰랐지만 개의치 않는 듯했다. 그때 얀의 독실함은 어떤 간절함과 닿아 있었을 것이다. 그것을 인간이 기도라는 이름으로 신을 부를 때의 마음과 닮아 있다고 해도 될까. 자신을 자신 이전으로 돌리고픈 마음 같은 것 말이다. 욕망의 가장 먼 편에 서 있는 욕망. 기도를 위해 필요한 것은 어떤 모양이라도 좋을 것이다. 그렇다면 얀은 다시 내가 모르던 얀에서 내가 알던 얀으로 돌아온

건가…… 아닐 것이다. 내가 모르는 얀에서 내가 모르는 또다른
얀이 된 거겠지. 당연한 말이다. 매 순간 나는 다른 내가 된다. 어
제의 나와 오늘의 나는 다르다. 나 역시 예전의 나로 돌아갈 수 없
다는 사실을 이제 알고 있다. 그 사실이 어떤 상실 앞에 선 것처럼
더 아프고 절실하게 느껴지는 때가 있는 것이다.

무덤 속에 아무것도 묻혀 있지 않은 이유에 대해서도 서로 말
하지 않았다. 얀에게서 농담과 허세가 떠난 듯했다. 시체가 없는
무덤. 시체들이 가졌던 고통을 말할 수 있는 시체들의 입조차 사
라진 무덤. 비밀에 휩싸인 무덤. 어쩌면 세상의 모든 비밀이 텅 비
어 있다는 것을 보여주는 것처럼 느껴지기도 했다. 그러나 우리
는 약속이나 한 듯 그 모든 궁금증을 함구했다. 자신의 몸을 핥고
간 축축한 절망감이 각자의 혀를 긴 침묵에 절여놓고 있었다.

이제 동굴은 우리가 도착했을 때의 모습과 흡사했다. 그제야
나는 십자가의 개수를 세었다. 마흔아홉 개였다. × 자를 그리는
십자가의 방. 여긴 아무것도 없어! 아니, 이 세상엔 아무것도 없
어! 마흔아홉 개의 시간이 십자가를 삐딱하게 집어들고 시위를
하고 있는 것 같았다. 왜 있다고 하는 거야! 왜 찾으려고 한 거야!
그리고 마침내 고요하게 저무는 즈음에서 깊은 땅속의 어둠이 이
동굴을 입술로 열며 이렇게 속삭이고 있는 것 같았다. 이 세계는
텅 비어 있다고…… 단 한마디가 마흔아홉 번의 메아리로 사라지
는 시간이. 아니 그 한마디를 마흔아홉 번 반복하고서야 끝나는
이야기가 삶일지도 몰랐다. 그리고 끝내는, 그 하나하나의 입에
× 표를 그린 채 침묵 속에 잠기는 것 말이다.

그때 동굴 벽과 천장이 군데군데 검게 그을어 있는 게 보였다. 여기 숨어든 자들이 그 불로 몸을 데우고 끼니를 끓이며 메세타의 긴 겨울을 났을지도 몰랐다. 지난밤 잠시 깼을 때 내가 본 것에 대해서도 나는 안에게 말하지 않았다.

12

레닌은 나를 자신의 집으로 초대했다. 물론 부르고스에서 잠깐 만났을 뿐인 인연을 각별하게 여겨 초대한 것은 아니었다. 알베르게에서 띄엄띄엄 안과 있었던 일에 대해 꺼내기 시작하자 레닌은 그저 흥미롭다는 듯 고개만 끄덕였다. 동굴 이야기를 해야 할 즈음 나는 다시 망설였다. 평소의 나라면 굳이 꺼내지 않았을 것이다. 스스로도 불편한 이야기를 되새기며 다시 불편해지고 싶지 않았다. 그러나 동굴 이야기는, 토해내지 않으면 안 될 무언가처럼 내 마음의 기도를 막고 있었다. 여러 번 단어를 고쳐 고르는 나를 빤히 쳐다보던 레닌이 특유의 느리고 또박또박한 영어로 마치 자신의 가장 너그러운 표정을 고르듯이 담담함과 미소가 짧게 교차하는 얼굴을 하고선 물었다.

너희들 십자가가 누워 있는 동굴에 갔구나?

맞아. 너도 그 동굴을 알아?

나는 이상한 반가움에 서둘러 되물었다.

오늘 저녁에 우리집에서 저녁을 먹을 수 있니? 난 혼자 살고 집은 멀지 않아. 네가 괜찮다면 일 끝나고 함께 가면 좋을 것 같아.

레닌의 집은 아스토르가 성곽 아래 있었고, 중세에 지은 삼층짜리 건물 일층이었다. 건물을 훼손하지 않기 위해 모든 전선이 최소한의 못에 고정된 채 벽에 노출되어 있었다. 부엌과 거실의 구분이 없었는데, 소파가 있는 쪽까지 부엌에 달린 전등 하나에 의지하고 있어서 조금 어두웠다.

그곳은 무덤이 맞아.

그의 목소리가 바위처럼 내 몸의 바닥으로 굴러떨어졌다. 꼭 내 죄를 선고하는 판사의 목소리 같았다.

하지만 그림자 무덤이야.

레닌은 내가 무엇을 궁금해하는지 모두 알고 있다는 듯 설명을 이어갔다. 내전 당시, 정부군이 반군과 주민을 구분하는 것은 불가능했다. 기실 메세타 주민들은 남녀노소 가리지 않고 대체로 반군으로 활동했다. 정부군의 소탕 작전이 개시되자 그들은 당시 씨앗 창고로 쓰던 동굴에 숨었다. 광활한 평원이 낮은 언덕 뒤에 숨겨놓은 동굴은 꽤 괜찮은 은신처였다. 그러나 안과 내가 찾았다면 당연히 정부군도 찾았을 것이고, 그날로 동굴은 화염에 휩싸였다.

레닌은 여기서 이야기를 잠시 멈추었다. 그리고 담담하게 말했다.

며칠 후에 죄책감에 시달리던 정부군 몇이 몰래 그곳으로 찾아가 시신을 수습했어.

이야기가 계속될수록 나는 얼굴이 뜨거워지는 것이 느껴졌다.

마을 가까운 곳까지 가 바스러진 몸들을 가지런히 누이는 것이 고작이었지. 정부군이라고 해봐야 겨우 십대 중후반의 나이였으니, 그것이 최선이었어.

때로 누군가의 슬픔은 물리적 질서와 무관한 현상으로 물질화되기도 한다. 세월이 흐르고, 동굴은 버려지고 마을도 사라졌지만 드물게 그 곁을 지나가던 사람들에게 이상한 광경이 목격되었던 것이다. 저물녘이면 그 동굴에서 그림자들이 걸어나와 마을에 이르러 밥을 하고 농사를 짓고 때로 축제를 벌인다는 것이었다. 그 이야기를 들은 누군가가 다시 그 동굴을 찾아갔다. 불타는 몸에서 떨어져나온 그림자들이 여전히 제 주인의 몸을 찾아 헤매고 있는지도 모른다고 생각했기 때문이다. 주인의 몸에 불이 붙으면 그림자는 순식간에 세계를 잃고 사라질 것이다. 불이 꺼지고, 재가 된 몸은 그림자의 자세로 무너질 것이다. 그렇게 그림자의 세계로 들어갔는지도 모른다.

다시 그 그림자 동굴을 찾아갔다는 어린 정부군도 그랬을 것이다. 나 역시 그림자의 진위 따위는 전혀 중요하지 않았다. 도리어 그 이야기를 들려주는 레닌이 마치 그림자의 목소리를 가진 것만 같아서, 나는 그의 얼굴을 제대로 쳐다볼 수 없었다. 고개를 떨구자, 바닥을 타고 이어진 레닌의 그림자가 벽이 시작되는 부분에서 꺾인 목을 세워놓고 있는 것이 보였다. 나는 그날 밤 동굴에서 내가 본 것이 꿈이 아닐지도 모른다고 생각했다.

13

한밤중이었다. 한기 때문에 눈을 떴다. 구덩이에서 천천히 일어서는 검은 형상 하나가 어두운 배경 속에 희미하게 보였다. 얀일 거라고 생각했다. 휴대폰을 찾아 버튼을 눌렀지만, 그새 방전되었는지 켜지지 않았다. 시간을 확인할 수도 라이트를 켤 수도 없었다.

얀?

짧게 불렀지만 작은 공명만 남긴 채 내 목소리는 고요 속으로 스며들었다. 그때, 다른 구덩이에서 다른 형상이 어둠의 두께를 더하며 검게 일어서는 것이 희미하게 보였다. 한 명, 또 한 명이 일어섰다. 나는 아무 말도 할 수 없었다. 놀랍거나 무섭거나 기이하다는 느낌도 없었다. 그냥 고요하게 그들을 지켜보았다. 이야기를 나누는 듯했고 뭔가를 만드는 것 같았고 삼삼오오 모이기도 흩어지기도 하며 분주하게 동굴 안을 오갔다. 그리고 어느 순간 하나둘 동굴 밖으로 걸어나갔다.

그때였다. 내가 누운 자리에서도 검은 형상 하나가 일어났다. 그것이 내 그림자라는 것을 단번에 알 수 있었다. 내 그림자가 바닥에서 천천히 내 몸을 통과해 일어서고 있었다. 그리고 나를 벗어난 자리에서 천천히 나를 향해 돌아섰다. 그때 그림자의 머리에서 물기처럼 반짝이는 내 눈빛을 본 듯도 했다. 내 눈을 가져간 그림자가 바라보는 내 모습을 나도 보고 있었던 것이다. 다시 천천히 바깥을 향해 돌아섰을 때 이제 내 모습은 보이지 않고 내 그림자가 뭉쳐진 어둠처럼 눈앞을 가득 메웠다. 내 그림자를 붙잡아야 한다고 생각했지만 정작 몸을 움직일 수는 없었다. 동굴 밖으로 사라진 그가 긴 옷자락을 끌고 가듯 남은 다리를 거두어갔다.

얀이 말했던 물건 말이야. 그게 뭔진 모르겠지만 그들이 소중히 다뤘던 게 무엇이었는지는 알고 있네.

레닌은 선반에서 작은 자기 함을 내려 자색 가죽 표지를 단 노트 하나를 꺼냈다. 그리고 안경을 코끝까지 내린 뒤 짚이는 대로 군데군데 펼쳐 읽었다.

5월 17일. 무 5개와 밀 10흡. 저녁은 밀을 갈아서 무와 함께 먹음.

7월 4일. 알리샤 집 마당에서 옥수수 반 가마니를 따 옴. 알리샤에게 축복을.

9월 7일. 오랜만에 내린 비. 아이들을 위해 23알의 감자를 삶음. 성인들은 금식.

노트를 덮은 레닌은 어떤 시간을 만져보라는 듯 자색 가죽 노트를 나에게 내밀었다.

그곳에서 나온 물건이라네. 자기로 만든 함 속에 단정하게 놓여 있어서 유일하게 타지 않은 거였어.

14

레닌은 수프에 넣을 시금치를 씻고 있었다. 멀리서도 수전증 증상이 또렷이 보였다. 나는 레닌이 어떻게 그 내용들을 상세히 알고 있고 또 어떻게 이 노트를 갖게 되었는지 궁금했지만 물어볼 용기가 없었다. 그저 발가벗은 기분이 되어 주섬주섬 내 몸의 윤곽을 살필 뿐이었다. 아무렇지 않게 앉아 있기도 어려웠지만 그렇다고 알베르게로 돌아갈 수도 없는 노릇이었다. 부엌에서부터 건너오는 전등빛이 내 생각을 잘게 그어댔다.

나는 최대한 조심스럽게 레닌이 건네준 자색 가죽 노트를 만졌다. 하루하루 필요한 식용품과 생필품, 그리고 소비 목록이 얼룩과 함께 남아 있는 페이지를 넘겼다. 그리고 글자 위에 손가락을 대보았다. 부엌 전등에 비친 내 손가락의 그림자가 노트 한쪽을 어둡게 적셨다. 스페인어인 그 내용을 알 수는 없었지만 이 목록을 써내렸던 사람의 그림자와 내 그림자가 잠시 겹쳐져 있다는 생각이 들자 갑자기 목울대가 뜨거워졌다. 그건 공감도 자책도 아니었다. 그저 내가 지금 여기서 이 노트를 보고 있다는 명백함이 주는 이상한 슬픔이 불시에 들이닥친 수색대처럼 내게 엄습해왔다고 해야 한다. 그때 나는 겨우 낡은 노트의 거친 종이 한 장을 넘기는 일로 나 스스로를 감당하고 있었던 것이다. 그동안 내 삶이 지나온 모든 슬픔이 내 손가락 마디마디에서 그 종이 위로 건너가는 듯한 시간이었다. 얇고 바래고 잠시도 스스로를 지탱할 수 없어 손을 놓으면 쓰러지고 마는 종이 위에 감자로 시금치로 옥수수로 쓰였던 그 시간들로 말이다.

몇 페이지를 넘기다 나는 조금 다른 내용이 적힌 듯한 부분을 발견했다. 나열된 목록이 아니라 길게 이어진 문장이 있었다. 레닌은 끓는 수프 옆에서 떨리는 손에 모든 신경을 모으며 바게트를 자르는 중이었다. 나는 휴대폰을 꺼내 그 문장을 찍었다. 오래된 필기체여서인지 번역기로는 인식되지 않았다. 하는 수 없이 일일이 입력하는 방법을 택했다. 겨우 입력을 마쳤지만 자꾸 에러가 났다. 레닌이 빵 바구니를 들고 예의 그 잰걸음으로 내 옆에 오는 것도 알지 못했다.

첫 문장만 알려주겠네. 내 총에 당신이 맞을까 두려워요. 그다음은 자네가 찾게.

알베르게로 돌아가기 위해 신발을 고쳐신으며, 나는 용기를 내어 마지막으로 물었다.

왜 십자가들을 모두 왼쪽으로 꽂아두었을까요?

어떤 전쟁은 끝나지 않고 어떤 죽음은 멈추지 않는다. 다만 아버지에게서 아들에게로 누나에게서 동생에게로 조금씩 기울어지며 그림자처럼 땅속으로 조금씩 스며들 뿐이다.

레닌은 대답 대신 그저 미소를 지어 보였다. 슬픔을 깊은 주름 속에 눌러놓은 미소였다. 문을 나서 몇 걸음을 옮겼을 때, 레닌의 목소리가 들렸다. 그건 모든 이유를 가졌으나 어떤 대답도 가지지 못한 삶에 관한 말이었다.

이봐, 목! 잘 지내야 해.

큰 소리라서 삼켜지지도 작은 소리라서 가려지지도 못한, 겨우 내게 닿을 만큼만 소리를 내느라 목 어디쯤 가래가 잠긴 듯한 목소리였다.

레닌의 집 처마에 달린 조명 때문에 내 그림자가 전방으로 길게 뻗어 있었다. 모든 그림자는 불에 탄 흔적을 가지고 쓰러져 있다. 잘 보이진 않지만 그들은 한두 개쯤 총알처럼 저를 지나간 구멍을 가지고 있을 것이다. 자신을 쓰러뜨린, 나를 처다보는 눈망울 같은 구멍을 말이다.

15

순례자들이 서쪽으로 걸어가면서 지구라는 쳇바퀴를 동쪽으로 굴리고 있다는 생각이 들 때가 있다. 저 끝없는 걸음들이, 지구를 돌리고 있는 것이다. 한 방향으로 늙어가는 사람들의 시간처럼 말이다. 한편, 저 쳇바퀴의 형상을 한 시간에게도 이유가 필요했을 것이다. 시간은 자신을 기록하기 위해 인간을 활자로 사용했을 것이다. 잉크가 그림자처럼 묻어나는 인생이 계속 등장했을 것이다. 그리고 한 사람의 이야기가 끝나는 곳에서 남은 그림자들을 빈병에 담아 밤의 한가운데로 던졌을 것이다. 이렇게 중얼거리면서 말이다. 도대체 내가 누구란 말이야!

레닌의 집 식탁에서 수프를 한술 떴지만 무슨 맛인지 도무지 느껴지지 않았다. 내 나라에도 비슷한 역사가 있고 비슷한 비극이 많았다. 형과 동생이 사회주의자와 자유주의자로 나뉘어 서로 총을 겨눈 적도 있고, 경찰이 된 동생이 빨치산이 된 형을 토벌한 이야기도 들었다. 심지어 연인끼리도…… 어떻게든 용서를 받거나 면피할 수 있을 거란 생각은 없었지만, 나는 바게트를 조물락거리며 띄엄띄엄 내가 아는 아픈 역사를 이야기했다. 그 순간 내가 할 수 있는 최대치의 사죄였을 것이다. 레닌은 희미한 미소를 지어 보이며 마침 생각났다는 듯 말했다.

맙소사, 와인이 빠졌네. 여긴 와인이 좋아.

몇 번의 잰걸음 끝에 레닌은 떨리는 손을 들어 싱크대 상부장을 열었다. 그러면서 무심히 온타나스에 한번 더 가고 싶다고 말했다.

이번이 마지막이 될지도 몰라. 나는 충분히 늙었거든.

나는 여전히 그림자 무덤과 레닌 사이의 이야기를 몰랐지만 저 말을 듣자 왠지 모든 것을 알게 된 느낌이 들었다.

'내 총에 당신이 맞을까 두려워요.'

지금도 나는 휴대폰을 열어 저 문장으로 시작되는 페이지를 간간이 들여다보지만 더는 번역기를 돌리거나 검색창에 입력해보지 않는다.

혐오하는 동안 사랑해버린 나에 대한 혐오가

소설을 모르는 사람의 이야기가 어디까지 소설이 될 수 있을지 모르는 채 이야기를 시작하였습니다. 접경한 나라처럼, 무모와 무지는 가깝지만 또 멀어서 모의가 없는 실수와 지혜가 없는 실패가 시와 소설을 평계로 다투는 시간이었습니다. 서로를 부둥켜 안고 무너지고 말 결말을 모르지 않았습니다. 마치 공해에 뜬 부표처럼, 기도를 위해 합해진 두 손이 팔꿈치로 세워놓은 높이만큼만 자신의 흔적을 가질 수 있기를 바랐을 뿐입니다.

물론 이 이야기는 모두 허구입니다. 그러나 어둡고 먼 우주 어딘가에서 벌어지고 있는 우리가 알 수 없는 일이 사실이 아니라고 말할 수 없듯이, 알 수 없어서 부재하는 그곳의 사실이 우리에게 상상으로만 가능하듯이 누군가의 상상 속에서 일어나는 일을 두고 사실이 아니라고 말할 자신이 저에게는 없습니다. 그래서 어떤 이야기는 전부 사실이지만 오직 자신만을 증인으로 가졌을 뿐이어서 다만 진실이라고 일컫는지도 모르겠습니다.

저는 이 이야기를 가야산과 덕유산과 지리산에 둘러싸인 고향에서 날마다 기억을 잃어가는 어머니 곁에서 썼습니다. 칠십여 년 전이니 그다지 멀지 않은 때입니다. 산에는 신념을 택한 사람들이 싸리나무를 지펴 몇 줌 수수를 나눠 먹고 풀숲을 찾아 웅크린 저녁이 있었습니다. 어머니의 유년이었으니 그다지 멀지 않은 때입니다. 마을에는 의심에 시달리던 사람들이 아이들 가재 잡던 골짜기에 끌려가 한꺼번에 학살되는 아침이 있었습니다.

그 이야기를 들려주던 목소리가 있었습니다. 공포와 분노와 슬픔이 사람의 마음을 들어올려 이상한 흥분에 휘감아놓은 듯한 기이한 목소리. 진실과 거짓을, 존재와 부재를, 생명과 죽음을 한데 태워서는 이 세계의 세부들을 자신도 알 수 없는 혐오로 빼곡히 채운 듯한 목소리였습니다. 그게 저의 유년이었으니 그다지 멀지 않은 때입니다. 그 목소리는 청년이 되고 장년이 된 제게 내용을 바꿔가며 계속해서 기이한 이야기를 들려주었습니다.

그것으로부터 도망치고 있다고 믿었습니다. 신앙이 만든 절망의 기이함, 이념이 만든 확신의 기이함, 욕망이 만든 열정의 기이함 그리고 그 모두를 포함한 생활의 기이함과 마침내 사랑이 만드는 기이함으로부터 말입니다. 그러나 지금, 그것들을 혐오하는 동안 도리어 그 혐오를 사랑해버린 나에 대한 혐오가 있습니다.

모든 정의가 위선이고 모든 윤리가 처세로 작동하는 시간이 나의 이야기를 그 기이한 목소리로 재생하고 있었습니다.

불빛에 대해 감탄하는 순간 입술 앞에서 꺼지고 마는 촛불처럼. 그래서 진실은 사람들의 이야기 속에서 늘 거짓이 되는지도 모르겠습니다. 그것은 분명 무참한 일이지만 인생을 모르는 사람이 삶의 어디까지가 인생인지 모르며 살아가듯이 무모와 무지가 꼭 무의미하진 않으리라고 믿습니다. 내가 나를 혐오할 수밖에 없는 순간에도 삶과 사랑과 죽음에 대해 기어이 말해도 좋다고, 그 무참을 허락하는 것 역시 문학이라고 믿기 때문입니다.

지구가 스스로 돈다는 거짓말

김경욱(소설가)

시는 어디까지 참말이고 소설은 어디까지 거짓말일까.

시가 소설이 되려면 얼마만큼의 참말과 얼마만큼의 거짓말이 필요한가.

이를테면 산티아고 순례길에 감춰진 금괴 이야기는 어디부터 시고 어디까지 소설일까.

스페인 내전 때 쿠데타군에 맞서 싸운 사람들을 지원한 외국 군자금이

세속과 가장 동떨어진 길 어딘가 잠들어 있다는 이야기.

조지 오웰은 총을 집어들고 헤밍웨이, 생텍쥐페리는 취재 카메라를 집어들고 달려간 그 전쟁에

어떤 공화국들은 히틀러와 무솔리니에 맞서려 금괴를 보낸 것인데

미래의 파시스트 독재자를 멈춰 세우는 탄환이 되었어야 할 황금이 근 백 년 녹슬고 있다지.

세상 신실한 순례자들도 건너뛰는 지루한 메세나 대평원 이름 모를 공동묘지 아래.

순례길의 목적이 꼭 순례일 필요는 없어.

길동무라곤 꾹 다문 입술 같은 지평선뿐인 대평원이 시작되는 지명 부르고스 하고도

객실 열셋짜리 호텔에 가서 와인잔을 묵묵히 기울이고 있는 독일인을 찾아.

특별히 너에게만 금괴의 비밀을 귀띔해줄 거야.

암호는 그림자.

황금의 지도를 펼치는 암호는 그림자.

황금이 금빛인 건 금덩이가 금빛만 밀어내기 때문이야.

우주 만물은 제가 밀어내는 빛을 자기 색깔로 갖지.

하늘은 파랑만 밀어내서 파랗고 장미는 붉음만 밀어내서 붉지.

좋아하는 색깔이 뭔지 말해줄 수 있어?

그럼 네가 어떤 어둠으로 반짝이고 있는지, 너도 모르게 밀어내고 있는 빛이 무엇인지 말해줄게.

그림자가 검은 것은 어떤 빛도 밀어내지 않는 빛이 검정이기 때문이지.

빛의 맞은편으로만 드러눕는 검은 그림자처럼

사건 사고 현장에 흰 윤곽선으로만 남은 사람처럼

감정에도 빛깔이 있다면

검정은 슬픔의 컬러.

그 무엇도 밀어내는 법 없는 마음에게 다른 어떤 빛깔을 입힐 수 있을까.

"9월 7일. 오랜만에 내린 비. 아이들을 위해 23알의 감자를 삶음. 성인들은 금식."

소탕 작전으로 불타 죽은 사람들이 남긴 일지에는 이런 문장도 적혀 있어.

"내 총에 당신이 맞을까 두려워요."

책을 불태운 자들은 결국 사람을 불태운다지.

금빛 총알이 우리의 심장을 겨눌 때

우리의 탄환은 금빛 감자. 어린 너에게 내줄 땅 밑에서 캐낸 작은 태양

4월의 제주가, 5월의 광주가 그랬던 것처럼

슬픔은 복수가 아니라 더 작다 함부로 말할 수 없는 또다른 슬픔이 알아봐주는 순간 완성되지.

먼 데 종탑의 종소리처럼 일깨우지.

인간이라는 종의 작디작은 황금 부분이 인간을 짐승 이상으로 끌어올리나니.

이것은 시적 우연일까 소설적 필연일까.

먹지 깔고 그린 지도처럼 순례자들의 길은 정확히 겹친다네

공개 처형된 첫번째 이단자의 시신이 몰래 옮겨진 길과.

죽어 고향에 돌아간 바로 그 길과.

우연이든 필연이든

메세나는 대평원이면서 양치기들의 협동조합을 뜻하기도 한다지.

거짓말은 양치기들의 유일한 직업윤리.

늑대가 나타났다.

몽둥이를 쇠스랑을 든 마을 사람들이 몰려오지 않으면 실패한 거짓말.

양치기 소년이 두려워해 마땅한 것은 늑대가 아니라 그럴듯하지 못한 거짓말.

양치기 소년은 몇 차례 거짓말 끝에 죽은목숨이 된 걸까.

늑대가 나타났다.

진짜 그대로 얘기하면 죽은목숨.

늑대가 나타났다.

진짜 같은 거짓말을 지어내야 산목숨.

늑대가 나타났다.

진짜보다 진짜 같은 거짓말만이 너의 귀를 열 수 있으리니.

이것이 양치기들의 얄궂은 운명.

소설의 딜레마.

소설을 쓰고 읽는 일의 딜레마.

협동조합은 두 팔 벌려 너를 환영해

진짜 늑대가 나타나든 말든

우리가 서로에게 늑대이지 않기 위해 최선을 다하기만 한다면.

지구가 자전한다는 건 거짓말.

지구가 스스로 돈다는 건 과학자들의 오랜 거짓말이라지.

이 거대하고 고독한 구를 돌리는 힘은 슬픔을 알아보는 슬픔들
이라네.

슬퍼할 어깨를 내어주는 또다른 슬픔들. 이상한 슬픔들의 협동
조합.

낮은 데서 높은 데로 흐르는 열에너지

열역학 제2법칙을 거슬러오르는 움직임

책을 불태우지 않는 마음

사람을 불태우지 않는 마음

읽고 쓰고 걷는 마음들

나의 부엌에 들인 너를 위해 시금치를 씻는 그 자명한 마음 마
음이 합심해 지구를 돌리지.

시속 천육백 킬로미터 넘어

폭격기보다 빠른 속도로 돌리고 돌리지.

잠든 네가 아침을 맞을 수 있는 건

지구 반대편에서 읽고 쓰고 걷고 감자를 삶고 시금치를 씻는
손발 덕분

시속 천육백 킬로미터로 회전하면서도 너의 슬픔을 알아보는
이상한 슬픔들 덕분이지.

들도 보도 못한 슬픔의 대가족 덕분이야.

시는 어디까지 참말이고 소설은 어디까지 거짓말일까.

기억은 얼마만큼 거짓말이고 상상은 얼마만큼 참말일까.

이야기는 이야기일 뿐.

시만으로는 상상할 수 없고 소설만으로는 기억할 수 없는

슬퍼서 아름답고 아름답도록 슬픈 이야기에

뱀의 다리 같은 몇 줄 달고 있다니.

용목씨는

어쩌자고 이토록 근사한 소설은 지어가지고.

조해진

내일의 송이에게

작가노트

어제를 겪고 오늘을 지나 내일을 살아갈 송이들에게

리뷰 | 하성란

너는 어떻게 살았느냐는 안부

조해진

2004년 『문예중앙』 신인문학상에 중편소설 「여자에게 길을 묻다」가 당선되어 등단. 신동엽문학상, 무영문학상, 이효석문학상, 김용익소설문학상, 백신애문학상, 형평문학상, 대산문학상, 김만중문학상, 동인문학상, 2014년 젊은작가상 등 수상. 소설집 『천사들의 도시』『목요일에 만나요』『빛의 호위』『환한 숨』, 장편소설 『한없이 멋진 꿈에』『로기완을 만났다』『아무도 보지 못한 숲』『여름을 지나가다』『단순한 진심』『빛과 멜로디』, 중편소설 『완벽한 생애』『겨울을 지나가다』, 짧은 소설집 『우리에게 허락된 미래』가 있다.

© 신중혁

내일의 송이에게

고등학교 2학년 봄과 여름 사이, 그 무렵부터 그녀는 종종 등교하지 않았고 그런 날엔 학교 밖을 하염없이 걷곤 했다. 버스나 기차를 타고 먼 도시로 가지는 않았다. 가출을 감행하거나 가출한 뒤 거리 생활을 하는 아이들과 어울리지 않았으며 용돈을 주겠다는 아저씨들로 넘쳐나는 채팅 앱을 기웃거리지도 않았다. 그저 교복 차림 그대로—때로는 조끼에 단 명찰도 떼지 않은 채—오후 서너 시까지 익숙한 동네를 걷고 또 걷다가 아르바이트 장소로 이동하는 식이었다. 그때는 생각이 머릿속이 아니라 근육이라든지 뼈와 장기 사이에 덩어리로 존재한다고 느꼈는데, 걸을수록 그 덩어리가 삭제되는 것 같은 기분이 그녀는 마음에 들었다. 생각의 삭제가 과제이면서 유일한 성취가 되던 시절이었다.

고등학교를 졸업할 때까지 그녀의 주기적인 결석은 계속 이어졌지만 그것을 꾸중하거나 바로잡아주려고 애쓰는 교사를 만난 적은 없었다. 아니, 처음엔 그들도 노력했다는 것을 그녀도 모르지 않았다. 하지만 문제 학생의 학부모와 통화하면서 그들은 그 학생을 교화하는 데 가정의 훈육이 뒷받침되지 못하리란 걸 바로 눈치챘을 것이다. 술주정하듯 횡설수설했을 아빠와 무기력한 목소리로 모른다거나 못한다는 말만 반복했을 엄마. 그녀는 교사들의 당혹감과 이른 포기를 충분히 이해했다. 기본적인 업무 외에도 상담이 필요한 학생들을 돌보느라, 교내 폭력과 학부모들의 민원을 해결하느라 바쁜 그들에게 사유 없는 간헐적인 결석은 눈감아줄 만한 비행 범주이기도 했으리라. 고3이 되었을 때, 그녀는 자연스럽게 대학 진학을 포기하게 됐다. 하위권에 속하는 성적에 유급을 간신히 면할 정도의 출석 일수로는 입학할 수 있는 대학이 몇 곳 없는데다, 대출을 받아가며 어렵게 졸업을 하고 취업을 한다 해도 물건을 정리하거나 파는 일. 혹은 음식을 나르거나 타인의 타액이 묻은 식기를 씻는 일에서 크게 벗어나지 못하리라 그녀는 판단했다. 그 판단은 맞았을 것이다. 아마도.

지금 그녀는 아파트 단지 아래쪽에 자리한 중소 규모 마트에서 넉 달째 일하고 있다.

아파트 단지는 급하게 조성됐다고 그녀는 들었다. 야산의 한쪽 면을 깎아 열두 동의 아파트를 지어 올리는 데 이 년이 채 걸리지 않았다고도. 마트 손님 중 오직 아파트 주민들만이 창 틈새를 막아주는 고무 패킹이나 화장실 타일을 사가곤 했는데, 공론화되지는 않았지만 아파트가 그리 튼튼하게 지어지지 않았다는 소문은 사실인 듯했다. 그렇다고 아파트 전체 입주율이 삼십 퍼센트를 밑돌고 단지 안의 상가가 대부분 공실인 것이 부실 공사 탓만은 아닐 터였다. 단지 사이로 이어진 길은 유아차나 자전거가 다니기 힘들 만큼 가파른 구간이 많았고 학교나 병원 같은 시설도 부족했다. 근처에 순환고속도로로 진입할 수 있는 인터체인지가 있다지만 이곳이 안산 시내와 동떨어져 있다는 점도 황량한 풍경의 요인이리라. 그녀 역시 배차 시간이 긴 버스 한 대에 출퇴근을 의존해야 했는데, 특히 출근 시간에는 버스를 놓칠까봐 일어나 씻고 옷을 갈아입는 매 순간이 긴장의 연속이었다. 마트 사장은 단지 내 상가에 마트가 아직 입점하지 않았다는 것에 안도하면서도 입주율이 좀처럼 반등하지 않으리란 주변의 전망에 걱정이 많았다. 입주율이 올라가면 당연히 크고 쾌적한 또다른 마트가 단지 내에 들어설 가능성도 함께 높아진다는 사실을 그가 정말 모르는 건지, 아니면 모르는 척하기 위해 애써 외면하는 건지 그녀는 가끔 헷갈렸다.

그녀는 하루에 한 번, 애초에 산길이었을 아파트 사이의 그 가파른 길을 뛰듯이 걸어올라갔다. 편의점에서 산 김밥 한 줄과 오백 밀리리터짜리 생수, 그리고 사료와 육포를 넣은 천 가방을 어깨에 멘 채, 텅 빈 레일을 혼자 뛰는 고독한 달리기 선수를 상상하며. 간간이 걸음을 늦추고는 더운 숨을 내뱉기도 했지만 오래 지체하지는 않았다. 미륵이의 식사까지 챙기려면 점심시간 사십 분은 늘 빠듯했다.

오르막길이 끝나는 지점, 그러니까 아파트 단지가 한눈에 내려다보이는 산 정상 부근에 다다르면 인도는 사라졌고 도로는 터널로 이어졌다. 터널 앞에서 좀처럼 파란불로 바뀌지 않는 게으른 신호등을 건너면 미륵사라는 작은 절이 나왔는데, 절 뒤편은 깎이지 않은 야산의 남은 부분과 연결됐다. 마트가 내부 공사로 일찍 문을 닫은 날, 그녀는 혼자 이곳까지 와서 산책을 하다 야산 근처에서 미륵이를 처음 만났다. 더 정확히 말한다면 산속 무덤가에서였다.

오늘도 점심시간을 이용해 오르막길과 신호등, 미륵사를 거쳐 무덤 앞에 다다른 그녀는 언제나처럼 풀숲에 숨겨둔 플라스틱 그릇 두 개를 가져와 사료와 육포, 그리고 생수를 담았다. 묘비도 없이 오랫동안 방치된 무덤은 크기로 봐서는 성인이 아니라 아이나 반려동물이 묻힌 곳 같았다. 무덤 안에 누가 있든 산 아래 아파트 단지와 아파트가 되지 못한 낡은 건물들이라든지 오래된 주택, 그리고 그 안에 사는 사람들이 이 무덤 아래 존재한다고 생각하면 뜻밖에도 위로가 됐다. 오가는 사람들이 거의 없는, 심지어 스님과 마주친 적도 손에 꼽히는 정물 같은 절을 과연 신전이라 말할 수 있는지 의심되는 순간이 그러했듯이. 죽음의 표상이 사람이 사는 곳을 내려다보고 있다는 것, 신전을 세우고 그곳에서 기도를 올려도 구체적인 얼굴로 나타나 죽음을 유예해주는 신은 없다는 것, 그러니까 아무리 애쓰며 살아도 누구나 죽음이라는 종착역을 향해 전진할 수밖에 없다는 것, 그런 것이 위로가 되었을 것이다. 그것은 특권과도 같은 위로이기도 했다. 사장과 직원이 모두 모여 마트 창고를 정리하던 날, 점심시간마다 어디를 그렇게 다녀오느냐고 사장이 물었을 때 미륵사요, 라고 그녀가 대답하자 네 명의 직원은 미륵사라는 절이 있다는 것조차 모르는지 고개만 갸우뚱댔고 사장은 사이비가 만든 절에는 뭐하러 가느냐고 핀잔했다. 미륵사에 호감이 없거나, 아니면 그 존재 자체를 모르는 그들이 이곳까지 와서 무덤을 발견했을 가능성은 없는 것이다. 적어도 마트 안에서는 그랬다.

사료와 육포 냄새를 맡은 미륵이가 꼬리를 흔들며 나타났다. 미륵이는 큰 체구에 어울리지 않게 겁이 많아서 그녀를 반가워하면서도 가까이 다가오는 일이 거의 없었다. 몇 걸음 떨어진 곳에서 우적우적 사료와 육포를 씹고 물을 핥아 마시는 미륵이를 건너다보며 그녀도 김밥 한 알을 입안에 넣었다. 요즘 들어 미륵이의 뱃살이 늘어지고 유두가 발달했다는 걸 모를 수는 없었지만 그녀는 미륵이의 새끼들까지 거둘 여력이 없는 자신의 처지를 상기하려 마음을 다잡았다.

마지막 김밥을 삼키며 미륵이에게 주고 남은 생수로 입안을 헹굴 때였다. 저벅저벅 다가오는 발소리에 미륵이는 바로 풀숲으로 도망갔고 그녀는 가방을 움켜쥔 채 뛸 준비를 했다. 야상 점퍼에 큰 주머니가 양쪽에 달린 카고 바지, 헐렁한 장화를 신은 젊은 남자가 모습을 드러낸 순간, 기사에서나 봤던 험한 사건들이 두서없이 떠올랐다. 뛰고 싶었지만 다리가 움직이지 않았다. 발끝까지 경직된 채 남자를 건너다보는데 그녀와 눈이 마주친 남자가 어, 어, 하더니 곧 그녀의 이름을 부르며 알은체를 해왔다.

십이 년 만이었다.

십이 년 만에 다시 만난 장훈과 어색한 인사를 나누는데 돌연 그 냄새가 코끝에서 되살아났다. 사회복지관 별관의 유리 현관문을 열던 순간마다 훅 끼쳐오던 냄새, 여러 청소용 세제가 마구 섞인 듯한 창백한 화학물질의 그 냄새, 그곳을 드나드는 아이들의 고유한 체취를 한꺼번에 휘발시켰던 어떤 조급함의 냄새……

저소득층 가정의 아이들이 그곳 복지관 별관에 위치한 공부방에 모여 복지사와 자원봉사자에게 수업을 듣거나 상담을 받았다. 그녀도 그 아이들 중 한 명이었다. 집으로 돌아갈 땐 복지관 선생님들이 도시락이나 밑반찬을 아이들 손에 들려주기도 했는데, 어느 날부터인가 그녀는 그 음식을 받지 않기 위해 뒷문으로 나가고는 했다. 기사 때문이었을까. 공부방을 찾아온 기자가 아이들과 인터뷰한 뒤 아이들의 부모와 부모의 부모로부터 이어져온 가난의 사례를 열거한 기사를 썼는데, 그녀도 그 기사에 '지현'이라는 가명으로 등장했다. 기자나 기사 내용에 불만이 있었던 건 아니다. 기자는 다른 어른들과 비교할 수 없을 만큼 친절했고 가난이 다음 세대, 다시 그다음 세대까지 계속해서 이어지는 사례가 점점 일반화되고 있다는 기사 내용은 그녀를 포함한 공부방 아이들의 상황을 보면 다 맞는 말이었다. 다만 기사에 나올 만큼 자신이 가난하다는 진단과 앞으로도 가난하리란 예견을 마주하자 그 모든 호의와 혜택이 불편해졌을 뿐이다. 기사가 실린 신문을 들고 호들갑스럽게 나타나 아이들 앞에 펼쳐 보이던 관장의 상기된 얼굴도 기이하도록 강렬하게 각인됐다. 주요 신문에 복지관 이름이 나왔다는 것에, 자신의 사진과 몇 마디의 말도 실렸다는 것에, 평소에는 표정 변화가 거의 없는 아빠 또래의 관장은 그날 박수가 울려퍼지는 무대에 선 배우인 양 빛나도록 벅차 보였다.

그곳을 다니는 아이들의 구성은 고정되어 있지는 않았다. 누군가 들어오면 누군가는 떠났으니까. 그녀처럼 속내를 밝히지 않은 채 작별인사도 없이 공부방에서 멀어지는 경우가 대부분이긴 했지만 다른 지역에 있는 보육시설에 입소하게 되어서, 학교에서 징계를 받고 은둔하거나 이런저런 범죄로 소년원에 송치되면서, 아니면 그저 인터넷 게임에 미쳐 있거나 방에서 걸어나올 수조차 없을 만큼 무기력에 빠져서, 그렇게 저마다 다른 이유로 공부방을 떠나곤 했다.

그곳에서 장훈과 내가 친했던가.

장훈과 함께 야산에서 내려오며 그녀는 곰곰이 생각해봤다. 장훈과는 공통점이 많긴 했다. 그들의 아빠들은 거액의 빚을 진 채 어딘가로 사라졌다가 기별 없이 나타나길 반복했으며 엄마들은 몸과 마음이 번갈아 아팠다. 그들 가족에게 선뜻 돈을 빌려주는 조부모나 친척이 없었다는 점도 비슷했다. 비슷했지만, 사실 그 정도의 공통점은 공부방에 다니는 아이들 대부분에게 적용될 만큼 보편적이었다. 대신 그들이 같은 임대 아파트에 산 적이 있었다는 것과 그때는 엄마들끼리 친자매처럼 가깝게 지낸 사이였다는 건 장훈과 그녀의 고유한 접점이 될 만했다. 친해질 이유가 그렇게나 많았는데, 그들은 애정어린 인사나 친근한 대화에 인색했다. 그녀 가족이 이사를 가면서 엄마들의 사이가 소원해진 탓도 있었고 사춘기 호르몬의 지배를 받던 시절이어서이기도 했을 것이다.

"떠돌이 개한테 밥 주려고 점심시간마다 여길 온다고?"

장훈이 확인하듯 물었다. 그녀는 별다른 대꾸 없이 고개를 끄덕이면서도 성인이 되어 처음 만난 그에게 너무 많은 말을 했다는 것을 뒤늦게 깨달으며 후회에 휩싸였다. 아파트 단지 아래 마트에서 일한다는 것과 아직 안산을 떠나지 못했지만 엄마와는 같이 살지 않는다는 것을 밝힌데다, 엄마와 아빠의 근황을 묻는 질문에는 말을 얼버무리는 모습을 보여 그들과의 관계가 소원해진 것을 들키기까지 한 것이다.

"저기야, 내가 지금 묵는 데."

미륵사와 아파트 단지 사이, 땅이 움푹 파인 공사 현장을 지나갈 때 장훈이 말했다. 한 달 전부터 체육관 공사에 참여해왔다고, 얼결에 일하게 된 곳에서 예전 친구와 재회하다니 신기하다고 덧붙이면서. 장훈이 가리키는 쪽으로 시선을 돌리자 잿빛 컨테이너에 기대놓은 뿌연 전신 거울과 그 거울 앞에 어질러진 면도기와 비누, 허공을 가로지르는 빨랫줄에 매달려 있는 수건과 양말, 바퀴 하나가 부서진 슈트 케이스, 도무지 그 안에 무엇이 들어 있는지 가늠되지 않는 갈색 포대, 뒤축이 꺾인 헌 운동화 몇 켤레가 눈에 들어왔다. 누군가의 일상을 무성의하게 편집한 영상의 한 장면 같다고 그녀는 생각했다.

"여기가 교통이 안 좋으니까 새벽부터 일하려면 저기서 자는 게 편해. 그래도 주말엔 다들 집에 가. 나도 그렇고."

"지금은 어디서 사는데?"

"나야 아직 엄마랑 그 아파트에 그대로 살지. 막둥이도 같이."

"선아였나?"

"맞아. 둘째는 선희. 선희는 서울에서 치위생사로 일하면서 자취해. 막둥이는 내년에 대학 보내려 하고 있고."

동생들 이야기를 하는 장훈의 목소리엔 돌연 생기가 돌았다. 동생들을 향한 장훈의 애정이 그대로라는 것, 그가 아직 엄마를 견디고 있다는 것. 그녀는 장훈의 대답에서 그런 것들을 유추할 수 있었다.

장훈의 엄마라면 작고 깡마른 체구로 악을 쓰던 모습이 가장 먼저 떠올랐다. 세 자녀에게, 이혼한 뒤 떨어져 살았지만 가끔씩 술에 취해 찾아오던 남편에게, 그리고 아동수당 지급이나 기초 생활수급자 선정과 관련된 업무를 담당하던 주민센터 직원들에게…… 주민센터 갈 때는 장훈과 두 딸을 대동할 때가 많았는데, 세 아이가 그녀에게는 돈이나 혜택을 요구하는 데 필요한 구비 서류나 다름없어서였을 것이다. 서류를 마구 흔들며 화를 내다가도 갑자기 울먹이며 제발 도와달라고 사정하던 엄마 곁에서 겁먹은 동생들을 다독이며 서 있던 장훈을 그녀는 몇 번이나 목격할 수밖에 없었다. 사회복지관 별관 바로 옆이 주민센터였으니까. 그녀뿐 아니라 공부방을 오가던 다른 아이들도 그런 장훈의 가족을 몇 번 보았는데, 거지 같다느니 쟤네 엄마 구걸 잘한다느니 하는 아이들의 비아냥거림에도 장훈은 별다른 반응을 보인 적이 없었다. 그저 교과서를 뚫어지게 들여다보거나 손톱이 하얘지도록 펜을 그러잡은 채 끊임없이 필기를 했고, 그도 아니면 대꾸 한마디 없이 의자에서 벌떡 일어나 자리를 피했다. 그러고 보니 장훈은 공부방에 가장 오래, 그리고 가장 성실하게 출석하던 학생이었다. 복지관 선생님과 자원봉사자 중에 장훈을 기특하게 여기지 않는 이는 없었다. 장훈이 경기도에 있는 삼 년제 공과대학에 장학생으로 입학했다는 소식을 들었던 것도 얼핏 기억났다.

"참, 너 형석이랑 수희 기억나?"

터널 앞 게으른 신호등에 파란불이 들어오기를 기다리는 동안 장훈이 물었다.

"우리 공부방에 같이 다녔잖아."

"아니, 기억 안 나."

거짓말이었다. 함께 공부방에 드나들던 중학생 시절뿐 아니라 그들의 고등학생 때 모습도 그녀는 분명하게 기억하고 있었다. 수희는 그녀가 아르바이트를 하던 화장품 로드숍에서 틴트와 마스카라를 외투 주머니에 몰래 넣다가 그녀의 눈에 띈 적이 있는데, 그때 그녀는 수희 곁의 매대로 슬쩍 다가가 암호를 누설하는 스파이인 양 폐쇄회로 카메라가 출입구 근처에 있으니 모자를 쓰라고 속삭였다. 의구심으로 일렁이는 눈길로 빤히 그녀를 바라보던 수희는 이내 틴트와 마스카라를 도로 내려놓은 뒤 후드 티에 달린 모자를 뒤집어쓰고는 서둘러 로드숍에서 빠져나갔다. 폭우가 쏟아지던 어느 여름날엔 배달 가방이 얹힌 오토바이를 타고 가다가 빗길에 넘어진 형석을 목격하기도 했다. 넘어지자마자 벌떡 일어난 형석은 금방이라도 울음을 터뜨릴 것 같은 얼굴로 길바닥에 쏟아진 피자 두 판과 피클, 소스를 한참 내려다봤다. 그에게는 너무 커 보였던 노란색 우비를 입은 채…… 돌이켜보니 모두 *그애*가 떠난 뒤의 일들이었다. 그녀의 기억에, *그애*는 그녀보다 수희나 형석과 더 가까웠다.

"두 사람 한 달 뒤에 결혼하거든. 그래서 다음주 토요일 저녁에 애들 몇 명 모일 것 같은데, 너도 올래?"

그녀는 장훈의 제안에 대답하지 않았지만 장훈은 모임 장소와 시간을 알려주었고 형석과 수희가 하는 일에 대해서도 설명을 이어갔다. 장훈의 말을 흘려들으며 그녀는 끊임없이 터널로 들어가는 차량들을 건너다봤다. 차를 소유해본 적 없고 운전면허증조차 취득하지 않은 그녀에게 인도가 없는 터널은 더이상의 진입을 저지하는 설치물이라 해도 무방했다. 몸이 붕 떠올라 터널과 수평이 된다면 터널은 아주 거대한 두 개의 검은 구멍처럼 보일 터였다. 한번 흡입되면 다시는 빠져나올 수 없는 그런 구멍…… 그런 상상의 끝에서 그녀는 생각했다. 저 너머에 안산의 또다른 동네가 있다는 것이, 그곳에서도 사람들이 살아가고 있으며 누군가는 연애를 하고 결혼을 약속한다는 것이 모두 거짓말 같다고.

"……좀 그런가? 너는 우리보다 일찍 공부방을 그만뒀으니까."

장훈이 멋쩍었는지 괜히 헛기침을 하며 덧붙였다.

"대신……"

"……"

"언제 나랑 극장 안 갈래? 영화 보고 왓챠피디아에 평 올리는 게 유일한 낙인데 요즘엔 휴대전화로만 봤거든. 너도 왓챠피디아에 계정 있어? 내 계정에는 팔로워가 오백 명이 넘……"

"너……"

그녀는 일단 장훈의 말을 자르긴 했지만 그와 눈이 마주치자 뒷말이 떠오르지 않았다.

"너, 너는 이제 그만 가. 나도 점심시간 거의 다 끝나가서 이제부터 뛰어야 돼."

그녀가 가까스로 정신을 다잡으며 이어서 말한 순간, 마침 신호등이 바뀌었다. 흰색 페인트칠이 거의 다 닳아 없어진 허술한 횡단보도를 뛰듯이 건너갈 때까지 장훈은 그녀의 이름을 다시 부르지 않았다.

*

가난하고 외로운 노인을 보면 부모가 떠올랐다. 이틀에 한 번 꼴로 수레를 끌고 마트에 오는 노파에게 빈병과 박스를 챙겨주면서는 엄마가, 버스 정류장 벤치에 누워 술주정을 하는 노년의 남자를 발견했을 땐 아빠가 자동으로 연상되는 식이었다. 머지않아 그들과 비슷한 모습으로 늙어갈 부모를 생각하면 죄책감이 일었다. 미안한 마음과 도망가고 싶은 마음이 분해되지 않는 결정結晶으로 가슴 밑바닥을 향해 끝없이 추락해가는 것, 그녀에게는 그 영원한 추락의 상태가 죄책감이었다.

빚을 내어 연 식당들—처음엔 본사가 따로 있는 중식당이었고 두번째는 분식집이었으며 마지막은 배달과 포장만 가능한 도시락 가게였다—이 연거푸 폐업하면서 아빠는 일자리를 찾아 지방의 공장들을 전전했고 엄마도 인력사무소와 청소 용역업체를 드나들곤 했다. 그들도 가정을 지키기 위해 그들이 할 수 있는 최선을 다한 셈이다. 하지만 둘 다 오래 버티지는 못했다. 아빠는 술 때문에 자주 해고됐고 엄마는 일터에서 겉돌다가 어느 날 갑자기 이불 속으로 들어가선 좀처럼 밖으로 나오지 않는 패턴을 반복했다. 성장기를 통과하던 딸 대신 지나간 시간에 못박힌 자신의 상처를 골똘히 들여다보며 현재를 다시 그 상처로 환원하던 엄마, 그녀의 눈에 엄마는 상처에 괴로워하면서도 상처로 고유해지는 스스로에게 매혹된 사람이었다.

그녀는 열여섯 살 때부터 아르바이트를 하며 부모를 책임지기 위해 노력했다. 술에 취해 기물을 파손하고 쓰러져 있다는 아빠를 데리러 가서는 어른처럼 봉투에 돈을 담아 공손히 건넸고, 웃지 않는 엄마에게는 화장품이나 비즈로 만든 액세서리를 사다주곤 했다. 그녀가 편의점과 패스트푸드점, 화장품 로드숍과 각종 행사장, 그리고 숯불고기 식당에서 아르바이트를 해 번 돈이었다. 때로는 교복을 입은 채, 때로는 미성년자라는 것을 숨기기 위해 대학생 흉내를 내며. 환불이 안 된다는 말에 다짜고짜 욕부터 하던 고객들과 소주잔을 내밀며 술 좀 따라보라던 아저씨 손님들을 견디면서. 헛된 노력이었다. 몇 달 만에 찾아와 너 돈 좀 있냐,

묻고는 그녀의 눈치를 살피던 아빠를 미워하지 않기 위해 애쓰는 날이 반복되면서, 약 먹고 건강해지겠다고 약속해놓고 다시 왜소한 등을 보인 채 잠만 자는 엄마를 지켜봐야 하는 순간이 쌓여가면서 그녀는 조금씩 부모에게, 그들의 울분과 슬픔에 지쳐갔다.

고등학교를 졸업하자마자 엄마 집에서 나온 그녀는 고등학생 때처럼 여러 아르바이트를 전전하며 임대료가 싼 방에서 일이 년씩 머물렀다. 주방과 화장실을 여러 사람과 공유해야 하는 기숙사형 주택에 거주한 적도 있었다. 세 식구는 뿔뿔이 흩어진 셈이 됐다. 아빠와 엄마는 서로 연락하지 않았고, 대신 그녀가 그들 각자와 따로 만나곤 했다. 그래봤자 일 년에 한두 번이었지만. 육십대에 접어든 아빠는 학교나 병원의 경비 일을 구하곤 했는데 근무중에 술 취한 모습을 들켜 툭하면 해고되는 건 변하지 않았다. 엄마는 인력사무소나 청소 용역업체에서 연락을 받으면 일을 나가긴 했지만 여전히 누워 있는 시간이 더 길었다. 부모의 방임과 첫번째 남편의 폭력, 재혼한 남편의 파산과 알코올의존증, 성인이 되자마자 집을 나간 뒤 연락도 잘 되지 않는 외동딸, 그 모든 걸 겪은 엄마를 생각하면 어느 날은 가엾었고 또다른 날엔 그런 동정이 무서웠다. 엄마를 웃게 하고 싶었던 그 시절의 마음을 소환하고 싶지 않았으니까. 아니, 그건 이제 불가능했다. 그런 의욕은 이미 오래전에 증발했고 다시는 새로 생성되지 않았다.

"저 여자, 또 왔네."

사장의 목소리에 음료 코너에서 재고를 확인하던 그녀는 마트 입구 쪽을 돌아봤다. 커다란 성경을 품에 꼭 안고 다니며 끊임없이 혼잣말을 하는 중년의 여자였다. 옷차림은 늘 변했지만 제때 씻지 않는지 여자 주변에선 악취가 났고 대충 묶은 반백의 머리 칼은 건조하게 푸석거렸다. 언젠가 한 단골손님이 여자의 대학생 딸이 사 년 전 낯선 도시에서 나쁜 인간을 만나 죽었다고, 그뒤로 교회에 다녔는데 오히려 그곳에서 마음의 병이 깊어졌다고 일러 준 적이 있었다.

다른 사람은 알까, 여자의 목소리와 표정이 시시때때로 변한 다는 것을. 주여, 회개, 구원 같은 말을 입에 올릴 땐 목소리가 부 드럽고 표정도 온화했지만 미친년, 죽어버려, 너 같은 년은 죽어 서 그냥 재가 돼버려, 라고 날카롭게 중얼거리는 동안엔 순식간 에 냉정한 얼굴이 되면서 목소리도 엄중해졌다. 욕설을 내뱉으면 서 여자는 단죄하고 모멸하는 것 같았다, 딸을 지키지 못한 스스 로를…… 여자는 전도를 시도하지 않았고 구걸도 하지 않았다. 그저 성경을 보듬은 채 신의 대리자가 쓸 법한 말과 스스로를 병 들게 하는 말을 번갈아 중얼거리며 유유히 마트를 한 바퀴 돈 다 음 다시 거리로 나갈 뿐이었다. 여자가 나타나면 사장은 굳은 얼 굴로 여자를 주시하면서도 내쫓지는 않았는데, 여자가 마트에서 물건을 사는 날도 더러 있어서일 거라고 그녀는 짐작했다. 여자 가 떠나자, 여자 또래의 주부 손님은 마치 악취가 눈에 보인다는 듯 손을 휘휘 내저으며 그녀 곁을 지나갔고 직원 중 한 명은 사장 에게서 받아온 섬유 탈취제를 마트 구석구석에 뿌렸다.

장훈이 스쿠터를 타고 마트 앞에 나타난 건 마트의 쇼윈도 밖 으로 어스름이 내릴 무렵이었다.

저녁 근무로 전환되면서 계산대를 지키게 된 그녀는 마트로 들어와 플라스틱 장바구니를 챙겨드는 장훈을 아연히 바라봤고 그와 시선이 마주쳤을 때는 재빨리 고개를 외로 틀었다. 잠시 뒤 장훈은 면장갑과 섬유 유연제, 그리고 다섯 개들이 라면 세 봉지를 계산대 위에 올려놓았다. 그녀가 장훈이 가져온 일관성 없는 상품에 바코드 리더기를 갖다대는 동안 장훈이 저, 있지, 하며 말을 걸어왔다.

"미륵이가 안 보여."

"뭐?"

"그동안 내가 사료를 좀 챙겨줬거든. 근데 미륵이가 이틀 전부터 안 나타나네."

지금 장훈은 지난 열흘 동안 그녀 대신 미륵이를 보살펴왔다는 말을 하고 있는 것이다. 그건, 그녀가 점심시간마다 미륵이를 보러 가는 일을 중단했음을 그가 다 알고 있다는 의미이기도 했다.

그녀는 손님이 챙겨가지 않은 영수증 하나를 가져와 뒷면에 아홉시, 횡단보도, 라고 메모한 뒤 장훈이 결제한 영수증과 함께 건넸다. 영수증을 물끄러미 들여다보던 장훈은 말없이 고개를 끄덕이곤 카드와 물건을 담은 봉투를 들고 마트 밖으로 나갔다. 검은색과 흰색이 섞인 장훈의 스쿠터를 그녀는 잠시 뚫어지게 바라봤고, 멀어지고 옅어지는 스쿠터 소리를 들으며 계산대 앞에 선 다른 손님을 맞았다.

*

　밤으로 이동한 절은 더이상 정물 같은 곳이 아니었다. 오히려 부서지거나 훼손됐던 낮 동안의 소리가 고스란히 되살아나 역동적으로 횡단하는 감각적인 공간이었다. 새와 벌레가 그들의 언어로 통신하는 소리, 풍경風磬 근처에서 동심원 모양으로 번져가는 바람소리, 풀잎이나 나뭇가지가 서로 스치고 얽히는 소리가 한줌의 손실도 없이 저마다의 고유한 형태로 두 귀를 통과했다. 누군가, 세상의 뒷면에서, 최선의 힘으로 직조하여 이곳으로 흘려보낸 것 같은 소리들……

　"참, 수희랑 형석이는 잘 만나고 왔어?"

　"그럼, 지난 주말에 보고 왔지. 다른 애들도 많이 왔어."

　휴대전화로 플래시를 켜고 앞서가는 장훈에게 그녀가 말을 걸자 장훈은 그렇게 대꾸했다.

　지난주 토요일, 그녀는 장훈이 모임 장소로 일러준 안산역 근처 프랜차이즈 술집에 갔었다. 아니, 술집 근처를 걸으며 슬쩍슬쩍 그 안을 살폈다. 술집 정면이 통창인데다 야외 테이블과 이어진 문도 활짝 열려 있어서 밖에서 수희와 형석을 확인하는 건 어렵지 않았다. 수희와 형석뿐 아니라 동석자도 서넛 있었는데 그녀는 한눈에 그들을 알아봤다. 그녀처럼 이십대 후반이 되었다는 것이 믿기지 않을 만큼 그들 모두 중학생 시절의 얼굴을 조금씩 간직하고 있었던 것이다. 술집이 있는 사잇길을 한 번씩 오갈 때마다 동석자들은 하나둘 사라져갔지만 새로 합류하는 사람은 없었다. 저녁 여덟시가 지나자 수희와 형석만 남았다. 그들은 머리가 거의 닿을 만큼 가까이 앉아 대화를 나누었는데 친구들과 있을 때보다는 심각해 보였다. 장훈의 말대로라면, 그들은 네일아트와 타일 기술을 배웠고 관련된 일도 해왔지만 그쪽 업계도 불황이 깊어 결혼과 함께 디저트 카페 창업을 준비중이라고 했다. 그날 장훈은 나타나지 않았다. 적어도 그 술집에서 모이기로 약속한 시간으로부터 두 시간이 지날 때까지는 그랬다.

결국 장훈을 확인하지 못한 채 발길을 돌린 그녀는 복지관 쪽으로 천천히 걸어갔다. 복지관 앞 작은 공원엔 안에서부터 노란색 조명을 밝힌 조각배가 있었다. 4월이 지나면 창고에 방치되는 건지 조각배는 때가 타고 페인트칠이 군데군데 벗겨져 있었다. 친구였거나 친구의 친구였거나, 사귀는 중이거나 사귀다 헤어진 관계였거나, 아니면 고백한 적 있거나 고백조차 못한 채 혼자 특별한 마음만 품어본 대상이었거나, 학교는 달라도 어떻게든 연결하면 결국 연결되는 이들이 차가워진 몸으로, 때로는 툭 치면 깨어날 것 같은 온전한 모습으로, 또 어떤 때는 손톱이 빠지고 손가락이 멍든 채로 발견되었다는 소식이 전해지던 날들이 있었다. 언제나 울 준비가 되어 있던 학교 아이들, 한 명이 울기 시작하면 이내 여러 겹의 훌쩍임으로 출렁이던 교실, 단지 교복을 입었다는 이유로 버스나 지하철 안에서, 혹은 길 위에서 무턱대고 사과를 하던 어른들과 그런 어른들을 냉담한 얼굴로 바라보던 또다른 어른들…… 그애도 돌아오지 못한 아이들 중 하나였다. 이 년 가까이 만나지 않았고 전화 한 통 나눈 적 없으니 더이상 친구라 말하기 애매했지만, 그렇다고 그 소식을 접하기 이전으로 돌아갈수는 없었다. 기억이 있었으니까. 공부방 책상에 나란히 앉아 같은 지우개를 썼고 서로의 파우치를 열어 보이며 겹치지 않는 화장품을 구경하곤 했다. 그애가 아끼는 스티커를 그녀의 손톱에 붙여주었던 순간은 빛 조절에 실패해 부옇게 번진 스냅사진의 형태로 남아 있었다. 실종자 중 생존자는 단 한 명도 없다는 소식이 타전된 날, 그녀는 우는 대신 걷는 것을 선택했다. 미안한 마음과 도망가고 싶은 마음의 결정을 끌어안은 채 걷고 또 걸으며 생각의 삭제에만 몰두했다.

엄마 손을 잡고 나타난 아이가 앙증맞은 손으로 배를 어루만졌고, 그사이 아이 엄마는 짧게 묵념했다. 모형 배에서 부채꼴 모양으로 번져나온 노란빛의 입자가 그녀의 스니커즈 끝에 모여들더니 이내 사방으로 흩어졌다. 그녀는 공원 벤치에 앉아 빛의 입자가 쾌활한 정령들처럼 모였다 흩어지고 흩어졌다 다시 모이는 것을 오래오래 내려다봤다.

무덤 근처에 다다랐을 때 장훈이 미륵아, 라고 연달아 외쳤다. 그녀도 목에 힘을 주어 여러 번 미륵이를 불렀지만 미륵이는 나타나지 않았다. 그녀가 미륵이는 새끼를 낳기 위해 더 깊은 산속으로 들어갔을 거라고 설명하자 장훈은 놀란 목소리로 미륵이의 상태를 전혀 몰랐다고 대답했다. 미륵이가 엄마가 된다고, 미륵이가, 하며 대단한 기적이라도 접한 듯 놀라워하더니 잠시 뒤엔 한결 누그러진 목소리로 근데 좀 부럽네, 라고 덧붙였다.

"뭐가?"

"나도 좋은 아빠 같은 거 해보고 싶었거든."

그녀는 장훈이 갑작스럽게 내비친 속 이야기가 단박에 이해되지 않았다.

"대학 때 동기들이 술 마시자고 하면 난감했어. 난 바로 일하러 가야 했으니까. 그럴 때 생각했지, 잠깐씩. 평범한 게 제일 좋은 거니까. 아닌가?"

되물으며, 장훈은 혼자 웃기도 했다.

대학을 졸업하긴 했는데 사 년제가 아니어서 큰 회사엔 들어갈 수 없었다고. 스타트업 회사에 앱 개발자로 채용됐지만 주어진 일은 프로그램의 오류를 찾아내는 단순한 업무뿐이었다고 장훈은 뒤이어 말했다.

"안산에서 강남에 있는 사무실까지 출퇴근하려면 왕복 네 시간이 걸리거든. 일하거나 자거나, 아니면 잠잘 생각을 하거나, 사는 게 그게 다였지, 뭐. 야근을 하다가 잠깐 졸았을 뿐인데 다시 고개를 들면 심야버스 안이거나 강남대로 횡단보도 한가운데거나, 그런 적도 많았어."

"……"

"결국 이 년도 안 돼 그만뒀어. 차라리 몸으로 때우는 게 편하겠더라고."

장훈은 지금 강남 사무실이 아니라 안산의 외진 공사 현장에 있는 까닭을 해명하는 것 같다고, 그의 이야기에 귀기울이며 그녀는 생각했다. 문득 고개를 들어 유심히 그를 건너다보았지만 어둠이 그의 표정을 은폐하여 그 표정까지는 살필 수 없었다. 공부방에 정전이 있었던 날, 들뜬 아이들이 귀신 이야기를 하며 놀라거나 웃는 동안 대각선 자리에서 그녀 쪽을 바라보고 있던 장훈의 얼굴이 해석되지 않았던 것처럼. 그날 누가 먼저 고개를 돌렸는지는 기억나지 않았다. 기억나는 건 오직 하나, 양쪽 귓불이 끓듯이 뜨거웠다는 것, 그뿐이었다.

"넌? 너는 어떻게 살았어?"

장훈이 물었다.

나야말로 똑같지, 라고 그녀는 대답했다.

하는 일의 종류도, 생각이 많아지면 무작정 걷는 습관도 그대로였다. 어디에서 누구와 일하든 좀처럼 친구를 사귀지 않는 것도. 왜냐하면……

다 사라질 것 같았으니까. 있다가 사라지면 원래 없었던 상태보다 훨씬 더 괴로우니까. 누군가, 기억을 나누어 가진 누군가가 공허에 가닿는 영원 속을 추락할 뿐 다시는 돌아올 수 없다고 생각하면 이 삶에 백기를 들고 싶어질 테니까.

"참, 나 너 본 적 있어. 고등학교 때."

뒷말은 모두 삼킨 채 그만 돌아가야지, 생각하는데 장훈이 다시 말을 걸어왔다.

"아파서 조퇴하는 길이었는데 네가 딱 보이더라고."

"학교에 안 간 날이었나보다."

"왜? 왜 학교에 안 갔는데?"

"……그런 때였잖아."

"그래, 그런 때가 있었지."

그 대화를 끝으로 둘 사이엔 잠시 침묵이 흘렀다. 봄의 꽃잎 한 장이 허공에서 빙글빙글 돌더니 그녀의 발아래로 떨어졌다. 나뭇 가지에서 떨어진 꽃잎이 작은 여행을 하는 동안 세상은 잠시 멈 춰 있었을 거라는 생각이 들 만큼 오직 꽃잎의 우아하고 정교한 움직임만이 그녀의 시야에서 생동했다. 꽃잎이 바닥에 떨어지자 밤의 절로부터 풍경소리가 잔, 잔, 잔, 하며 요란하지 않게 건너 왔다.

그곳을 떠나기 전, 장훈이 컨테이너 숙소에 가서 빈 상자와 수 건 세 장을 가져왔다. 그녀가 상자에 수건들을 깔았고 장훈은 그 상자를 들고 풀숲을 헤치고 들어가선 사람들 눈에 띄지 않을 만 한 곳에 놓았다. 그때껏 미륵이는 그들 앞에 나타나지 않았다.

*

"너도 그애랑 친했나?"

"나야 말도 거의 안 해봤지."

"지브리 애니메이션 스티커 모으는 거 좋아했는데."

"맞다. 그애 휴대전화랑 교과서에 스티커 붙어 있었던 거 기억 나."

그런 대화를 나누며 아파트 단지 쪽으로 내려가는데 장훈이 돌 연 걸음을 멈추고는 편의점을 가리키며 아이스크림을 먹겠느냐 고 물었다. 장훈은 그녀가 유독 콘 아이스크림을 좋아했다고 기 억했다. 공부방에 자원봉사를 오던 대학생 선생님이 어느 여름날 아이스크림을 사온 적이 있었는데 그때 그녀가 평소와 달리 재빠르게 몸을 움직이더니 가장 먼저 비닐봉지 안에서 콘 아이스크림 하나를 집었다고. 양손으로 아이스크림을 붙잡고는 골똘히 들여다보며 한입 한입 신중하게 베어먹었다고. 마치 아이스크림의 맛을 음미하는 게 아니라 분석하는 사람 같았다고 그는 자신의 기억을 들려줬다. 그녀에게는 그날이 기억에 없었지만 아이스크림을 사오겠다며 편의점에 들어가는 장훈을 말리지는 않았다.

그녀가 여자를 발견한 건 편의점 밖 테이블에 기대어 장훈을 기다릴 때였다. 두 다리를 인간의 땅에 디디고 있으면서도 품안엔 신전이 있고 머릿속은 죽음의 상념으로 가득한 여자, 이 동네의 형상을 닮은 사람…… 밤거리에서 여자는 혼잣말을 중얼거리는 대신 울고 있었는데, 평소와 다른 그 모습이 낯설었다. 성경을 품에 안은 채 흐느끼며 지나가는 여자는 배교 후에 절대적인 고독을 체득한 신도 같기도 했고 비참한 미래를 엿본 단 한 명의 예지자 같기도 했다.

아니, 그저 미친 여자일 뿐……

그녀는 이내 고쳐 생각했다. 여자 맞은편에서 걸어오는 행인들, 근처 식당에서 쓰레기를 버리러 잠깐 밖으로 나온 직원, 골목 안쪽 그늘에 몸의 반을 묻은 채 담배를 피우던 사람들이 여자를 흘끗거렸다. 여자가 혼잣말을 하든 소리 내어 울든, 정상인의 범주에서 벗어난 사람을 바라보는 온기 없는 시선은 그대로였다. 학교에 가는 대신 걷고 또 걸었던 그때, 그녀도 그런 시선을 받았는지 모른다. 학교에 있어야 어울리는 교복 차림으로 간간이 홀쩍이며 걷곤 했으니까. 더 혹독하게 가난해지고 외로워질 부모의 미래를 생각하면서, 왜 그애가 전화를 해도 받을 수 없는 곳으로 떠났는지 알 수 없어서, 가끔은 어째서 아무도 그녀에게 괜찮으냐고 묻지 않는지 궁금했으니까.

편의점 테이블에 누군가 두고 간 냅킨이 눈에 들어왔다. 그녀는 냅킨을 손에 쥐고는 여자를 따라가기 시작했다. 저기요, 라고 부르는 그녀의 목소리를 듣지 못한 듯 여자는 앞만 보며 걸었지만 그녀가 한쪽 팔을 잡자 천천히 뒤를 돌아봤다.

여자의 얼굴은 온통 눈물로 젖어 있었다.

"너, 왜 울어?"

우는 여자가 울지 않는 그녀에게 물었다.

"알아? 너도, 알아서 우는 거야?"

연달아 물으며, 여자가 한 걸음 그녀 쪽으로 다가왔다. 악취와 상관없이 그녀는 깜짝 놀랐다. 가까운 거리에서 여자를 본 건 처음이었는데, 뜻밖에도 여자의 눈동자가 맑았던 것이다.

"세상이 날 갖고 실험하고 있어. 내가 얼마나 슬플 수 있는지, 지금도 날 찍어서 저기 어디서 특수한 영상으로 다 보고 있다고. 가지고 놀면서 비웃는 거지."

"……나도."

"……"

"그 실험, 들어봤어요."

얼결에 대답하자, 여자는 코를 훌쩍이며 끅끅 울면서도 뚫어지게 그녀를 마주봤다. 그녀는 여자를 위해 해줄 수 있는 것이 그것뿐이라는 듯 여자의 손에 냅킨을 쥐여줬다. 손안의 냅킨을 물끄러미 내려다보던 여자가 잠시 뒤 고개를 들더니 집에 가, 라고 말했다.

"얼른 집에 가서 밥 먹어."

여자의 말에 그녀가 무슨 말인가를 하려던 찰나, 뒤에서 그녀의 이름을 부르는 장훈의 목소리가 들려왔다.

콘 아이스크림을 양손에 든 채 장훈이 한번 더 송이야, 하고 그녀를 불렀다.

그녀는 그 이름을 아주 오랜만에 들었다는 걸 느리게 깨달았다.

그사이 여자는 다시 울면서 자신의 길을 갔고, 그녀는 장훈의 스쿠터를 타고 터널을 지나가는 상상을 했다.

꿈을 꾸는 것 같았다.

한참을 달리니 어둠의 농도가 옅어지면서 문득 눈이 부셨고 순식간에 터널은 끝나 있었다. 그녀는 알 수 있었다. 그곳에 인간의 땅과 신전, 죽음의 표상이 있는 또다른 동네가 있다는 것을, 부서지거나 훼손되지 않은 온전한 형태로, 그렇게……

생각하며, 송이는 장훈에게 한발 한발 다가가기 시작했다.

어제를 겪고 오늘을 지나 내일을 살아갈 송이들에게

어느 날 전화를 걸어온 친구가 말했다.

아주 섬세한 영화를 보았다고, 섬세하면서도 성숙한 접근이 놀라웠다고, 너도 분명 그 영화를 좋아하게 될 거라고.

며칠 후 연희동에 있는 라이카시네마에서 그 영화를 관람했는데, 영화 초반부터 이미 나는 친구의 예견이 절대로 틀리지 않으리란 걸 알 수 있었다.

영화는 조현철 감독의 〈너와 나〉(2023)였다.

영화를 보고 온 뒤, 한동안 왜 그 영화가 그토록 좋았는지 골똘히 생각하곤 했다.

　횡단보도 앞에 우두커니 서서, 주문한 커피를 기다리며, 반려
묘 두 마리가 사료나 간식을 알뜰히 먹는 모습을 바라보는 동안,
동료 작가의 북토크에서 십 년 전 4월 16일에 무얼 했는지에 대
해 이야기하는 걸 들으면서……

　구체적이어서였다.
　어느 순간 나는 알 수 있었다.
　영화에 그려진 아이들이 구체적이어서 그 영화가 그렇게나 좋
았던 거라고.

　추모관이나 추모공원의 사진 속 이미지가 아니라, 삼백사 명의
희생자 중 한 명이 아니라, 참사의 한 사례에 등장하는 표백된 비
극의 대상이 아니라……

　필요 없어 보이는 물건을 주문한 엄마에게 잔소리를 하고, 화
랑공원에서 중앙역까지 가는 버스에서 친구와 수다떨며 정신없
이 웃다가도 해지는 걸 보며 감동받을 때도 있으며, 팥빙수 속 떡
을 더 많이 먹은 친구와 싸우기도 하는 아이(들)가 그 영화 속에
있었다.

　무엇보다
　사랑하(받)고 싶고 사랑할 줄 아는,

내 맘을 몰라주는 친구 때문에 노래방에서 빅마마의 〈체념〉을 부르며 우는가 하면,

잘 가, 라는 그 친구의 인사가 아쉬워 몇 번이나 돌아서 다시 손을 흔들기도 하는,

그토록 구체적인 얼굴들이 영화에는 있었다.

영화 속 그 장면들을 곱씹는 동안,
「내일의 송이에게」는 천천히 시작됐을 것이다.

아울러,
강지나의 『가난한 아이들은 어떻게 어른이 되는가』(돌베개, 2023)와 유가영의 『바람이 되어 살아낼게』(다른, 2024) 역시 「내일의 송이에게」를 쓰는 동안 자주 들춰본 책이었음을 밝힌다.

송이가
오늘에 머무르지 않고 내일로 나아가길,
삶 앞에 나타나게 될 수많은 터널을 무사히 지나가길,

소설을 발표하고 몇 달이 지난 지금도
남몰래
자주 소망하곤 한다.

너는 어떻게 살았느냐는 안부

하성란(소설가)

친구였거나 친구의 친구였거나, 사귀는 중이거나 사귀다 헤어진 관계였거나, 아니면 고백한 적 있거나 고백조차 못한 채 혼자 특별한 마음만 품어본 대상이었거나, 학교는 달라도 어떻게든 연결하면 결국 연결되는 이들이 차가워진 몸으로, 때로는 툭 치면 깨어날 것 같은 온전한 모습으로, 또 어떤 때는 손톱이 빠지고 손가락이 멍든 채로 발견되었다는 소식이 전해지던 날들이 있었다. (……) 그애도 돌아오지 못한 아이들 중 하나였다.(132쪽)

조해진은 「내일의 송이에게」에서 세월호 참사 후 십 년이 지난 안산을 다시 들여다본다. 망각 속으로 사라지는 참사와 대부분의 사람이 생존자의 죄의식 속에서 살아가는 그곳의 일상을 살핀다. '그들'은 이십대 후반이 되었다. 소설의 제목 속 '송이'가 누구일지 헤아리다보면 이름이 속속 드러나는 이들 속에서 이름으로 불리지 않는 이가 단둘이라는 것을 눈치채게 된다. '그녀'와 그애.

언제든 울 준비가 되어 있어 한 아이가 울면 교실 전체가 흐느낌으로 가득하던 때, 교복을 입었다는 이유만으로 어른들에게 사과를 받던 때, 참사의 생존자들에게 쏟아졌던 질문들. 차마 대놓고 묻지는 못했지만 눈빛으로 묻던 질문들. 너는 어떻게 참사에서 살아남을 수 있었니? 친구를 살리지 못하고 자신만 살아남았다는 죄의식으로 생존자들은 고통을 받았다. "어떻게든 연결하면 결국 연결되"기에 참사 생존자뿐 아니라 살아 있는 모든 이가 생존자의 죄의식을 느끼던 때, 그녀는 우는 대신 교복을 입은 채로 걷고 또 걸었다. "미안한 마음과 도망가고 싶은 마음의 결정을 끌어안은 채" 걷다보면 생각의 "덩어리가 삭제되는" 기분이 들었다.

그녀만이 아니다. 형석과 수희도 다르지 않았다. 수희는 화장품 로드숍에서 "틴트와 마스카라를 외투 주머니에 몰래 넣다가 그녀의 눈에" 띄고, 폭우가 쏟아지던 여름날 자신의 체구보다 큰 우비를 입은 채 오토바이로 배달하던 형석은 넘어져서 바닥에 쏟아진 음식들을 내려다보며 울먹인다. "모두 그애가 떠난 뒤의 일들이었다." 그녀의 기억에 형석과 수희는 자신보다 그애와 훨씬 더 친했다.

그녀와 장훈, 형석과 수희 그리고 그애. 그들은 한때 저소득층 가정의 아이들을 위해 사회복지관에서 운영하는 공부방에서 만났다. 가난의 냄새를 지우려는 듯 "여러 청소용 세제가 마구 섞인 듯한" 냄새가 나던 곳. "가난이 다음 세대, 다시 그다음 세대까지 계속해서 이어지는 사례가 점점 일반화되고 있다는 기사"에 소개되기도 한 곳.

공부방에 발길을 끊고 오랫동안 만난 적도, 전화를 한 적도 없어 친구라고 말하기도 그렇지만 그녀는 그애의 소식을 듣기 전으로는 돌아갈 수가 없다. 지우개를 같이 쓰고 서로의 파우치 안에 든 화장품을 구경했고 무엇보다 그애는 자신이 아끼는 스티커를 그녀의 손톱에 붙여주었다.

그뒤로 시간이 흘러 십이 년 만에 만난 장훈이 그녀에게 묻는다. "넌? 너는 어떻게 살았어?"

너는 어떻게 살았어?

오래전 취재 기사의 "앞으로도 가난하리란 예견"처럼 성년이 된 그들의 삶은 녹록지 않다.

그녀는 "급하게 조성"된 아파트 단지의 마트에서 일하고 있다. 점심시간은 늘 빠듯하지만 야산 무덤가에 살고 있는 새끼를 밴 떠돌이 개를 못 본 척할 수 없어 매일 가파른 길을 뛰듯 올라간다. 지금은 감당할 수 있지만 새끼까지 낳은 뒤는 장담할 수가 없다. 아파트 단지가 한눈에 내려다보이는 산 정상 부근에 다다르면 인도는 사라지고 도로는 터널로 이어진다. 인도가 없는 터널. 차도 없고 운전면허증도 없는 그녀에게는 "더이상의 진입을 저지하는 설치물"과 다름없다. 신호등을 건너면 미륵사라는 작은 절이 나오고 절 뒤편은 야산의 남은 부분과 연결되는데 그곳에 묘비 없이 방치된, 아이나 반려동물이 묻힌 듯한 무덤이 있다.

훼손된 땅에서 시간은 흐르되 흐르지 않는다. 넌 어떻게 살았느냐고 안부를 묻는 장훈에게 이제 그녀는 나야 똑같지, 라고 말할 수 있을 것이다. 그러나 그 대답과는 달리 그녀는 여전히 생각이 많아지면 무작정 걷고 어디에서 누구와 일하든 친구를 사귀지 않는다. "다 사라질 것 같았으니까. 있다가 사라지면 원래 없었던 상태보다 훨씬 더 괴로우니까. 누군가, 기억을 나누어 가진 누군가가 공허에 가닿는 영원 속을 추락할 뿐 다시는 돌아올 수 없다고 생각하면 이 삶에 백기를 들고 싶어질 테니까."

장훈으로부터 형석과 수희의 결혼 소식을 듣고 모임이 있다는 안산역 근처의 프랜차이즈 술집까지 간 그녀는 안으로 들어가지 못하고 주위를 맴돈다. 놀랍게도 수희와 형석뿐 아니라 자리에 함께한 아이들의 얼굴을 다 알아볼 수 있다. 이십대 후반이 되었다는 것이 믿기지 않을 만큼 중학생 시절의 얼굴을 조금씩 간직하고 있었기 때문이다. 하나둘 자리를 뜨고 형석과 수희 두 사람만 남았다. 불황으로 하던 일을 접었지만 결혼과 함께 디저트 카페를 열 예정이라는 꿈과는 달리 두 사람의 얼굴은 심각해 보인다. 모임 소식을 알려준 장훈은 오지 않고, 그들이 기다리고 있는 것은 장훈만이 아닐지도 모른다.

그녀와 장훈의 기억 속에서 그애와의 추억은 또렷해진다. 지브리 애니메이션의 스티커 모으기를 좋아했다는 것. 그애의 휴대폰과 교과서에 붙어 있던 스티커들이 선명해지면서 그녀도 잊고 있던 그녀와의 기억을 장훈이 기억해낸다. 그녀가 "유독 콘 아이스크림을 좋아했다"는 것이다.

딸을 잃은 슬픔으로 시내 곳곳을 울면서 혹은 욕설을 내뱉으면서 돌아다니는 "미친 여자"처럼 그녀도 "그런 때"가 있었다. "학교에 있어야 어울리는 교복 차림으로 간간이 홀쩍이며 걷"는 그녀 또한 다르지 않았다. "더 혹독하게 가난해지고 외로워질 부모의 미래를 생각하면서, 왜 *그애*가 전화를 해도 받을 수 없는 곳으로 떠났는지 알 수 없어서, 가끔은 어째서 아무도 그녀에게 괜찮으냐고 묻지 않는지 궁금"했다.

"세상이 날 갖고 실험하고 있어. 내가 얼마나 슬플 수 있는지, 지금도 날 찍어서 저기 어디서 특수한 영상으로 다 보고 있다고. 가지고 놀면서 비웃"는 거라고 생각하지 않으면 견뎌낼 수 없는 고통을 참으면서 그녀는 백기를 들지 않기 위해 안간힘을 쓰고 있다.

"두 다리를 인간의 땅에 디디고 있으면서도 품안엔 신전이 있고 머릿속은 죽음의 상념으로 가득한" 누군가들이 살아가는 곳에서 성인이 된 그녀를 위로하는 것은 "아무리 애쓰며 살아도 누구나 죽음이라는 종착역을 향해 전진할 수밖에 없다는 것"이다. 그런 그녀에게 터널 건너에 "안산의 또다른 동네가 있다는 것이, 그곳에서도 사람들이 살아가고 있으며 누군가는 연애를 하고 결혼을 약속한다는 것이 모두 거짓말 같다".

그때 콘 아이스크림을 들고 장훈이 그녀의 이름을 부른다.

'송이야.'

그제야 그녀의 이름이 밝혀지고 그녀는 고여 있던 시간으로부터 한 발 내디딜 수 있게 된다. 누군가에게 '내일'은 굴리기에 너무도 거대한 수레바퀴이다. 자신의 이름을 들으면서 송이는 장훈의 스쿠터를 타고 터널을 지나가는 상상을 할 수 있다. 부서지거나 훼손되지 않은 온전한 형태의 그곳. 영원히 가닿을 수 없을 것 같던 터널 건너편으로 스쿠터를 타고 가는 꿈을 꾼다.

이야기의 끝에 다다라 터널 건너편에 "인간의 땅과 신전, 죽음의 표상이 있는" "부서지거나 훼손되지 않은 온전한 형태"의 동네를 만든 것은 그녀의 간절함일 것이다.

조해진은 이렇듯 참사 십 년을 기록한다. 살아 있는 사람, 살아남은 사람. 참사 십 년에 조해진은 생존자들에게 이렇게 묻는다. 어떻게 살고 있느냐고, 괜찮으냐고. 이런 간절한 질문들이 이어진다면 우리는 적어도 우리의 삶에 "백기"를 들지 않을 수 있다.

반수연

조각들

작가노트

조각이지만 온전한

리뷰 | 김화영

수평 맞추기와 나사 조이기

반수연
2005년 조선일보 신춘문예에 단편소설 「메모리얼 가든」이 당선되어 등단. 재외동포문학상 수상. 소설집 『통영』, 산문집 『나는 바다를 닮아서』가 있다.

조각들

금요일 저녁 혼자 족발에 소주를 한잔하고 있을 때 벽에 붙여 둔 종이의 한쪽 모서리가 떨어진 걸 발견했다. 나는 소주잔을 입으로 가져가다 말고 벽으로 다가가 종이의 모서리를 꾹 눌렀다. 손을 떼자마자 종이는 다시 떨어져나와 글자의 반을 가렸다. 다른 모서리들도 반쯤 떨어져나왔다. 접착제가 날아간 테이프는 비닐 조각이 되어 있었다. 다시 붙이려고 나머지 모서리를 조심스레 뜯어냈다.

"아빠, 나 미국에서 잡 오퍼 받았어. 샌프란시스코. 이사도 가야 해."

수화기 속 지나의 목소리가 약간 떨렸다. 두어 달 전 회사를 그만두었다는 건 알았지만 미국에서 직장을 구하고 있는 줄은 몰랐다. 왜 여태 말 한마디 없었을까. 내가 더이상 의논의 대상이 아닌지는 오래되었지만 이런 식의 갑작스러운 통보는 여전히 익숙해지지 않았다. 직장을 그만둔 것도 한 달이 지나서야 알게 되었다. 멀쩡한 직장을 그만둔 것보다 그 지경이 될 때까지 모르고 있었다는 사실에 나는 충격을 받았다. 아빠보다 네 배나 더 많이 버는데 그만둔다는 말을 어떻게 해. 서운해하는 내게 지나는 말했다. 그게 말하지 못한 이유일 거라고 생각해보지 못했다. 지나는 꼭 내가 어떤 마음으로 세월을 건너왔는지 안다는 투로 말했는데, 그 때문에 나는 더이상 무슨 말을 얹지 못했다.

"지나야, 샌프란시스코라고 했지? 아빠가 이사 도와줄까? 그래도 되나?"

샌프란시스코는 영과 결혼하고 이 년이 지나서야 뒤늦게 신혼여행을 갔던 곳이었다. 지나는 아직 태어나지 않았고 영은 지금 지나의 나이였다. 그 생각을 하니 기분이 묘했다. 소주를 한 잔 더 따라 마시고 족발을 한 조각 입에 넣었다. 며칠 전 한인 마트에서 사온 족발은 차갑고 딱딱해서 냉장고에서 막 꺼낸 지우개 같았다. 어차피 집에 자주 오지도 않는 녀석이니 거기나 여기나. 비행기 타면 고작 두 시간 반이라니까 뭐. 그래도 이사를 돕겠다는 제안을 지나가 단박에 받아들인 건 조금 의외였다. 지나도 두려운 걸까. 오래전 지나를 데리고 한국을 떠날 때 나도 두려웠으니까. 그래서 눈물을 훔치는 노모에게 괜히 짜증을 내기도 했으니까.

종이를 다시 벽에 붙이고 서너 걸음 뒤로 가 수평을 확인했다. 목수가 된 후로 나는 수평이 맞지 않는 걸 잘 견디지 못했다. 삐뚤어진 액자도, 창틀도, 간판도 종종 신경을 긁었다.

'나는 나무를 길들이려 했으나 나무가 나를 길들이고 있다.'

종이에는 그렇게 적혀 있었다. 그걸 붙일 때 나는 뭔가 그럴듯한 일을 하고 있다고 믿고 싶었는지도 몰랐다. 그게 뭐야? 유치하게. 소파에 길게 누워 책을 보던 지나가 어이없다는 듯이 말했다. 그즈음 지나는 뭐든 일단 비웃고 보던 고등학생이었고, 나는 캐나다로 건너온 지 십 년 만에 영주권을 받고 처음으로 제대로 된 직장을 잡은 후였다. 영주권을 받기까지의 시간은 험난했다. 직장을 바꿔가며 여섯 번의 취업 비자를 신청했고, 비자를 받지 못하면 캐나다를 떠나야 했으므로 나와 지나의 인생 전체를 판돈으로 놓고 게임을 하는 기분이 되곤 했다.

작년에 모아둔 휴가는 사 주가 남아 있었다. 6월까지는 모두 써야 할 휴가였다. 지금 작업중인 체육관 천장 타일 교체 프로젝트를 휴가 시작 전까지 마칠 수는 없을 것이었다. 이번 프로젝트는 까다로운 작업이라 내가 빠지면 얼마 전에 초등학교 창틀 보수를 끝낸 피터밖에 맡을 사람이 없었다. 다른 직원들은 각자의 프로젝트가 있거나, 너무 나이가 들었거나, 초보였다. 하지만 피터는 천장을 올려다보는 작업을 극도로 싫어했고, 싫은 일을 순순히 떠맡을 위인도 아니었다. 두 달 전부터 내 조수로 일하고 있는 베리도 새로운 사수를 찾아야 할 것이었다. 그 생각을 하니 골치가 아파왔다.

"멀쩡한 남자 새끼처럼 생겨가지고 뭔 난리야. 에이 짜증나게."

지난 9월 베리가 처음 프로그램에 들어왔을 때 조수로 쓰겠다며 데려간 피터는 언제부턴가 나만 보면 불만을 터트렸다. 베리가 지나치게 호기심이 많고, 자주 불필요한 질문을 하고, 시키는 대로 하지 않고 이상한 데 머리를 쓰며 일을 지연시키거나, 야단을 치면 토라져 대꾸도 하지 않는다고 했다. 그러다가 그 일이 터졌다. 피터가 베리에게 테이블 톱 사용법을 가르칠 때, 베리가 안전 가드를 내리는 걸 자꾸 잊어버려서 오, 보이, 정신 차려! 하며 그의 어깨를 툭툭 쳤다. 피터는 나에게도 그런 제스처를 할 때가 많았다. 오, 맨! 게르만의 후예다운 튼튼한 골격에 나보다 사십오 킬로그램이 더 나가는 그의 커다란 손이 내 어깨를 툭툭 칠 때는 허리까지 충격이 전해졌다. 속으로야 은근히 부아가 올라와도 정색할 수는 없었다. 나는 오히려 그보다 더 크게 웃으며 그것이 농담이거나 장난이라고 서둘러 규정지었다. 그러나 베리는 상황이 달랐다. 베리는 아직 고등학생이었고 진로를 결정하기 전, 학교와 교육청의 지원을 받으며 교과과정의 일환으로 목수 일을 배우고 있었다.

"도대체 논바이너리라는 게 뭐야? 보이나 맨 같은 말 하지 말래. 그녀도 안 되고 그도 싫대. 그럼 뭐라고 불러야 하는 거야?"

그 일로 학교에서 파견된 카운슬러와 미팅이 있었던 날 피터는 씩씩거리며 직원 휴게실로 들어왔다.

"정 힘들면 슈퍼바이저에게 바꿔달라고 말해봐."

"누가 자원하기 전에 내 입으로 말 못하지. 먼저 말했다간 차별한다고 난리날 건데. 가뜩이나 젠더 감수성이 어쩌고저쩌고 시끄러운데. 아이씨 골치 아파. 저 새끼가 그리 까다로운 데는 다 이유가 있었다니까. 논바이너리가 뭐야 대체."

그건 그랬다. 계산 빠른 피터가 표면적으로 드러나게 차별의 언어를 쓸 리가 없었다.

"내가 데리고 해볼까? 그러잖아도 조수가 하나 있었으면 했는데."

나는 피터가 유난히 내 앞에서 불만을 터트리는 이유를 잘 알았다.

"오, 킴! 넌 정말 나이스 가이야! 네가 나를 살렸어. 땡큐. 땡큐! 베리한테도 틀림없이 네가 더 좋은 사수가 될 거야."

필요한 대답을 얻어낸 피터는 금세 표정이 환해져 내 어깨를 감싸안았다. 나는 흔들리지 않으려고 하체에 힘을 주었다.

"킴이 없으면 회사가 돌아가질 않아. 오늘 당장 슈퍼바이저에게 말할 거지?"

은밀한 걸 나누는 사이처럼 윙크까지 했다. 피터는 내 이름 '형국'이 부르기 어렵다는 이유로 성만 따서 킴이라고 불렀다. 엉터리로 불리는 게 싫어 어쩌면 내가 먼저 피터에게 그리 부르라고 말했는지도 모르겠다. 그때부터 다른 동료들도 나를 킴이라고 불렀다. 어떤 이는 나를 킴킴이라고도 불렀다. 이름과 성이 모두 킴이라는 농담이었다.

아빠의 평화는 정의를 포기한 대가야. 언젠가 지나가 말했다. 하지만 이번에 베리를 맡은 것은 꼭 떠밀려서만은 아니었다. 피터가 작정하고 베리를 괴롭히기 시작하면 얼마나 섬세하고 집요하게 굴지 않기 때문에 가만있기가 힘들었다. 나 또한 그런 시간을 겪었다. 직원 휴게실에 내가 들어오면 갑자기 창문을 열어 환기를 시키고, 웃는 얼굴로 어젯밤에 뭘 먹었느냐고 물었다. 어떤 경로로 이 회사에 취업했느냐고 의심스러운 눈초리를 보냈다. 동양인이 목수로 들어온 건 처음이라는 말은 아무리 들어도 칭찬 같지 않았다. 어떤 날은 아주 가까운 동료처럼 대하다가, 다른 날은 표정을 확 바꾸고 투명 인간 취급을 했다. 그렇게 잘게 쪼개진 차별은 너무 사소해서 눈치챘다는 사실조차 자존심이 상했다. 한동안 파트너가 없었으므로 대부분 혼자 하는 허드렛일이 배당되었다. 이 학교에서 문고리를 고치고, 삼십 분 거리의 다른 학교에 가서 헐거워진 의자의 나사를 조였다. 누구도 작정하고 나를 고립시키지 않았다고 해서 혼자 남겨졌다는 사실이 바뀌지는 않았다. 어떤 때는 선생들의 요구대로 각자의 키와 취향에 맞게 발판을 만들었다. 그것들은 묘하게 까다로웠고, 성과는 사소했다. 혼자 이 학교 저 학교로 옮겨다니며 안전판을 세우고, 장비를 설치했다가 다시 차에 싣느라 일의 진도가 늦어졌고 피터는 여러 번 그것을 무능으로 몰았다.

지나는 이사 전날에야 살던 집을 모두 비웠다. 이사를 결정한 날부터 정리를 시작했지만 좀처럼 일이 진척되지 않았다. 옮기는 이사보다 버리는 이사가 더 어렵다고 지나는 툴툴거렸다. 버려지지 않는 물건은 내 집으로 가져왔다. 오랫동안 간직했던 다이어리나 그림들, 조잡하지만 직접 만든 도자기들, 친구들 여럿이 함께 사인을 넣어 만들어준 액자와 한국에서부터 안고 자던 토끼 인형. 그렇다고 샌프란시스코까지 짊어지고 갈 수도 없었다. 내 게도 시골집에 그렇게 남겨둔 물건이 있었다. 버릴 수는 없지만 가지고 올 수 없는 것들. 이제는 기억조차 나지 않는 것들. 버린 이는 없는데 저절로 사라진 것들. 나는 지나의 물건을 차곡차곡 박스에 담아 옷장 안쪽에 쌓았다.

　새벽 두시에 밴쿠버 집을 나섰다. 비가 추적추적 내리고 있었 다. 언제나 대기 줄이 길었던 국경에는 차가 한 대도 없었다. 가 로등이 없는 검은 산을 몇 개나 넘었다. 새벽 다섯시가 되었을 때 시애틀을 지났다. 아직 어두운 도로에 출근 차량이 모여들기 시 작했다. 고속도로를 벗어나 올림피아의 어느 주유소에 차를 세웠 다. 화장실에 다녀오고, 주유소에 딸린 편의점에서 커피와 도넛 을 사고, 기름을 가득 채우느라 차문을 여러 번 열었다 닫았지만 지나는 여전히 깊이 잠들어 있었다. 블루투스로 연결된 차의 오 디오에서 1993년 가을에 방송된 〈FM영화음악 정은임입니다〉가 재생되고 있었다. 얼마 전 친구가 다운로드 링크를 보내주며 기 억나, 이 목소리? 네가 좋아했잖아, 했을 때 잘 기억나지 않았다. 하지만 방송을 듣자마자 또렷이 기억났다. 그 목소리는 그 시절 의 장면들을 맥락 없이 불러냈다. 안산 현장 근처에서 회식을 끝 내고 상계동 집까지 밤을 달려오던 기억. 술에 취한 현장 소장이 옆 테이블 청년들에게 시비를 걸었던 광경. 영이 기다리는 집으 로 빨리 돌아가고 싶어 자꾸 시계를 보았지만 총무과 파견 직원 으로 법인 카드를 들고 있던 나는 먼저 일어날 수도 없었다. 소파에 모로 누워 잠든 영을 깨우지 않으려고 조심조심 발을 내딛던 시간, 영의 어깨를 안고 고개를 묻었을 때의 온기, 병원 침대에 앉아 하염없이 해 지는 창밖을 바라보던 영. 석 달 만에 팔십 노인이 되어가던 영. 삼십 년 전의 저쪽에서 갑자기 뛰어든 기억들이 어둠을 뚫고 마주 오는 차의 불빛에 아스라이 엉켰다. 정면을 주시하고 운전대를 힘주어 잡았지만 마음은 기억에 따라 차오르기도 하고 바닥으로 곤두박질치기도 했다. 안산의 그 늦은 밤길이 미국 서부 5번 고속도로까지 한 번도 끊어진 적이 없었던 것 같았다. 나는 멈추고 있던 숨을 크게 뱉어냈다.

"아빠 여긴 어디야?"

지나가 목을 이리저리 돌리며 일어났다. 국경을 넘자마자 잠들었던 지나는 오백 킬로미터를 달려 워싱턴주를 모두 통과하는 동안 한 번도 깨지 않았다.

"포틀랜드 지나고 있어. 잘 잤어?"

"와, 저기 동쪽 하늘 무슨 일?"

해가 떠오르니 눈 덮인 하얀 산의 꼭대기가 금빛으로 물들었다.

"이게 무슨 방송이야? 자장가 같아. 도무지 잠이 깨질 않네."

"넌 원래 차에서 잘 잤어. 최고 기록이 열 시간이었지 아마. 그랜드캐니언 갈 때."

"생각나. 고2 때 중간고사 끝나자마자 출발했잖아. 시험 치느라 며칠 잠도 못 자고. 차 안에서 푹 자고 나니 깜깜한 밤이었어. 그땐 우리 로드 트립 정말 많이 했다. 그치."

지나가 어쩐 일로 옛이야기를 꺼냈다.

상점도 하나 없이 화장실만 덩그러니 있는 고속도로 휴게소에 차를 세웠다. 지나는 컵라면에 뜨거운 물을 붓고 나무젓가락을 벌려 열기가 빠져나가지 않게 입구를 집어놓더니, 몇 분을 기다려 능숙하게 컵라면 뚜껑을 뜯어냈다. 라면에서 빠져나온 수증기로 차 유리가 뿌예졌다.

"이거지 이거. 나는 로드 트립만 하면 그리 컵라면이 먹고 싶더라. 평소엔 먹지도 않는 걸 말야."

캐나다로 온 그 이듬해였으니 이십 년이 지났다. 극장 공사를 하다 나무를 어깨에 짊어진 채로 넘어지면서 다리에 철근이 박혔다. 뼈를 다치지는 않았지만 상처가 아물 때까지 억지로 쉬어야 했다. 마침 지나의 봄방학이어서 다리에 붕대를 감은 채 한국에서 온 투어 팀에 섞여 로키산맥에 갔다. 삼박 사일이었나? 하루에 열 시간씩 버스를 타는 여행이었다. 나는 약기운 때문에 시도때도 없이 졸았고 혼자 창밖을 보던 아이는 자주 나를 흔들어 깨웠다. 3월의 호수는 모두 얼어 있었다. 눈 덮인 거대한 바위산은 신비로웠지만 아이의 관심을 끌지는 못했다. 사람들은 어린 딸과 젊은 아버지를 측은한 눈으로 바라보았다. 아이에게 사과나 비스킷을 나눠주며, 엄마는 어디 있어? 왜 아빠하고만 왔어? 하고 노골적으로 물었다. 사흘째 되는 날 아이는 차에서 두어 번 토했다. 사람들은 눈살을 찌푸렸다. 그후, 방학이면 둘이서만 자동차 여행을 했다. 지나는 차 안에서도 바쁜 아이였다. 끝도 없이 끝말잇기를 했고, 기억나는 모든 사람에게 편지를 썼고, 그걸 하나하나

읽어주었다. 달리는 차 안에서도 아이는 자랐다. 점점 더 두꺼운 책을 읽었고, 평소에는 듣기 힘든 친구들 이야기를 해주곤 했다. 오래 고개를 처박고 다이어리에 무언가를 썼지만 더이상 읽어주지는 않았다. 어느 해 여름방학에는 미국 동부의 대학을 구경하러 왕복 만 킬로미터를 달렸고, 그 여행에서 돌아온 지나는 돈을 벌고 싶다며 소프트웨어 개발자가 되겠다고 선언했다.

대학생이 된 지나는 더이상 함께 여행하고 싶지 않다고 못을 박았다. 왠지 충분히 했다는 생각이 들어. 어떤 선전포고 같았다. 날카롭게 날을 세워 나를 경계했다. 자신의 영역을 지키려는 몸부림 같기도 해서, 내가 무엇을 침범했는지 거듭 되돌아보았다. 지난 시간 내내 둘뿐이었던 세계를 완강히 부정했고, 때론 그것을 부끄러워하는 것처럼 보여 명치끝이 따끔거렸다. 나는 딸이 변했다고 생각했다. 지나는 자신이 너무 늦게 성장했다고 말했다. 그 말속에서 살얼음 같은 원망을 느꼈다. 속이야 어쨌든 겉으로 드러난 지나의 성장은 적응하기 어려운데다 위험해 보이기까지 했다. 팔목에 작은 하트로 시작한 문신이 하나둘씩 늘어나 어깨까지 닿았다. 커튼 고리처럼 귓불 가장자리에 쭈르르 끼운 귀걸이도 모자라 콧구멍 사이 링을 매달았다. 일하러 간 학교에서 그런 아이들을 보며, 지나가 저렇게 자라지 않아 다행이라 여겼던 적도 있었다. 그것은 엉망이 된 지나의 속 같았고, 혼자 애면글면 키워온 세월의 얼굴 같았다. 타이르기도 하고 소리도 질러보았지만 소용없었다. 두 번 다시 안 볼 것처럼 크게 싸웠다. 지나는 혹 내게 채권자의 마음이 있는 건 아닌가 눈을 부릅떴고, 그

때마다 나는 부정하며 뒷걸음질쳤다. 내가 살고 있는 이곳은 살수록 알 수 없었지만, 그래도 단 하나 안다고 믿었던 건 내 아이였다. 하지만 내가 알지 못하는 세상에서 자라는 아이를 알 리가 없었다.

대학 3학년이 되었을 때, 지나는 너무 멀어 통학이 힘들다며 독립을 통보했다. 말릴 새도 없이 집을 구한 후였다. 그릇 몇 개와 매트리스를 싣고 가보니 방 세 개짜리 집에 열두 명이 빽빽이 살고 있었다. 지나는 그중 손바닥만한 거실을 커튼으로 나눈 공간에 세를 들었다. 고작 이런 곳엘 오겠다고 집을 떠나다니. 안쓰러운 마음보다 서운한 마음이 앞섰다. 어쩌면 멀다는 건 핑계일지 모른다는 생각이 그제야 들었다.

샌프란시스코에 도착했을 때 날은 다시 어두워졌다. 길은 대도시의 퇴근길답게 복잡했다. 아따 징그럽게 멀다. 나는 뻑뻑한 눈을 껌뻑거리며 말했다. 휴게소에 차를 세우고 한 시간 남짓 잔 걸 빼면 쉬지 않고 달렸다. 차에서 내릴 때는 비명이 절로 터져나왔다. 나는 접혀졌던 관절 인형을 펴듯 몸의 관절을 하나하나 폈다. 꼬박 열여덟 시간이 걸렸다. 노랑, 파랑, 오렌지 색깔로 꾸며진 오래된 호텔 '델 솔'은 멕시코 사막을 떠올리게 했지만, 샌프란시스코 시내와도 바닷가와도 그리 멀지 않은 곳에 있었다. 사각형의 둘레를 따라 방들이 배치되어 있고 가운데에 수영장과 하얀 플라스틱 선베드와 알록달록 버섯 모양의 조잡한 조명이 군데군데 있었다.

나는 호텔 로비에 앉아 지나가 체크인하는 것을 바라보았다. 너무 오래 차를 타서인지 바닥이 조금 울렁거렸다. 지나는 프런트에 상체를 살짝 기댄 채로 나이든 남자 직원과 꽤 오래 이야기를 했다. 예약에 문제가 있는지 모퉁이 방에서 젊은 여자 매니저가 나왔다. 매니저는 한 손으로 자판을 두드리더니 지나에게 뭔가를 설명했다. 남자 직원의 얼굴이 붉게 굳어졌다. 왜 그래, 지나? 나는 소파에서 일어나 다가갔다. 괜찮아 아빠. 앉아 있어. 지나는 빠르게 한국말로 말했다. 나는 조금 무안해져 소파로 돌아왔다.

"침대 두 개를 예약했는데, 큰 침대 하나로 준다잖아. 예약 사이트에서 온 메일을 보여주니 자기들이 받은 것과 다르다고 하고. 말 안 되잖아? 정식으로 예약 사이트에 컴플레인하겠다고 했더니 금세 태도가 바뀌었어. 만만한 동양인 관광객으로 본 건지. 나 왜 이젠 이런 걸 잘 못 참겠는지 몰라."

"걸핏하면 울고 보던 애가 참 많이 컸다."

"서른이 코앞인데 애라니. 땡큐."

지나는 씻는다며 욕실로 들어가고 나는 수영장 옆 재떨이로 다가가 담배에 불을 붙였다. 가까이서 보니 수영장은 공사중인지 바닥 콘크리트가 파헤쳐져 구리관이 드러나 있었다. 마무리짓지 못하고 떠나온 현장 생각이 절로 났다. 결국 체육관 천장 공사는 피터가 맡기로 했다. 내가 있었으면 절대로 피터가 맡지 않을 일이었다. 피터는 리프트 위에서 작업하는 환경이 학생에게 안전하지 못하다는 이유를 대며 베리를 조수로 쓰지 않겠다고 슈퍼바이

저에게 말했다. 피터다운 전략이었다. 덕분에 베리는 다시 혼자가 되었다. 누구도 선뜻 베리와 한 팀이 되겠다고 나서지 않았다. 표면적이나마 각자의 이유가 있으니 슈퍼바이저도 억지로 떠맡기지 못하는 분위기였다.

처음 봤을 때 베리는 청바지에 회색 집업 후드를 입고 있었다. 그 모습이 너무 평범해 보여 오히려 당혹스러웠다. 굳이 특징을 꼽자면 구레나룻이 무성해 나이보다 훨씬 성숙해 보인다는 것, 갈색 머리를 길러 묶었다는 것 정도였다. 벽 작업을 하느라 베리의 손이 하얀 석고보드를 받치고 있을 때, 양쪽 손톱 모두 보랏빛 매니큐어가 조잡하게 칠해져 있는 것을 보았다. 구레나룻으로 반쯤 가려진 귀에는 가운데 별 모양이 늘어진 은색 링 귀걸이가 달려 있었다. 여자가 되고 싶은 거구나, 나는 짐작했다.

"베리를 다 좋아해요. 스트로베리, 블루베리, 라즈베리, 블랙베리, 아사이베리."

베리는 손가락으로 베리 종류를 하나하나 꼽으며 말했다. 원래의 이름은 야곱의 영어식 발음인 제이컵이었으나, 성별 이분법으로부터 자유로운 이름을 갖고 싶어 공식적으로 이름을 바꾸었다고 했다.

"용감하구나 베리."

나는 겨우 무리 없는 말을 골랐다.

"내 이름을 내가 선택하는 건 너무 당연한 일이잖아요. 태어난 건 내 선택이 아니었지만 누구로 사는 건 내가 선택할 수 있으니까요."

베리의 말은 섬세한 것 같기도 하고 까다로운 것 같기도 했다. 의문과 이견이 없지 않았지만 말하지 않았다. 그러니까 너는 여자가 되고 싶은 거냐는 질문도 꾹 참았다. 아무리 여자나 남자가 아닌 어떤 지대를 상상하려 해도 오랫동안 길들여진 두 개의 선택지로 생각이 자꾸만 미끄러져들어갔다.

퇴근 시간 직원 휴게실로 돌아가면 동료들이 물었다.

"그러니까 베리는 여자야? 남자야?"

"베리는 여자를 좋아해? 남자를 좋아해?"

"킴, 베리가 화장실 가는 거 봤어?"

"당연히 남자 화장실에 가겠지. 여자애들이 가만있겠어?"

"저기 더힐초등학교 교장은 성전환 수술하고 가슴이 빵빵해져서 학교로 돌아왔는데, 여자 화장실엘 갔다가 여선생들이 항의하고 난리였잖아. 하긴 엊그제까지 남자였던 사람이 머리 길러서 여자 화장실에 간다니 싫을 만도 하지. 장난도 아니고 말이야."

"누가 베리 화장실 가는 거 본 사람 있으면 말 좀 해봐."

여기저기서 한마디씩 거들었다. 학교에서 화장실은 예민한 문제였다. 나도 교육청 취업 초기에 생각지도 못한 곤란을 겪었다. 과학실에서 일어난 작은 폭발로 망가진 수납장을 수리하던 날이었다. 차에서 혼자 점심을 먹고, 오후 일을 시작하기 전에 과학실 옆의 남자 화장실에 갔다. 점심시간이라 화장실이 조금 붐볐다. 몇은 서서 볼일을 보고, 몇은 손을 씻거나 손에 남은 물기를 뿌리며 장난을 치고 있었다. 한 학생은 샌드위치를 입에 문 채 소변을 보고 있었다. 힐끗 쳐다보고 조금 웃었다. 옆 칸에 서서 소변을 보고 돌아섰을 때 아이들의 싸늘한 시선을 느꼈다.

"애들 화장실에 성인이 들어가는 건 안 됩니다. 무슨 의도인지 모르겠지만, 다음부터는 꼭 직원 화장실을 이용하세요!"

그날 나는 교장실에 불려가 강력한 주의를 받았다. 교장은 재발시 교육청에 보고하겠다고 엄포를 놓았다. 정식 채용을 앞두고. 언제라도 해고가 가능한 삼 개월의 수습 기간이었으므로 심장이 쪼그라들었다. 의도라니요. 정말 몰랐어요. 죄송합니다. 어렵게 얻은 안전한 일자리를 그런 식으로 잃고 싶지 않았다. 교장이 더이상 문제삼지 않겠다고 말할 때까지 나는 몇 번이고 고개를 숙였다. 남자가 남자 화장실에 가는 것이 문제가 되리라고 생각해본 적이 없었다. 아무도 내게 미리 주의를 주거나 당부하지 않았다. 잠재적인 아동 성추행범이 되어 집으로 돌아와서야 억울한 마음이 고개를 들었다. 아무리 마누라 없이 사는 놈이지만 나 그리 엉망은 아니다! 혼자 소주 두 병을 연달아 마시고 조금 취해 중얼거렸다. 아빠 벌써 잘렸어? 방에서 숙제를 하던 지나가 놀라 뛰어나왔다.

"아무래도 섹스하는 것 같지?"

막 잠이 들려고 할 때 책을 보던 지나가 말했다. 위층 티브이 소리가 거슬릴 정도로 커진다 싶더니 규칙적으로 침대가 삐걱거렸다. 곧이어 명백한 신음소리와 불분명한 말소리가 들렸다.

"귀마개 줘? 어디 있을 텐데."

나는 이불을 걷어차고 침대에서 일어났다.

"귀마개가 있어 아빠한테?"

"목수한테 귀마개는 필수야."

연장 가방에서 두 개씩 소포장된 귀마개를 꺼냈다.

"세상에, 기어이 연장 가방을 가져왔어? 그런 거 가지고 국경 넘으면 불법 노동자 취급 당한다는 말 못 들었어? 미국에 눌러앉을까봐 입국 안 시켜준다고. 국경 넘을 때 가져가면 안 되는 목록 내가 보내줬잖아. 뭐야? 저 나무 조각은. 나무 조각이 미국에 없을까봐?"

"수평 맞출 때 꼭 있어야 해. 저런 게 사소해 보여도 없으면 일이 안 된다고."

"암튼 아빠, 딸 말 좀 듣자. 늙었나봐, 진짜. 불안해 죽겠어."

"집을 구하면 침대도 조립해야 하고 못 박을 일도 많을 거 아냐. 아무리 목수라도 손으로 못을 박을 순 없잖아. 쓸데없는 소리 하지 말고 자자. 졸리다."

나는 하품을 섞어가며 말했다.

"쟤들 일 다 끝났나보다. 먼저 자요."

지나는 처리해야 할 일이 있다며 스탠드를 켜고 책상 앞에 앉아 노트북을 열었다. 노란 조명 아래 벽을 보고 돌아앉은 지나는 타닥타닥 자판을 두드렸고, 나는 그 소리를 자장가 삼아 잠들었다. 나락으로 떨어지듯 깊이 잠들었는데, 누가 흔들어 깨운 것처럼 갑자기 눈이 떠졌다. 낯선 호텔방에 누워 있는 현실을 감지하는 데 얼마간 시간이 필요했다. 책상 위 스탠드는 여전히 켜져 있었다. 아, 지나. 지나가 보이지 않았다. 휴대전화를 보니 두시였다. 이 새벽에 어디로 간 거지. 불안한 생각이 들어 벌떡 일어나 앉았다. 화장실은 불이 꺼진 채 열려 있었다. 방문을 열고 나가보니 지나가 수영장 선베드에 등을 보이고 앉아 있었다. 그 모습이 어찌나 아슬아슬한지 가슴이 서늘해졌다. 나는 조용히 문을 닫았다. 잠시 후 돌아온 지나의 몸에서 마리화나 냄새가 났다. 얘가 저걸 하는구나. 아무리 합법이라지만. 나는 두려웠다. 지금이라도 알은척을 하고 말려봐야 할까. 하지만 나는 어떤 식으로든 지나를 설득할 수 없을 것이다.

아침에 일어나보니 안개가 잔뜩 끼었다. 지나는 첫 출근을 하고. 나는 호텔을 나와 금문교를 향해 걸었다. 언덕 아래로 이십 분쯤 걸어내려오니 바다가 보였다. 거기서부터 해변 공원이 시작되었다. 공원 벤치에는 홈리스 몇이 여태 잠들어 있었다. 홈리스들은 평지에만 산다던 누군가의 농담이 떠올랐다. 입구 쪽 푸드 트럭에서 열대과일 주스와 샌드위치를 팔았고 그 앞으로 관광객 몇이 줄 서 있었다. 금문교를 조망하는 아치형 뷰 포인트를 지나 조금 더 걸어오니 길은 갑자기 한적해졌다. 이어폰을 끼고 조깅을 하는 이들이 나를 앞질러 뛰어갔다. 오리 가족 한 무리가 바다 반대편 작은 늪에서 줄지어 올라와 느리게 길을 건넜다. 어느새 안개가 걷혔다. 적갈색 금문교는 푸른 바다와 구름 한 점 없는 하늘 사이에서 막 씻어낸 듯 서 있었다. 1월이었지만 춥지도 덥지도 않았다. 바람이 쉴새없이 나를 훑고 지나갔다. 파도에 떠밀려온 나무둥치가 해안에 길게 누워 있었고, 그 위에 갈매기 다섯 마리가 바다를 향해 줄 맞춰 서 있었다. 갈매기 앞으로 동성 커플이 앉아 있었는데 모래에 박힌 조각같이 견고해 보였다. 상의를 벗은 남자의 등에 맺힌 물방울이 햇살에 반짝거렸다. 금방 물에서 나온 모양이었다. 그의 어깨에 다른 남자가 고개를 기대고 있었다.

"그건 자유에 관한 거야. 내게 어마어마한 자유로움을 주었다고."

왜 몸을 학대하느냐고 물었을 때 지나는 그렇게 대답했다. 내가 뭘 그리 잘못했느냐는 말을 참으려 입술을 깨물었다. 너의 문신이 늘어날 때마다 내가 벌받는 기분이 든다는 말은 끝내 참지 못했다.

"자유가 아니라 너는, 사람들의 눈에 구속되는 거야. 네가 얼마나 공격적으로 보일지 생각해봤어?"

"상관없어. 어차피 사람들은 약자가 남의 시선을 의식하지 않으면, 그걸 공격이라고 여기니까."

"네가 이상한 애로 보일까봐 너무 걱정돼."

"아빠가 그러니까 내가 남의 눈치나 보는 사람으로 자랐어. 그게 너무 싫다고."

집을 떠난 후 지나는 좀처럼 먼저 연락하지 않았다. 어떤 때는 일주일, 열흘도 소식이 없었다. 마치 영문도 모르는 채 헤어진 연인처럼 그 상황이 어리둥절했다. 가끔은 미친듯이 걱정이 되어 전화를 걸었지만 지나는 거의 받지 않았다. 대학 내에 사이비 종교와 다단계 영업이 성행한다는 뉴스를 봤다. 혹시 말 못할 사랑을 하나. 협박을 당했을까. 납치된 건 아닐까? 딸을 온전히 보호하기 위해 온몸의 신경을 곤두세웠던 지난 세월이 허망했다. 온 갖 나쁜 상상 끝에 긴 메시지를 썼다 지우고, '아 유 오케이?' 하 고 문자를 보냈다. '아이 엠 오케이!' 지나의 짧은 메시지에 수만 가지 걱정이 간단히 녹곤 했다. 그 한마디면 충분해 보였다. 그러 나 '아 유 오케이?'와 '아이 엠 오케이'만 줄줄이 쌓인 대화창을 보면, 꼭 접근 금지를 알리는 노란 줄 같아 마음이 착잡해졌다.

그런 시절을 지나가며 지나의 팔목에는 알 수 없는 글자들이 새겨졌고, 종국에 지나는 내가 상상할 수도 알 수도 없는 세상으 로 가버렸다. 그곳은 내가 한 번도 살아보지 못한 세상이었다. 언 젠가 살아보고 싶었던 세상인 듯도 했다. 어쩌면 애당초 지나가 살아줬으면 했던 세상일 수도 있었다. 하지만 모른다는 것은 불 안한 일이었고, 멀어지는 건 두려운 일이었다.

금문교가 어느새 머리 위에 있었다. 고개를 뒤로 젖히고 올려 다보니 다리를 지나가는 사람들이 콩알만큼 작아 보였다. 삼십 년 전처럼 인부들은 여전히 다리에 매달려 보수공사를 하고 있었 다. 마모되는 속도와 보수하는 속도가 일치해서 언제나 그 상태 가 유지되는 건가. 다리는 하나도 변하지 않았다. 그때 우리는 공 항에서 빌려온 차를 입구 쪽 주차장에 세우고 우리와 같은 커플 관광객에게 부탁해 사진을 찍었다. 그때도 바람이 몹시 불었다. 바람 때문에 영의 원피스가 자꾸만 몸에 달라붙어 임신 오 개월 의 볼록한 배가 드러났다. 영은 몸에서 옷을 떼어내느라 카메라 를 제대로 보지 못했지만, 입가엔 시종 미소가 떠나지 않았다.

지나가 한 살이 되기도 전에 영이 죽었다. 지나가 엄마의 부재를 본격적으로 느끼기 시작한 것은 초등학교 입학 후였다. 학부모가 참석하는 급식 당번과 교실 청소 당번과 교통 지도 당번이 생기면서, 그럴 때마다 할머니가 엄마 대신 참석하면서, 아이는 자신이 남과 다르다는 것을 알게 되었다. 아이가 밥을 잘 먹지 않는 것과 구구단을 제때 외우지 못하는 것과 남자아이가 밀어서 정글짐에서 떨어진 것과 자주 우는 것이 엄마의 부재 때문이라고 사람들은 수군거렸다. 지나는 차츰 말을 잃고 울음이 많아졌다. 엄마가 있어도 그런 문제는 있을 수 있지 않느냐고 나는 담임에게 말했다.

"아이들이 지나를 싫어하진 않아요. 단지 어떻게 대해야 할지 몰라서 그러는 거지요."

담임은 대답했다. 엄마 이야기를 할 때마다 지나 눈치를 봐야 하는 게 짜증나서 같이 놀고 싶지 않다는 아이도 있었다. 그즈음 현장 목수들 사이에서 캐나다에서 한국인 목수를 구한다는 소문이 돌았다. 소장에게 사정해 목수 이력서를 만들었다. 건축 현장이 일터였지만 그때까지 나는 못 하나 박아본 적이 없었다. 하지만 지나가 우는 꼴은 더이상 보고 싶지 않았다.

지나가 일을 마치고 오면 우리는 우버를 타고 매일 두어 군데씩 아파트를 보러 다녔다. 지나가 집을 체크하는 방식과 중개인에게 질문하는 방식은 매번 놀라웠다. 친절했고 친절함 속에서도 치열한 계산이 오갔다. 웃음 아래 존재하는 균열. 그 균열을 정확히 알아차렸지만 알아차린 것을 드러내는 방식은 저열하지 않았다. 나는 지나가 중개인과 대화하는 동안 출입문이 단단한지, 창문이 안전한지, 욕실에 곰팡이는 없는지 살펴보았다. 열 군데가 넘는 집을 보고 그중 마음에 드는 세 군데에 입주 지원서를 냈지만 모두 탈락했다. 샌프란시스코에 연고가 없으니 신원보증을 서줄 이가 없었고, 미국에 쌓아놓은 신용이 없으니 신용점수는 전무했다. 캐나다와 미국은 붙어 있고 많은 것을 공유하는 나라라 이질감이 없을 줄 알았던 우리는 당황했다. 이곳에서 지나는 영락없는 이방인이었다. 지나는 신경이 날카로워져 몇 시간씩 침묵하거나 혼자 밖으로 나갔다. 어느 날에는 술냄새를 풍기며 돌아와 씻지도 않고 침대로 들어가더니 훌쩍였다. 나는 지나가 잠들 때까지 말없이 등을 훑어내렸다.

지나가 출근하고 나면, 대부분의 시간에 나는 정처 없이 걸었다. 휴가를 받은 삼 주 중 이 주가 지났을 때는 조금 초조해졌다. 하지만 차에 가득 실린 짐을 내려놓기 전에 떠날 수는 없었다. 아무것도 하지 않고 지내는 것은 고역이었다. 아무것도 하지 않는다는 불안감을 피하기 위해 걷고 또 걸었다. 한국 식당이 보이면 국밥에 소주 한잔 하고 얼큰해져서 걸었다. 샌프란시스코 언덕길을 이삼십 킬로미터씩 걷다보면 밤에는 종아리가 아렸고 무릎이 시큰거렸다.

두번째 토요일에는 지나가 예약한 다운타운 식당에 갔다. 차가 텐더로인 지역을 통과할 때, 홈리스와 마약 중독자들이 인도를 점령하고 있는 것을 보았다. 좀비처럼 걷다가 제 발에 걸려 넘어지는 남자도 보았다. 많은 사람이 죽은 것처럼 바닥에 널브러져 있었다. 지나야, 여긴 절대로 걸어다니면 안 되겠다. 여자 혼자 다니기엔 너무 위험한 길이야. 나는 또 괜한 소리를 했다. 거기서 두어 번 모퉁이를 도니 거리 분위기가 확연히 달라졌다. 지나가 나를 이끌고 간 식당에는 수수해 보이나 값나가는 옷을 입고, 부드러운 미소로 천천히 밥을 먹는 이들이 가득 앉아 있었다. 조명은 어두웠고 식탁마다 작은 촛불이 적당히 흔들렸다. 한 번도 가본 적이 없는 고급 식당이었다.

"어깨 좀 펴, 아빠."

입구에서부터 뭉그적대는 나를 보며 지나가 말했다. 나는 말을 잘 듣는 아이처럼 등을 쭉 폈다. 웨이터가 다가와 인사를 건넸다. 지나는 태국식 모히토를 주문하고, 나에게 무엇을 마시고 싶은지 물었다. 나는 잠시 고민하는 시늉을 했지만 아무것도 떠오르지 않았다. 캐나다에서도 끈질기게 소주만 마셔댔다. 무엇보다 손에 들고 있던 메뉴판은 돋보기 없이는 한 글자도 보이지 않았다. 물 마실게. 나는 마치 그것이 숙고 끝의 선택인 듯 말했다. 지나는 내 몫으로 물과 IPA 생맥주를 주문했다. 지나는 음료를 가져온 웨이터와 이런저런 대화를 하며 본격적으로 메뉴를 골랐다. 가끔 이 음식이 괜찮겠느냐고 내게 동의를 구했고, 나는 익숙한 듯 웃으며 고개를 끄덕였다. 지나는 나와 둘만 있을 때의 아이가 아니었고, 직장에 나갈 때의 긴장된 모습도 아니었다. 촛불이 일렁이는 테이블에 팔꿈치를 올리고, 한 손으로 가볍게 턱을 괴고, 막 영화에서 튀어나온 듯 수려한 외모의 웨이터와 농담을 섞어가며 주문을 하는 지나는 그 어느 때보다 낯설었다.

　음식은 하나도 익숙한 것이 없었다. 세라믹 숟가락에 동전만한 음식이 담겨져 나오기도 하고, 떡처럼 뭉친 검은 찰밥에 고수와 마늘 편 튀김과 말린 통고추와 이름 모를 채소가 재료인 듯 음식인 듯 펼쳐져 있기도 했다. 그것을 접시에 옮겨 담다가 하얀 테이블에 흘렸고 나는 손으로 알갱이를 쓸어 접시 옆에 보이지 않게 모았다. 낯선 것은 어려웠지만 지나의 기대에 부응하고 싶었으므로 자주 감탄사를 내뱉었다. 그러다가 그날이 떠올랐다. 학생 화장실을 썼다고 곤란을 겪은 지 얼마 지나지 않았을 때였다. 혼자 체육관 바닥 공사를 하다가 연장 가방 옆에 떨어진 검은색 땡땡이 팬티를 보았다. 아무도 없는 체육관이었다. 팬티가 내게서 나온 건 아니었지만 누군가 본다면 오해를 사기에 충분했다. 나는 그것을 얼른 주워서 호주머니에 쑤셔넣었다. 논리에도 맞지 않고 공평하지도 않다는 걸 모르지 않았다. 하지만 언제 세상이 내게 그토록 논리적이었던가. 나는 그처럼 설명할 수 없는 지점을 만날 때마다 설명할 필요가 없는 방식을 선택했다. 주워온 땡땡이 팬티는 버릴 데도 마땅치 않았다. 집에서 버리자니 지나가 볼까 두려웠다. 길에 버리는 건 더 이상했다. 세상 모든 곳에 나를 감시하는 눈이라도 있는 듯 조심스러워졌다. 도시락을 싸온 검은 봉지에 팬티를 넣고 꽁꽁 싸맸다. 버리기에 안전한 곳이 나올 때까지 아무도 찾지 못할 곳에 숨겼다.

　열일곱번째 집을 보고서야 집을 얻을 수 있었다. 지나는 계약을 하고, 열쇠를 받아오고도 집이 정리될 때까지 이틀쯤 더 호텔에 머물자고 했다.

"쓸데없는 돈을 왜 써? 우리 예전에는 텐트에서도 자고 차에서도 잤잖아. 이불도 있고. 참, 차에 싣고 다니는 에어 매트리스도 있어. 아빠가 공기 빵빵하게 넣어줄게."

나는 고집을 부렸다. 얼른 짐을 내리고, 침대를 조립하고 내 자리로 돌아가야 할 것 같았다. 더이상 아이를 위해 해줄 것도 없는데 옆에서 빙빙 돌기는 싫었다. 어제 통화한 동료는 지난 일주일 동안 베리가 학교 수업에도 일터에도 오지 않았다고 했다. 나는 왠지 그게 꼭 나 때문인 것 같아 마음이 편치 않았다.

지나가 새로 얻은 집은 언덕 꼭대기에 있었다. 지은 지가 백십년이 된 빅토리안 양식의 원룸 아파트였다. 세월의 흔적이 역력한 외부와는 달리 새로 칠한 내부는 깔끔했다. 손때가 묻어 맨질맨질해진 기둥은 여전히 건재했고, 손으로 깎아 만든 크라운 몰딩과 웨인스코트는 품위 있었다. 그러나 세월 따라 고스란히 낡은 것도 있었다. 줄이 달린 오르내리창은 열어두었지만 조금씩 저절로 닫혔고, 바닥은 수평이 맞지 않아 캐리어가 낮은 곳으로 굴러가다가 섰다. 무엇보다 나사가 풀려 헐거워진 출입문은 여간 신경 쓰이는 게 아니었다. 중개인에게 알려야 하지 않겠느냐고 지나에게 말했더니, 아빠가 고치면 되지, 라며 예사로 넘겼다.

두 개의 에어 매트리스를 깔고 어둠 속에 나란히 누웠다.

"밤에도 밝네. 커튼을 달아야겠다."

지나가 말했다. 세 개의 면으로 튀어나온 베이형 창에 달빛이 가득했다. 커다란 상수리나무가 창밖으로 손을 내밀면 만져질 만큼 가까이서 흔들렸다.

"내일 퇴근할 때 사와. 아빠가 달아주고 가게."

내일 아침에 배달될 거라는 침대와 소파의 조립이 끝나면 내일 밤에라도 밴쿠버로 출발할 생각이었다.

"방금 커튼 주문했어. 내일 세시 전에 온대."

어둠 속에서 손끝으로 몇 번의 터치를 하던 지나가 말했다. 이사를 하면서 가구점도 마트도 갈 일이 없는 세상이 신기했다. 나는 이 이상한 세상에서 효율적으로 살아가는 법을 익히지 못했으나 지나는 달랐다. 그게 조금 안심이 되었다. 어쩌면 겁에 질린 내가 견고한 껍질을 만들고 그 안에서 움츠려 살아가는 동안 지나는 흔들리며 뿌리내리는 법을 터득했는지도 몰랐다. 지나의 세상을 한 번쯤 믿어보고 싶어졌다.

"지나야. 아빠가 부탁 하나 해도 돼?"

내일이라도 떠날 거라 생각하니 마리화나 이야기를 해두고 싶었다.

"뭐? 무슨 말씀 하실라고?"

"지나야. 울지 말고 잘 지내. 너 안 울리려고 여기까지 데려왔는데……"

말을 하려는 순간 어떤 확신이 사라져버려 딴소리를 했다. 나는 지나의 마리화나에 대해 아는 게 없었다. 차라리 고맙다거나, 미안하다처럼 내가 아는 말을 하는 게 더 나을지도 몰랐다.

"용감해지려고 우는 거야, 아빠. 울다보면 무서운 게 좀 사라지거든."

"우리 지나, 세상이 아직 많이 무서워?"

"아니 그런 건 아니고. 근데 아빠, 내가 해보니 이민 이거 쉽지 않네. 우리 아빠 고생했네."

지나가 돌아누우며 말했다. 나는 상수리나무를 흔들고 지나가는 바람을 바라보았다.

침대를 조립하고 나무 조각으로 흔들리지 않게 수평을 맞추었다. 침대 위에 누워서 이리저리 몸을 뒤척여봤다. 냉장고도, 소파도, 식탁도 수평을 맞추려니 조각이 꽤 필요했다. 차의 트렁크를 샅샅이 뒤져가며 굴러다니는 나무 조각을 모았다. 차에 장착된 비상 공구 박스까지 열어 혹시 나무 조각이 있나 더듬었다. 그때 검은 봉지를 발견했다. 열어보니 오래전에 두고 잊었던 땡땡이 팬티였다. 피식, 웃음이 났다. 여기라면 남도, 나도 못 찾을 곳이었다. 차의 트렁크에서 치워낸 다른 쓰레기와 함께 봉지를 아파트 휴지통에 던졌다.

출입문 나사는 조일수록 헛돌았다. 나사를 단단히 물고 있어야 할 나무가 썩어 부스러기가 떨어져나왔다. 이 상태라면 금세 나사가 헐거워져 문이 저절로 열리거나, 열어야 할 때 열리지 않을 것이었다. 고민을 하다가 썩은 부분을 도려내기로 했다. 문의 좁은 폭 안에서 외형이 망가지지 않게 속을 파내느라 온 신경을 집중했다. 도려낸 크기만큼 나무를 잘라 강력 접착제를 발랐다. 빈 공간에 조각을 넣고 손가락으로 꾹 누른 후, 두어 시간 말렸다. 조

176

각이 제 몸처럼 문에 붙었을 때 나사를 조심스레 조였다. 손끝으로 적당히 조여지는 느낌이 전해졌다. 여기서 더 들어가면 나사가 망가지거나 문이 부서질 것이었다.

샌프란시스코를 벗어날 때 등뒤로 해가 지고 있었다. 다리를 몇 개씩 건너며 퇴근길의 복잡한 도로를 빠져나오자 하늘은 금세 어두워졌다. 베리에게 내가 돌아가고 있다는 걸 어떻게 알려야 할까. 어쩌면 베리가 학교에도 일터에도 나오지 않는 건 나와는 무관한 일인지도 몰랐다. 하지만 내가 서둘러 일터로 돌아가는 건 베리와 무관하지 않다는 걸 말해주고 싶었다. 베리를 만나서 무엇을 어떻게 해보겠다는 작정 같은 건 없었다. 다만 알지 못하는 것들을 위해 공간을 한 뼘쯤 벌려두고 싶었다. 언젠가 어느날 그것들을 조금 알게 될 때 너무 무안하지 않을 만큼의 공간은 필요했다. 그나저나 지나는 집에 돌아갔을까. 고쳐진 출입문을 알아차렸을까. 출입문의 나사를 조일 때 손으로 전해지던 맞춤한 그 느낌이 되살아나는 것 같아 주먹을 쥐었다 폈다.

조각이지만 온전한

　고국을 떠나와 이민자로 산 지 이십육 년이 되었다. 그것은 그 시간 동안 내가 무엇을 하거나 하지 못했던 대부분의 이유였다. 그 때문에 나는 글을 쓰는 사람이 되었고, 그 때문에 나는 제대로 글을 쓸 수 없는 사람이 되었다. 모국어로 글을 쓰는 동안 이국의 이방인이라는 사실을 잊고 싶었지만 잘되진 않았다. 가끔은 더 지독하게 실감해야 했다. 이민 이전에는 일곱 살에 아버지가 죽었다는 사실이 그랬다. 그것은 오랫동안 나의 우울과 불안과 슬픔을 해석하는 열쇠였으며 내 엄살과 과장의 이유이자 결과였다. 말하자면 나는 아무도 묻지 않으나 끊임없이 변명해야 속이 편한 족속이었다.

　어느 날 교차로에서 신호를 기다리다가 커다란 상수리나무 잎이 바람에 몸을 뒤집는 것을 보았다. 바람이 촘촘한 잎의 질서를 흩트리는 순간, 그 사이를 비집고 햇살이 내리쪼였다. 신호가 바뀐 줄도 모르고 우두커니 바라보다, 퍼뜩 깨달았다. 이제 그 누구도 원망할 수 없겠구나. 도대체 나뭇잎과 햇살과 바람 중 무엇이 그 생각을 하게 만들었는지는 알 수 없었다.

강한 자들이 각자 자기 구미에 맞는 짝을 선택해 떠난 자리에 남겨진 이들. 선택하진 않았으나 함께 남겨졌으므로 어쩔 수 없이 편을 먹어야 했던 우리들에 대해 쓰려 했다. 때마침 그 자리에 함께 있었다는 것, 목격해버렸다는 것은 어떤 의미일까.

오래 생각했으나 온전히 이해하지는 못했다. 대신 이해할 수 없는 것을 대하는 방식을 조금 터득했을 뿐이었다.

그럼에도 나는 안도했다. 내가 여태껏 찾은 것이 답이 아니라 질문이라 해도, 소설은 답이 아니라 질문이라는 생각을 줄곧 해왔던 터였으니까. 그 질문의 끝에 베리가 만들어졌다. 아니다. 베리는 이미 세상 어디서나 존재했으므로 내가 만든 건 '베리와 함께 남겨진 나'였다.

작가노트를 쓰다 말고 호수로 주말 캠핑을 하러 갔다. 무거워 혼자 들기 버거웠던 패들보드를 끌고, 수영복에 비치 타월도 챙겼다. 고속도로를 두어 시간 달리다가, 다시 덜컹거리는 비포장 길을 한 시간 반쯤 달린 끝에 도착한 그곳에는 호수가 없었다. 십여 년 전 그곳에서 수영했다며 나를 이끌었던 친구도, 나도 잠시 말을 잃었다.

호수였다는 들판에는 밑동만 남은 수백 개의 그루터기와 노란 야생화가 지천으로 피어 있었다. 호수의 빈자리에 흐르는 작은 강줄기에서 무지개송어를 낚던 한 남자는 호수를 공유하던 미국이 댐을 방류하는 바람에 캐나다 쪽 호수가 말라버렸다고 안타까워했다. 하지만 나는 별로 아쉽지 않았다. 내 눈에 보이진 않았지만, 호수는 여전히 거대했고, 내가 서 있는 그곳이 호수 이전에 들판이었다는 사실을 알아버렸으니까.

실은 나는 물속에 잠겨 있던 그루터기가 들려줄 이야기에 조금 흥분했다. 육지와 호수를 번갈아 살아냈다니. 직경이 몇 미터나 되는 그루터기 위로 기어올라가 앉았다. 위에서 내려다보는 들판은 더 넓었다. 냇물에 비친 거대한 산의 그림자를 하염없이 바라보다, 들판을 뒤덮고 있는 키 큰 야생화 사이를 천천히 오래 걸었다. 얼마나 걸었을까. 발아래 호수가 있었다. 어느새 미국 땅에 와 있었다. 우리도 모르는 사이 무단으로 국경을 넘었다며 친구가 팔을 잡아끌었다.

돌아 나오며 생각했다. 어쩌면 나무는 호수가 메마른 것이 아니라 마침내 들판을 되찾았다고 생각할지 몰라. 들판이 비로소 회복되었다고 생각할지도 모를 일이지. 물속에서 오래 젖었던 검은 그루터기들이 천천히 회색으로 말라갔다. 겨우 밑동만 남은 죽은 나무였지만 내 눈에는 그 자체로 온전해 보였다. 그건 어쩌면 내가 이 이야기를 쓴 이유일지도 몰랐다.

수평 맞추기와 나사 조이기

김화영(불문학자 · 문학평론가)

넓고 넓은 바닷가에 오막살이 집 한 채
고기 잡는 아버지와 철모르는 딸 있네
내 사랑아 내 사랑아 나의 사랑 클레멘타인
늙은 아비 혼자 두고 영영 어디 갔느냐

　「조각들」의 리뷰를 쓰려고 백지를 띠우니 문득, 기억의 밑바닥에서 아주 옛날 동요가 떠오른다. 소설이 "넓고 넓은" 공간에 던져진 홀아비와 딸의 이야기여서일까? 서양 노래의 번안이라는 이 곡을 유튜브에서 재생시키자 낡은 시간으로부터 익숙한 합창이 새어나온다. 노래가 끝나도 하모니카 반주의 떨리는 여운이 오래 남는다.

　그러나 「조각들」의 화자 '김형국'은 고기 잡는 늙은 어부가 아니라 장년의 목수다. 목수는 농부, 시인과 더불어 인간의 가장 기본적이고 가장 오래된 직업이다. 과연 이 소설은 그 제목을 포함하여 '목수'의 은유에 바탕을 둔 정교한 구조를 감추고 있다.

삼십 년 전, 건설회사에서 총무과 직원으로 근무하던 화자는 아내가 출산 후 얼마 되지 않아 사망하자 혼자 어린 딸 '지나'를 키운다. 그러나 딸이 자라 "엄마의 부재 때문"에 우는 모습을 보고 싶지 않아 "목수 이력서를 만들"어 캐나다로 이민을 떠난다. 낯선 나라로 건너와 "(자신과) 지나의 인생 전체를 판돈으로 놓고 게임을 하는 기분"이 들게 하는 험난한 과정을 거쳐 십 년 만에 영주권을 얻은 후 밴쿠버 교육청 소속 목수로 일하게 된다.

대학 3학년 때부터 독립한 지나는 "서른이 코앞인" 두어 달 전, "아빠보다 네 배나 더 많이 버는" 직장을 그만두고 미국에서 잡 오퍼를 받았다면서 샌프란시스코로 이사가야 한다고 통보한다. 따라서 이 소설은 삼십 년의 시간을 사이에 두고 전개되는 두 세대의 서로 다른 이민, 낯선 세계와의 만남의 이야기다. 화자는 자신과 마찬가지로 미지의 세계로 삶의 터전을 옮겨가는 딸의 정착을 돕기 위하여 삼 주간의 휴가를 내어 딸과 함께 자동차에 짐을 싣고 밴쿠버로부터 샌프란시스코로 떠난다. 이민의 반복. 화자는 자문한다. "지나도 두려운 걸까. 오래전 지나를 데리고 한국을 떠날 때 나도 두려웠으니까."

이 소설은 한국에서 캐나다로, 캐나다에서 샌프란시스코까지의 긴 공간적 이동을 두 세대에 걸친 삼십 년의 경험적 시간에 뫼비우스 띠처럼 연동시킨 일종의 '로드 로망road roman'이다. 과거에서 현재를 거쳐 미래로 이어지는 시간처럼 선적인 길이 뻗어간다. 밴쿠버에서 출발하여 국경을 넘고 시애틀, 올림피아, 포틀랜드를 거쳐 샌프란시스코에 이르는 길지만 단일한 여정은 이 소설의 조각난 세목들을 하나의 전체로 꿰는 통일적 끈인 동시에 삼십 년에 걸친 삶을 통합하는 구조적 바탕으로 작용한다.

'로드 로망'이 가장 고전적인 서사의 원형인 것은 그것이 곧 시공간상의 흐름과 이동을 빌린 삶의 은유로 읽히기 때문이다. 과연 이 아버지와 딸은 캐나다 이민 초기에 그랜드캐니언, 로키산맥, 동부의 대학들 등 여러 차례에 걸친 장거리 · 장시간의 '로드트립road trip'을 경험한다. 이 길 위의 삶이 암시하는 의미를 화자는 이렇게 요약한다. "달리는 차 안에서도 아이는 자랐다." 그는 "휴게소에 차를 세우고 한 시간 남짓 잔 걸 빼면 쉬지 않고" 달린 "꼬박 열여덟 시간"의 자동차 운전이 단순히 필요에 따른 여행을 넘어서 지금까지 살아온 삶의 연장이요 은유임을 느낀다. 건설회사 총무과 근무 시절 안산 현장에서 상계동 집까지 달려오던 "그 늦은 밤길이 미국 서부 5번 고속도로까지 한 번도 끊어진 적이 없었던 것 같았다"는 것이다.

그러나 화자는 과거에서 미래로 흐르는 선적인 시간을 살지만 동시에 순환적 시간을 의식한다. 삼십 년 사이로, 달라졌으면서도 같은 것이 반복되는 경험이 그것이다. 딸의 미국 이민은 어떤 의미에서 아버지의 캐나다 이민의 반복이다. 삼십 년 전 임신 오개월의 아내와 함께 뒤늦은 신혼여행을 왔던 샌프란시스코로 같은 나이의 지나가 직장을 얻어 옮겨와 살기 시작하는 것이다. 혼자 금문교 아래로 산책하다가 "삼십 년 전처럼" 인부들이 다리에 매달려 보수공사를 하고 있는 광경을 보면서 목수는 생각한다. "마모되는 속도와 보수하는 속도가 일치해서 언제나 그 상태가 유지되는 건가. 다리는 하나도 변하지 않았다."

그러나 시간과 공간이 바뀌면서 변한 것이 더 많다. 이 소설은 시공간상의 이동이 가져온 인류학적 낯섦, 차이, 차별 등 문제적 대타 관계의 이야기다. 지난날 "아빠의 평화는 정의를 포기한 대가"라고 타협적 태도를 꼬집었던 지나도 자신이 미국으로 옮겨오자 "이민 이거 쉽지 않네. 우리 아빠 고생했네"라며 어려움을 인정한다. 그만큼 화자에게 이민은 차이·차별의 충격 앞에서 눈치 보기와 인내를 통한 적응과 이해의 지난한 과정을 의미한다. 인종, 언어('형국'이란 이름을 킴이라는 성으로 부르는 피터), 젠더 감수성('논바이너리'), 노동 등 수다한 차이, 차별, 낯섦은 그 표현이 직접적이고 노골적이지 않고 "섬세하고 집요"한 것일 때 더욱 감당하기 어렵다. "잘게 쪼개진 차별은 너무 사소해서 눈치챘다는 사실조차 자존심이 상했다."

그러나 '이방인'이 느끼는 차이와 차별은 자신의 오랜 습관과 과거에 대한 집착에서 오는 것일 수도 있다. 지나는 떠날 준비를 하면서 "옮기는 이사보다 버리는 이사가 더 어렵다"고 푸념한다. 캐나다에서나 미국에서나 줄곧 족발, 국밥, 소주를 즐기는 화자는 샌프란시스코의 고급 식당에서 익숙하고 편안한 태도로 음식을 주문하는 딸의 모습이 "그 어느 때보다 낯설"다고 느낀다. '베리'의 성적 '선택'을 이해하기 위하여 여자나 남자가 아닌 어떤 지대를 상상하려 해도 그는 "오랫동안 길들여진 두 개의 선택지로 생각이 자꾸만 미끄러져들어"간다. "남자가 남자 화장실에 가는 것이 문제가 되리라고 생각해본 적이 없었"던 그에게는 "애들 화장실에 성인이 들어가는" 것으로 '의도'를 의심받는 상황, 저항의 의미로 문신을 하고 '합법'인 마리화나를 피우는 지나의 "알지 못하는 세상"이 난해하다.

　　그러나 어디서건 삶은 계속된다. 목수는 당연히 목수의 방식으로 문제를 이해하고 해결하려 한다. 소설의 첫머리에는 그가 십년 전 벽에 써붙였던 종이가 깃발처럼 펄럭인다. "나는 나무를 길들이려 했으나 나무가 나를 길들이고 있다." 목적어가 주어로 바뀐다. 그러나 '길들이다'라는 동사에는 변함이 없다. 생계를 위해 목수가 되었지만 목수라는 직업은 그가 삶을 이해하는 열쇠가 되고 삶을 밀고 가는 원칙이 된다. 그 열쇠와 원칙에 대한 암시는 가장 고전적인 방식으로 소설의 대단원이 맡는다. 집을 짓는 목수는 무엇보다 중력의 법칙에 순응한다. 이 법칙을 어기면 벽도 집도 무너진다. 그래서 그는 말한다. "목수가 된 후로 나는 수평이 맞지 않는 걸 잘 견디지 못했다." 목수가 언제나 새집을 짓기만 하는 것은 아니다. 그는 지나의 "침대를 조립하고 나무 조각으로 흔들리지 않게 수평을 맞추었다." 이때 '조각들'은 섬세하게 '쪼개진' 차이와 차별을 해소하여 '수평'을 맞추는 매일매일의 소소한 노력과 투쟁이다. "냉장고도, 소파도, 식탁도 수평을 맞추려니 조각이 꽤 필요했다." 그러나 수평 맞추기라는 평등의 지향은 정적이고 소극적인 공존과 공생의 방식일 뿐이다. 지속 가능한 삶을 위해서 목수는 한 걸음 더 나아간다. 그것은 바로 타자와의 일체감을 통한 사랑의 실감과 실천이다. 헛도는 출입문의 나사를 조이기 위해서는 두 가지 절차가 필요하다. 생명을 상실한 과거의 부분을 찾아내어 제거하는 작업과 거기에 새로운 생명을 접목시켜 온전한 유기체로서의 현재를 만들어내는 적극적 과정이 그것이다.

고민을 하다가 썩은 부분을 도려내기로 했다. 문의 좁은 폭 안에서 외형이 망가지지 않게 속을 파내느라 온 신경을 집중했다. 도려낸 크기만큼 나무를 잘라 강력 접착제를 발랐다. 빈 공간에 조각을 넣고 손가락으로 꾹 누른 후, 두어 시간 말렸다. 조각이 제 몸처럼 문에 붙었을 때 나사를 조심스레 조였다. 손끝으로 적당히 조여지는 느낌이 전해졌다. 여기서 더 들어가면 나사가 망가지거나 문이 부서질 것이었다.(176~177쪽)

조각이 "제 몸처럼" 나무에 붙어 온전한 통일체가 되었을 때 비로소 나사는 조여지는 것이다. 여기서 나사와 나무의 역동적 관계가 사랑의 은유임을 지적할 필요가 있을까?

그러나 여기까지의 작품 해석은 목수가 잘 다듬어놓은 가구나 집처럼 과도하게 수평이 잘 맞아서 움직이지 않는 정물, 생명이 없는 사물 같아 보인다. "사람이 죽으면 몸에서 시간이 빠져나간다"라고 프루스트는 말했다. 삶을 위해서는 시간의 존재가 필요하다. 시간은 열린 미래를 향한 생성 변화의 원동력이다. 그래서일까, 목수는 그의 삶의 자리로 돌아가면서 말한다. "다만 알지 못하는 것들을 위해 공간을 한 뼘쯤 벌려두고 싶었다." 그가 벌려둔 한 뼘쯤의 여유는 아직도 그의 앞에 남은 미지의 시간, 즉 베리와 지나의 시간이다. 그 여유 공간 속에서 나사는 풀리고 조여지기를 계속한다. "마모되는 속도와 보수하는 속도가 일치해서" 다리가 유지되듯이. 목수의 작업은 끝나지 않았다. 정적인 세계에서 역동적 세계로 전진하듯 그는 말한다. "어쩌면 겁에 질린 내가 견고한 껍질을 만들고 그 안에서 움츠려 살아가는 동안 지나는 흔들리며 뿌리내리는 법을 터득했는지도 몰랐다. 지나의 세상을 한 번쯤 믿어보고 싶어졌다."

안보윤

그날의 정모

작가노트

그러면 안 될 것 같은데

리뷰 | 권여선

누가 더 위험하지?

안보윤

2005년 장편소설 『악어떼가 나왔다』로 문학동네작가상을 수상하며 등단. 자음과모음문학상, 현대문학상, 이효석문학상 등 수상. 소설집 『비교적 안녕한 당신의 하루』『소년7의 고백』『밤은 내가 가질게』, 장편소설 『오즈의 닥터』『사소한 문제들』『우선멈춤』『모르는 척』『밤의 행방』『여진』, 중편소설 『알마의 숲』이 있다.

그날의 정모

나는 정모를 여러 번 때렸다. 어릴 때부터 정모는 내 물건을 망가뜨리거나 나를 자주 놀렸다. 그래서 밉거나 얄미웠고, 미워하거나 얄미워하는 마음을 가득 담아 한 대씩 때렸다. 그래야만 때릴 수 있었다. 그렇지 않을 때는 당연히 때리지 않았다.

사람들은 너무 쉽게 정모를 때린다. 아무 곳이나 쥐어박고 함부로 잡아 눌러 팔을 비틀어놓는다. 정모는 시멘트 바닥에 이마가 갈린 적이 있다. 어깨가 빠지고 손가락이 골절된 적이 있다. 정모가 갑자기 소리를 지르기 때문이다. 중얼거리며 누군가의 주위를 맴돌기 때문에, 화장실도 아닌데 바지 속에 손을 넣어 사타구니를 긁어대기 때문에 사람들은 정모를 때린다. 아무렇게나 때린다.

정모는 열한 살. 140.1센티미터에 34킬로그램, 발사이즈는 210밀리미터.

작고 비쩍 말랐고 비틀어 따는 음료수 뚜껑은 잘 열지 못한다.

정모는 밤마다 식탁 주위를 맴돈다. 눈꺼풀이 퉁퉁 부은 채로 자기 방에 개가 있다고 말한다. 꼬리가 희고 긴 개라고, 어쩌면 여우인지도 모르겠다고 말한다. 정모는 여우개가 침대 발치로 파고들어 잠을 잘 수 없다고, 여우개의 얼굴을 보려고 이불 속을 헤매다보면 땀이 뻘뻘 나고 숨이 차서 도저히 잠들 수가 없다고, 이불 속에 여우개만 아는 통로가 있다고 말한다. 정모의 잠옷 깃이 땀에 젖어 돌돌 말려 있다.

—꿈을 꿨나보다.

아빠가 정모의 등을 쓰다듬는다.

—그런 건 전부 꿈이야. 눈 꽉 감고 잠들면 다 사라져.

아빠가 시범을 보이듯 눈을 꽉 감고 말한다.

막상 정모의 방에 가보면 아무것도 없다. 나는 정모와 함께 이불을 꽉꽉 밟아 여우개만 아는 통로를 부순다. 이불 속을 샅샅이 뒤져 여우개의 희고 긴 꼬리를 찾는다. 정모와 나란히 누워 여우개를 기다린다. 삶은 계란 냄새가 나면 여우가 온 거야. 정모가 속삭인다. 희고 긴 꼬리를 가진, 삶은 계란 냄새를 풍기는 여우개는 아침이 되도록 나타나지 않는다. 하지만 그것은 정모의 꿈이 아니다. 어릴 적 내 발치에는 검은 개가 있었다. 짧고 억센 털을 가진 개였는데 목덜미에서 늘 젖은 흙 냄새가 났다. 내 발가락을 핥는 혀가 놀랍도록 뜨거웠다. 나는 그걸 아무에게도 말하지 않았다.

정모는 낮에도 어딘가를 맴돈다. 한낮의 놀이터를 서성이거나 상가 비상계단을 끝없이 오르내린다. 어느 날의 정모는 태연한 얼굴로 수학 문제를 푼다. 지금보다 더 어릴 때는 수학 신동이라 불렸다. 학교 대표로 어려운 대회에 몇 번이고 나가 상장을 받아왔다. 어느 날의 정모는 가랑이 사이에 손을 끼워넣고 다리를 덜덜 떨며 일곱시 삼십이분 이조경 분의 일초, 일곱시 삼십삼분 삼조경 분의 사초, 같은 것을 되뇐다. 아무도 정모 곁에 가지 않는다. 정모가 누구에게 달려들거나 욕설을 퍼붓는 게 아닌데도 그렇다. 정모의 반 아이들은 정모를 이상한 애라고, 정신 나간 애라고 부른다. 걔 있잖아, 살짝 미친 애. 누군가 그렇게 말하면 아이들은 틀림없이 정모를 돌아본다. 수학 신동에서 정신 나간 애가 되기까지는 반년이 채 걸리지 않는다.

정모는 아파트 단지 앞에 있는 짧은 횡단보도를 건너지 못해 몇십 분씩 멈춰 있다. 차가 거의 다니지 않는 이차선 도로라 신호를 지키는 사람이 드문 곳이다. 정모는 바짝 굳은 얼굴로 신호등 아래 서 있다. 파란불이 되어도 건너지 않는다. 빨간불이 되고 다시 파란불이 되고 맞은편 상가에서 나온 사람들이 신호와 상관없이 우르르 길을 건너도 정모는 꼼짝 않는다.

〔니 동생 또 고장났다〕

나는 그런 내용의 메시지와 정모의 사진을 받고 아파트 앞 횡단보도로 뛰어간다. 정모 옆에 나란히 서서 파란불이 되기를 기다린다. 정모의 손을 잡고 길을 건너려 하자 정모가 울먹이며 손을 빼낸다.

—난 안 돼.

걸음을 물러 다시 정모 옆에 선다. 정모가 신호등을 바라보며 초조하게 발을 구른다. 파란불이 깜빡이기 시작하자 숨을 몰아쉬며 수를 센다. 열둘, 열셋. 정모가 자리에 쪼그려앉아 흐느낀다.

—또 열세 번이야, 열다섯 번이 내 건데.

파란불이 열다섯 번 깜빡이는 순간에만 길을 건널 수 있다고, 그게 자신의 신호라고 정모는 말한다. 늦었는데 신호등이 자기만 보내주질 않는다며 운다. 맞은편 상가에는 정모가 다니는 태권도 학원이 있다. 정모는 태권도를 몹시 좋아한다. 열다섯 번 깜빡이는 걸 다 세고 나면 빨간불로 변하니까 어차피 건널 수 없다고 설명해도 정모는 계속 자신의 신호에 대해서만 말한다. 나는 정모를 일으킨다.

—열다섯 번 깜빡여야 건널 수 있는 게 아니야. 네가 건널 때만 신호등이 열다섯 번 깜빡여주겠다는 거야.

파란불이 되자 나는 정모를 힘껏 떠민다.

—누나가 몇 번 깜빡이는지 세어줄게.

정모가 눈을 꽉 감고 달린다. 나는 정모가 그랬던 것처럼 턱을 쳐들고 신호등을 바라본다. 맞은편에 선 정모가 이번에는 신호등이 아닌 나를 쳐다본다. 빨간불로 변한 뒤 나는 열다섯! 하고 외친다. 정모가 팔을 들어 머리 위로 동그라미를 그리며 좋아한다.

정모는 개미들의 움직임을 노트 가득 적어둔다. 아파트에는 개미가 별로 없어 주변 공터와 도로 옆 풀숲을 매일같이 뒤지고 다닌다. 개미를 찾으면 몇 시간이고 뒤쫓으며 구부러지거나 곧거나 배배 꼬인 선들을 노트에 그려넣는다. 나한테 보내는 암호야, 이건 나만 풀 수 있어. 정모가 말한다. 이걸 풀면 어떻게 되는데? 정모가 곰곰이 생각하더니 말한다. 지구 종말을 막을 수 있어.

나는 이런 이야기들을 엄마에게 하지 않는다. 아빠에게 도움을 청하지도 않는다. 조금이라도 말을 흘리면 엄마 아빠는 심각한 얼굴로 정모를 살피고 의도와 행적을 의심하고 주변에 사과한 뒤 정모를 데리고 사라질 것이다. 정모는 또 이 주일, 한 달, 두 달 동안 완전히 사라졌다가 물에 젖은 털짐승처럼 축 늘어진 채 비린내를 풍기며 돌아올 것이다. 그럴 때 정모는 생기도 식욕도 말도 없다. 아무것도 없는 정모가 된다.

*

태권도 학원은 정모가 수시로 사라진다고, 분명히 학원에 온 걸 봤는데 어느 틈엔가 사라지고 없다고 집에 알린다. 애가 동에 번쩍 서에 번쩍 해요, 어머님. 그런데 ADHD 검사는 받아보셨나요? 수학학원과 영어학원에서도 정모는 특별히 관심을 기울여야 하는 아이라고, 바쁘시겠지만 아이에게 좀더 집중해달라고 권한다. ADHD요? 애들이 뭐만 했다 하면 그거라고 말하던 때가 있었죠. 그런 것도 다 유행을 타니까요. 정모의 경우에는 논리력과 추론 능력이 떨어지는 게 문제예요. 이런 아이들에겐 사고력 수학이 맞춤인데 어떠세요? 이번에 특별 강좌가 열리거든요.

아빠와 엄마는 ADHD 검사와 사고력 수학 특강 대신 등하원 도우미를 구하려 하지만 쉽지 않다. 면접을 보러 온 도우미들은 더없이 깍듯한 태도를 보이다가도 정모의 몇몇 행동을 목격한 뒤엔 손사래를 치며 돌아간다. 도우미가 아니라 간병인을 구하셔야죠. 마지막 면접자가 쏘아붙인 말에 아빠는 화를 내고 엄마는 숨을 참는다.

의논 끝에 엄마와 아빠는 할머니에게 연락한다. 할머니는 차로 두 시간쯤 떨어진 소도시에서 혼자 살고 있다. 작은 정원이 딸린 집이지만 할머니는 정원에 아무것도 심지 않는다. 그러니 돌볼 것도 없다. 할머니는 손쉽게 그곳을 떠나 우리집으로 온다. 커다란 트렁크를 세 개나 가져와 거실 복판에 부려놓는다. 아빠가 피아노가 놓인 손님방에 트렁크를 들여놓자 심기가 불편해진 할머니가 저녁을 먹는 내내 화를 낸다. 사람 구할 때까지 한두 달만 도와주세요. 엄마가 공손히 부탁하고, 그럼 저 피아노라도 빼버려라, 할머니가 대답한다. 저 방은 안 되는데. 정모가 겁에 질린 얼굴로 거실을 맴돈다.

손님방은 금세 할머니 물건들로 가득찬다. 할머니는 피아노를 복도로 빼내고 그 자리에 새하얀 화장대를 들인다. 옷과 스카프를 걸어둘 수 있는 행거를 벽면마다 설치한다. 할머니의 방은 아름답고 조잡한 물건들로 빼곡하다. 문을 여닫을 때마다 연약한 것들이 부서지는 소리를 낸다. 할머니는 대부분의 시간을 거실에서 보낸다. 밤늦게까지 텔레비전을 켜둔 채 소파에 누워 잠든다. 텔레비전도 소파도 우리는 쓸 수 없다. 복도에 놓인 피아노 때문에 현관으로 나가려면 게걸음을 쳐야 한다. 정모는 피아노 앞을 지날 때마다 눈을 꽉 감는다. 자기 방에서 좀처럼 나오지 않는다.

정모 때문에 함께 지내게 되었지만 할머니는 정모를 몹시 성가셔한다. 어떻게든 싫은 내색을 숨기지 않는다. 너 때문에 다 늙은 내가 고생이다. 할머니는 틈날 때마다 정모에게 불평한다. 하지만 할머니의 일과는 정모 없이도 바쁘다. 할머니는 아침마다 러닝머신을 뛰고 유튜브를 보며 한 시간씩 요가와 스트레칭을 한다. 아침으로 그릭요거트와 곡물빵을, 점심으로 차가운 면 요리를, 저녁으로 단백질 칠십 그램이 포함된 뜨거운 음식을 먹는다. 차와 커피를 수시로 마시고 스틱형 꿀과 저분자 콜라겐을 매일 한 포씩 짜 먹는다. 할머니는 이곳에 벌써 친해진 사람들이 있다. 옷에 맞춰 스카프를 골라 매고는 마땅한 신발이 없다고 투덜댄다. 자주 외출하고 그만큼 자주 정모의 마중을 놓친다.

할머니는 아빠 앞에만 서면 정모 때문에 밥 한술 제대로 뜰 시간이 없다고 불평한다. 몸도 예전 같지 않고 갑자기 나와 살려니 부족한 물건투성이라고 화를 낸다. 아빠는 소 연골에서 추출한 콘드로이틴과 방목한 염소로 만든 흑염소 즙과 뉴질랜드산 녹용을 바쁘게 사다 나른다. 엄마는 할머니와 함께 백화점에 간다. 그러면 할머니는 아주 잠시 동안만 정모에게 살갑게 굴다 금세 또 정모를 놓친다. 나는 횡단보도 앞에서 상가 비상계단에서 공사장 입구에서 정모를 데려온다.

〔야, 이거 니 동생 아님?〕

〔비전프라자 지하주차장에 정모 출현〕

〔수거 바람〕

친구들의 메시지는 조금씩 과격해진다.

정모를 함부로 대하는 사람들처럼 할머니는 거침없고 제멋대로다. 할머니는 엄마와 아빠가 다니는 은행 중 어느 쪽이 더 크고 좋은지, 누구의 직위와 연봉이 더 높은지 알고 싶어한다. 정모에 대해서는 아무것도 알고 싶어하지 않는다.

—애가 누굴 닮아 저 모양이냐.

할머니는 엄마를 똑바로 쳐다보며 그렇게만 말한다.

할머니한테서 나는 냄새가 싫다고 정모는 말한다. 냄새가 왜? 내가 묻는다. 인정하고 싶지 않지만 할머니한테서는 좋은 냄새만 난다. 대체로 향긋한 냄새다. 코끝이 쌉쌀해지는 매큼한 냄새를 풍길 때도 있고 희미한 풀냄새를 풍길 때도 있지만 기분 나쁜 냄새를 풍기는 일은 없다. 백화점 냄새잖아. 정모가 말한다. 백화점 일층 냄새. 거기선 개미들도 코를 막고 다녀야 돼. 안 그럼 더듬이가 녹아버려.

정모가 낮은 목소리를 낸다.

—그거 알아, 누나?

그러더니 세차게 고개를 흔들며 중얼댄다. 말할 수 없어. 아직 말하면 안 돼. 내가 바로 옆에 있지만 내게 하는 말은 아니다. 그런 일이 점점 더 잦아진다.

어느 밤, 정모가 소파 옆에 우두커니 서 있다. 엄마 아빠는 함께 저녁을 먹다 급히 나간 뒤 소식이 없다. 엄마의 삼촌이 죽었다고 했는지 죽어간다고 했는지 잘 기억은 나지 않지만 엄마가 예민하게 차림새를 살피던 모습만은 기억에 선명하다. 작은 리본이 달린 검은 원피스를 입은 엄마는 기다렸다는 듯이 보여선 안 된다며 옷을 갈아입었다. 흰 셔츠에 검은 바지, 어두운 먹색 카디건을 입은 뒤엔 옆모습과 뒷모습을 거울로 신중히 살폈다. 그런 뒤 할머니에게 우리를 잘 부탁한다고 말했다.

정모와 나는 늘 그랬듯 각자의 방에 머문다. 거실에서 할머니가 틀어놓은 텔레비전 소리가 어지럽게 들린다. 웃음소리와 울음소리가 번갈아 들리는데 어느 쪽이든 기분 나쁜 허덕임이 함께다. 정리되지 않은 호흡과 돌연 튀어나오는 큰 소리들이 신경을 곤두서게 만든다. 나는 이어폰을 끼고 내게 주어진 일을 한다. 수학 문제는 견고하면서도 단순하다. 논리체계나 수식만 따라가면 어떻게든 답이 나온다. 정답인지 오답인지 바로바로 알 수 있다. 나는 그런 세계에서만 살고 싶다.

거실로 나가자 정모가 서 있다. 할머니는 소파에 누워 잠들어 있다. 입을 다물고 턱을 앞으로 쭉 내민 얼굴이 고집스러워 보인다. 할머니는 목에 주름이 진다며 베개도 베지 않지만 입을 꾹 다무는 습관이 있어 팔자주름이 깊다. 그런 할머니를 정모가 들여다보고 있다. 소파 머리맡에서, 작고 길쭉한 병을 손에 든 채.

—뭐해?

—누나, 사실 이건 할머니가 아니야.

정모가 나를 돌아보며 말한다. 바짝 긴장한 얼굴이다.

—누나도 몰랐지? 꼼짝없이 속았지? 버뮤다 개미가 나한테 알려줬어. 암호를 푸느라 세 시간이나 걸렸지만 나는 다 알아. 나만 아니까, 내가 빨리 처리해야 돼.

—뭘 처리해?

—이걸.

정모가 한 걸음 뒤로 물러선다. 손에 들고 있던 것의 뚜껑을 열어 할머니 얼굴에 순식간에 쏟아붓는다. 강한 식초 냄새와 함께 할머니가 비명을 지르며 일어난다. 지독한 재채기와 구역질을 연이어 쏟아내며 욕실로 뛰어들어간 뒤엔 고함과 물소리가 엉망으로 뒤섞인다. 이제 껍질이 벗겨질 거야. 정모가 어깨를 들썩거린다.

—저게 엄마를 죽이려고 했어. 엄마를 죽이려고 할머니인 척 우리집에 숨어든 거야. 어서 본색을 드러내! 오늘도 엄마를 죽이려고 했지? 내가 다 봤어, 손바닥에 독침을 숨기고 살금살금!

정모가 어쩐지 들뜬 표정으로 내게 말한다.

—방금 내가 엄마를 구했어, 누나!

*

엄마는 화장실에서 오래도록 심호흡을 한다. 거울을 노려보면서 심호흡하는 엄마를 본 적이 몇 번이고 있다. 엄마는 물 끓는 소리를 내면서 구겨진 미간을 펴고 비뚤어진 입술과 턱을 바로잡는

다. 차가운 물에 적신 손으로 뺨과 목덜미를 누른다. 평평한 이마와 반듯한 표정으로 돌아온 다음에야 화장실에서 나온다. 엄마는 늘 평온한 태도로 정모를 대한다. 그러기 위해선 심호흡을 하는 시간이 필요하다. 점점 더 자주, 점점 더 긴 시간이 필요하지만 엄마는 틀림없이 해낸다.

엄마는 울지 않는다. 가족 중에 그걸 이상하게 여기는 사람은 아무도 없다. 엄마에게는 울 시간이 없다. 그건 아빠도 나도 마찬가지다. 우리에겐 항상 시간이 없다. 이 도시에 소아정신과는 손에 꼽을 만큼 적고 대학병원 진료 예약은 반년 후에나 가능하다. 가까스로 약을 처방받아 오면 정모가 부작용으로 부풀어오른다. 눈에 비닐을 씌운 것처럼 세상이 희뿌옇다고, 입안이 바싹 마르고 손발이 덜덜 떨린다고 놀라서 운다. 다시 병원을 알아보고 진료를 잡고 약을 바꾼다. 해파리처럼 흐늘대며 침대에서 일어나지도 못하는 정모를 보며 또다른 의사를, 또다른 약을 찾는다. 정모에게 맞는 약은 좀처럼 나타나지 않는다. 아빠와 엄마는 상담 때마다 복잡한 이름의 약들을 줄줄 읊으며 말한다. 리스페리돈도 아빌리파이도 자이프렉사도 전부 써봤어요. 클로자핀은 아직, 그런데 그걸 벌써요? 이 모든 건 엄마 아빠의 몫이다. 아빠는 줄담배를, 엄마는 심호흡을 거듭하며 주어진 일을 한다.

할머니는 애가 마귀에 씌어 날뛴다고, 오염된 영혼 때문에 뇌에 독이 차서 저러니 그걸 빼내야 한다고, 성수에 애를 푹 담그다시피 하는데 육백만원이면 비싼 것도 아니라고 아빠를 다그친다. 그날 자신이 뒤집어쓴 게 사과식초가 아니라 염산이었으면 어쨌겠느냐고, 꼼짝없이 죽었을 거라고 소리친다. 빨리 구마하지 않으면 저애가 가족을 잡아먹는단다, 불을 질러 모조리 다 죽여버린단다! 할머니는 저주에 가까운 말들을 퍼붓는다. 학교에서 학원에서 아파트 관리실에서 이웃들에게서 의심 섞인 질문과 과격한 조언과 은근한 협박 들이 이어진다. 그것들을 모두 물리치는 것도 엄마 아빠의 몫이다.

정모는 약을 토하거나 잇몸에 붙여놨다가 몰래 뱉는다. 부작용은 두렵고 작용은 힘겹기 때문이다. 정모가 불안한 얼굴로 약을 받아 삼킨다. 때로 삼키는 척만 한다. 정모에게 약을 먹인 뒤 입을 벌려 그 안을 살피는 건 내 몫이다. 나는 가끔 손가락을 집어넣어 정모의 입천장과 윗니 뒷부분, 어금니 안쪽 잇몸을 샅샅이 살핀다. 정모는 구역질하는 시늉을 하지만 내 손가락을 깨물진 않는다.

약을 먹어도 먹지 않아도 정모는 더이상 예전의 정모가 아니다. 약을 먹은 정모는 가끔 몸을 긁고 침을 흘린다. 무겁고 시무룩하다. 그래도 약을 먹은 정모는 할머니에게 식초를 들이붓지 않는다. 사람들에게 둘러싸이지 않는다. 어깨가 빠지거나 뺨을 얻어맞지 않는다.

드라마나 영화에서 보던 것처럼 누군가 술을 마시고 누군가 처절한 울음소리와 함께 하소연을 하고 누군가 욕을 하며 집을 뛰쳐나가고 누군가 베란다 난간을 부여잡고 아득한 아래를 내려다보며 멈춰 있을 시간이, 비탄에 빠져 스스로를 가여워할 시간이 우리에겐 없다. 엄마 아빠는 어떤 방식으로든 늘 깨어 있어야 한다. 왜냐하면 정모가 깨어 있으니까. 정모가 잠들지 않는 한 아무도 잠들지 못한다. 정모가 잠들어도 우리는 잠들지 못한다.

　—누나, 나는 미친새끼야 병신새끼야?

　정모가 묻는다. 약 때문에 눈꺼풀이 푸들거린다.

　—반 애들이 그랬어. 몸이 아프면 장애인이고 머리가 돈 거면 정신병자라고. 근데 둘 중 어느 쪽이든 우리 반에 있으면 안 된대. 나는 정신병원에 가야 된대.

　—그런 거 아냐.

　—왜 아냐? 할머니가 맨날 나한테 하는 소리잖아. 이런 미친 거를 낳아놓고 니 엄마가 뻔뻔하게 미역국을 먹었다. 자식이 병신이라 니 아빠가 어깨도 못 펴고 다닌다. 맨날 그러잖아.

　—그건.

　나는 이를 꽉 문다.

　—할머니가 병신이라서 그래.

　할머니가? 정모가 충격받은 얼굴로 나를 올려다본다.

　—할머니는 금방 죽어. 그러니까 신경쓰지 마.

　—금방 언제?

　—두 달 뒤.

　두 달? 정모가 황급히 손가락을 꼽아보더니 울상을 한다. 12월 엔 내 생일이 있는데.

　종합병원에 도착한 나는 정모와 함께 진료실에 들어간다. 정모 가 내 귀를 붙들고 매달렸기 때문이다. 야무지게도 쥐었네. 간호

사가 웃으며 내 겉옷을 대신 벗겨준다. 옷을 벗은 뒤에야 나는 겨드랑이와 뒷목이 땀투성이라는 걸 깨닫는다. 병원에 도착하기 전부터 정모는 지긋지긋하다, 지긋지긋하다를 지긋지긋할 정도로 외쳐댔다. 아무도 들어주지 않자 점점 큰 소리를 내고 발버둥을 쳤다. 그러면서도 내 귀를 놓지 않았다.

차들이 가득찬 주차장에서 아빠는 빈 공간을 찾아 헤맨다. 엄마는 접수와 수납을 하고 초진환자 사전 문진을 받느라 이곳저곳을 누빈다. 나는 정모와 함께 대기실에 앉아 순서를 기다린다. 정모를 빤히 쳐다보는 사람들 때문에 자존심이 상한다. 대기실에 있는 사람들은 대개 미쳤거나 미치는 중이거나 미쳤어도 미친 줄 모르는 사람들일 텐데 정모가 소리치는 것만 보고는 여기서 정모가 제일 심하게 미쳤다고 생각하는 것 같아 짜증이 난다. 정모는 덩굴처럼 나를 감고 칭얼댄다. 좀처럼 지치지 않는다.

진료실 안에서 모니터를 들여다보던 의사가 하이고야, 이상한 소리를 내며 탄식한다.

　—정모가 12월생이네요?

　—네.

　—하이고, 어쩌다가.

　—네?

의사는 겨울에 태어난 아이들이 발병 비율이 높다는 연구 결과가 있다고 말한다. 햇볕을 충분히 쐬질 못하니 비타민 합성이 잘 안 되잖아요? 비타민D 결핍증이 뇌 발달에 영향을 미쳐 발병률을 높이거든요. 이거 모르셨어요? 의사가 엄마를 책망하듯 말한다. 병원에서 만나는 사람들은 이상하리만큼 엄마 탓을 한다. 엄마만 바라보고 엄마에게만 모든 것을 묻는다. 아빠에게는 아무것도 궁금해하지 않는다.

　―사전 문진 내용 보니까 원인이 여기 다 있네. 보호자분 삼촌이 환자셨다니 가족력도 있고, 출산할 때 자연분만하려고 열일곱 시간을 시도하다 결국은 제왕절개를 하셨다, 하이고. 애가 스트레스를 엄청 받았겠네요. 임신중에 다른 문제는 더 없었어요? 임신성당뇨를 앓았다든가 심각한 저체중이었다든가.

　―그게 문제가 되나요?

　―모든 게 다 문제가 되죠.

　엄마가 가만히 물 끓는 소리를 낸다.

　의사가 정모에게 몇 개의 질문을 던진다. 정모는 의사 쪽으로 얼굴도 돌리지 않는다. 내게 달라붙어 의사가 말을 걸 때마다 뒷발질을 한다. 아빠가 억지로 떼어내려 하자 으르렁대며 손을 문다. 엄마와 아빠가 정모의 증상을 설명할수록 의사의 얼굴이 굳어진다. 엄마가 한참을 머뭇대다 할머니 얘기를 꺼낸다.

　―정모가 갑자기 할머니가 할머니가 아니라는 거예요.

　의사가 등을 곧추세우며 묻는다. 그럼 누구라고?

　―저를 죽이러 온 왕개미래요. 그래서

　―그래서?

　―정모가 할머니한테

　―할머니한테?

　―식초를 뿌렸어요.

의사가 잠시 침묵한다. 지금까지와 사뭇 다른 태도다.

이런 건 정말 흔치 않은데. 이 정도의 조기 발병 케이스는 나도 처음 보거든요. 그러고는 의사가 내 쪽으로 고개를 돌린다.

—이쪽이 정모 누나죠?

너는 몇월생이니? 의사가 묻는다.

—여름에 태어났어요, 애는.

엄마가 변명하듯 답한다.

보호 병동 얘기가 나오자 어른들은 서둘러 나와 정모를 진료실 밖으로 내보낸다. 이건 결국 뇌가 고장나서 생기는 병증이니까 뇌파검사와 MRI부터, 제일 중요한 건 임상 관찰이라 최소한 한 달은, 까지 들은 뒤 문이 닫힌다. 정모가 화장실에 가고 싶다고 말한다. 매달리기도 발버둥도 멈췄지만 나는 서둘러 정모를 화장실로 데려간다. 정모는 어디서든 바지 속에 손을 집어넣고 어디서든 성기를 주물거린다. 나는 이 이상 시선을 받고 싶지 않다. 손도 꼭 씻고 나와. 나는 손 씻는 시늉을 하며 정모를 안으로 들여보낸다. 남자 화장실 앞에 서서 정모를 기다린다. 그리고 궁금해한다. 엄마는 왜 거짓말을 했을까.

*

—엄마, 엄마!

정모가 비명을 지르듯 외친다. 보호 병동에 입원시킨 뒤 이 주 만에 연결된 첫 통화였으므로 우리는 스피커 폰을 켜고 머리를 맞댄 채 앉아 있다. 정모야. 아빠가 다정한 목소리로 부르지만 정모는 비명을 지르느라 듣지 못한다.

　―왜 나를 버렸어요?

정모가 울부짖는다.

　―내가 미쳐서 나를 버렸어요?

우리는 울지 않는다. 기를 쓰고 울지 않는다.

*

그럼에도 당연히 우리에겐 즐거운 날들이 있다.

우리는 틈틈이 웃는다.

입원 기간 동안 몸에 맞는 약과 적정 용량을 찾아낸 정모는 대부분 괜찮고 가끔만 괴롭다. 일상은 조금씩 안정되어간다. 일상에 이르렀다기보다 특별한 일상에 익숙해지는 정도지만 그 정도도 충분하다. 우리는 정모를 살피고 주의할 것들을 주의하고 간혹 정모의 입을 벌려 정모가 숨겨놓은 약을 찾는다. 땀에 흠뻑 젖은 정모의 이불을 세탁하고 정모의 입과 턱에 번진 침을 모르는 척 닦아준다. 씻는 방법을 잊은 채 멍하니 서 있는 정모를 아빠가 데리고 들어가 세수하는 방법부터 귀 뒤를 닦는 방법, 머리를 감고 나서 물기를 터는 방법까지 하나하나 가르친다. 깨끗해진 정모와 함께 맛있는 것을 먹고 같이 예능 프로그램을 보며 귀여운 것을 귀여워하고 엉뚱한 것을 흉내내며 즐거워한다. 우리에게도 그런 시간이 있다. 우리의 일상은 피곤하지만 비극적이지 않다. 정모는 조금씩 우리의 정모로 자리잡아간다.

우리를 괴롭히는 건 정모가 아니다. 엄마는 십 년 넘게 함께해 온 기도 모임 사람들과 심하게 다툰다. 집집마다 돌아가면서 주최하던 기도회 때문이다.

―괜히 무리할 필요 없어, 정모 엄마 사정 우리가 뻔히 다 아는데.

우리집에서 진행한 기도회가 끝난 뒤 사람들은 앞으로의 순서에서 정모네를 빼겠다고, 정모 엄마는 편안한 마음으로 참석만하면 된다고 말한다. 한없이 너그럽고 온화한 표정으로 호의를 베푼다. 엄마가 거절하니 더 큰 선의의 목소리들이 우렁우렁 떠들어댄다. 직장 다니랴 애들 건사하랴 정모 엄마 몸이 열 개라도모자라지, 우리가 아무것도 도와주질 못해서 그간 얼마나 미안했는데. 정모 돌보는 게 어디 보통 힘든 일이야? 나라면 못하지, 어휴, 못해. 정모 엄마 참 대단해.

―왜 나만 정모 엄마예요?

엄마가 마구잡이로 자신의 손을 끌어가고 어깨를 보듬어 안는 사람들을 밀쳐내며 묻는다.

―여기 권집사님, 이간사님은 다 제대로 부르면서 왜 나만 정모 엄마라고 불러요? 왜 나한테만 반말해요?

사람들이 우르르 밖으로 나간다. 이제 막 내놓은 다과는 손도 대지 않았다. 향이 진한 차와 밤양갱. 엄마는 맛있는 수제 양갱점을 찾아냈다며 들뜬 얼굴로 다과를 준비했었다. 마지막으로 신발을 신고 나서던 사람이 더는 참을 수 없다는 표정으로 엄마에게 소리친다.

—사실 자기가 이러고 있을 시간이 어딨어? 지금은 애한테 바짝 붙어서 병 고치는 데만 집중해야지, 남들처럼 쇼핑할 거 다 하고 취미생활 종교생활 다 하면 애는 대체 어쩔 셈이야? 정신 차려, 저런 애들 뉴스에 나오는 거 순식간이야.

끝끝내 엄마를 권사님이라고 부르지 않는다.

할머니는 좀처럼 자신의 집으로 돌아가지 않는다. 정모를 배웅도 마중도 하지 않으면서 오로지 엄마 아빠를 괴롭히는 데만 집중한다. 아빠가 휴직과 퇴사 중 어떤 걸 선택할지 고민하는 소리를 훔쳐 듣고는 길길이 날뛴다. 일을 그만두려면 저년이 그만둬야지! 할머니가 먹고 있던 만두를 엄마에게 집어던진다. 저년이 낳은 애새끼 때문에 왜 니가 은행을 그만둬? 그 좋은 직장을? 정모가 잠들어 있어 다행이라고, 약을 먹고 혼곤해진 상태라 다행이라고 나는 생각한다. 아니었다면 이번에는 끓고 있는 만두전골을 왕개미에게 들이부었을지 모른다.

—일단 휴직했다가 정모 괜찮아지면 복직해도 되고, 퇴사했다가 재취업해도 돼요. 거래처 사장님들이 안 그래도 여러 번 스카웃 제의를 하셨으니까.

—정신병이 낫겠니? 저거 불치병이다, 안 나아. 평생 저렇게 거머리처럼 부모 등골 뽑아먹으며 살 거다.

어머니! 아빠가 식탁을 내리친다. 만두전골이 냄비 밖으로 흘러넘친다. 나는 엄마를 일으켜 거실 반대편으로 간다. 부들부들 떨고 있는 엄마를 끌어안는다.

—어머니 손주한테 그런 말을 하고 싶으세요? 어떻게 그런 말을, 사람이 어떻게, 어떻게 그래요?

—내가 아주 속이 썩어 문드러져서 그런다. 저년이 애만 똑바로 낳아놨어도 이 지경은 안 났지.

—말씀 함부로 하지 마세요. 애엄마가 무슨 잘못이라고.

—잘못이지! 의사도 그러지 않든, 쟤가 문제라고! 나도 다 찾아봤다, 인터넷 검색도 하고 유튜브도 찾아보고 다 했어! 보는 것마다 그러더라, 정신병 유전자는 다 엄마한테서 오는 거라고. 집안에 정신병자 있단 얘기 쏙 빼놓고 시집온 거부터가 사기결혼이야. 남들 다 낳는 애 하나 똑바로 못 낳고 온갖 유난을 떨더니 이제 남편 직장까지 때려치우게 해? 애, 니가 그만둬라, 더러운 건 다 니가 쥐놓고 왜 내 아들이 백수가 되니?

—작작 좀!

아빠가 소리친다.

—제발 작작 좀 하세요! 정모가 언제까지고 애일 것 같으세요? 남자애니까 금세 자랄 거고 힘도 세질 거고 2차 성징도 올 거예요. 그걸 애엄마가 어떻게 감당해요.

—왜 못해? 너보다 쟤가 훨씬 뚱뚱한데. 억척같기는 또 얼마나,

엄마를 손가락질하던 할머니가 엄마를 꽉 안고 있는 나를 보더니 말을 멈춘다.

—저거는?

210

할머니가 분노를 감추지 않은 채 묻는다.

— 저거는 정상이라니?

엄마가 엄마를 노려본다. 거울 밖 엄마가 거울 속 엄마를 죽일 듯이 노려본다. 이 미친년아. 엄마가 억눌린 소리를 낸다. 야 이, 미친, 니가 정말 어쩌자고. 엄마가 아는 욕은 그게 다다. 어쩌자고 애를, 겨울에, 이 생각 없는 년이. 엄마는 제대로 된 욕 하나 뱉어내지 못하고 쪼그려앉아 운다. 비로소 운다.

아빠는 할머니를 집에서 쫓아낸다. 할머니 방의 행거가 무너지고 새하얀 화장대가 엉망이 된다. 이 모든 일이 벌어지는 동안 정모는 깊이 잠들어 있다. 나는 정모 입안에 알약을 두 개 더 밀어넣었다는 사실을, 고요하고 평온해지고 싶은 날에는 간혹 그래왔다는 사실을 누구에게도 말하지 않는다.

말하지 않은 것이 또 있다.

나는 '괴물출현방'의 존재를 가족들에게 끝끝내 숨긴다.

시작은 호의였을 것이다. 정모가 자주 사라졌으니까, 우리 가족이 애타게 찾아다니는 걸 목격한 사람이 여럿이니까, 겨우 찾아낸 정모는 누군가에게 얻어맞거나 욕을 먹고 있었으니까. 정모가 어딘가에서 맴돌고 있거나 어떤 소란에 휘말렸다면 꼭 나한테 알려줘. 나는 내게 동생이 있다는 사실을 아는 친구들에게 그렇게 부탁했다. 곤란에 빠진 정모의 좌표를 단톡방에 찍어줄 때마다 보답으로 편의점 과자나 음료 기프티콘을 보내줬다. 그 덕분에 나는 누구보다 빨리 정모를 찾아낼 수 있었다.

단톡방 인원은 이제 오십여 명에 달한다. 누가 누구인지도 알수 없다.

프로필사진도 말투도 제각각인 사람들이 온종일 떠들어댄다. 그들은 끊임없이 정모를 찾아낸다. 정모가 아무것도 하지 않아도 그저 학교를 향해 걸어가고만 있어도 정모의 사진을 찍어 단톡방에 올린다. 급식실에서 식판을 고르는 정모와 복도에서 어리둥절한 얼굴로 뒤를 돌아보는 정모와 교실 책상에 엎드려 있는 정모와 신발을 갈아신고 있는 정모와 횡단보도에서 신호를 기다리고 있는 정모와 화장실에서 막 나오고 있는 정모와 상가 계단참에 쪼그려앉아 있는 정모. 정모의 얼굴은 의아함이나 두려움으로 가득차 있다. 나는 단톡방에서 나오지만 다시금 끌려들어간다. 단톡방은 정모 사진으로 끝없이 차오른다. 그들은 사냥꾼처럼 정모를 뒤쫓는다.

〔괴물 출현! 비전프라자 괴물 상습 출몰 지역!〕

〔병신새끼 저기서 뭐 처먹는다〕

〔긴급수거바람!〕

〔가까이 가지 말 것 정신병 옮음〕

〔제보 왜 썹?〕

〔깊콘 내놔〕

〔내놔〕

〔내놔〕

그곳에서는 누구도 정모를 정모라 부르지 않는다.

정모는 학교 가는 걸 점점 두려워한다. 누군가 자신을 뒤쫓고 있다고, 감시하고 있다고 말한다. 내가 개미의 언어를 알아냈기 때문이야. 정모는 두려움과 공포로 목이 졸린 표정을 짓는다. 얼굴이 새파랗고 이마에 핏줄이 바짝 서 있다. 침대 안으로 파고들어가 이불로 꽁꽁 몸을 감싼다. 내가 들어갈 수 없도록 이불 귀퉁이를 완전히 막는다.

약을 먹여야 하는데. 나는 정모의 약을 손에 들고 전전긍긍한다. 가까스로 파고든 이불 속에서 나는 길을 잃는다. 이불 속에는 정모만의 통로가 있다. 아무리 찾아 헤매도 정모는 나타나지 않는다. 땀이 뻘뻘 나고 숨이 차올라 더는 견딜 수가 없다. 머릿속이 부글부글 끓어오른다. 입안이 바짝 마른다. 나는 끝내 정모를 놓친다. 이불 밖으로 나오자 땀에 젖은 셔츠 깃이 돌돌 말려 있다. 아무리 애를 써도 펴지지 않는다.

약을 먹지 않은 정모는 이곳저곳을 헤매고 여기저기를 얻어맞고 사방팔방에서 항의와 협박을 받는다. 정모가 약을 먹지 않으면 엄마와 아빠가 근심 걱정에 가득찬 얼굴로 정모를 어르고 달래고 윽박지르고 애원하고 화를 내다 마지막에는 주저앉는다. 제발, 제발 약을 먹어, 정모야. 제발 우리 좀 살려줘, 정모야. 그러면서 엉엉 운다. 그러면 정모는.

엄마와 아빠를 의심한다.

왕개미가 변신해 엄마 아빠인 척하는 거라고, 자신을 세뇌시킬 개미알을 숨겨와 먹이려 한다고, 진짜 엄마 아빠를 구하러 가야 한다고. 그러려면 여기 있는 가짜를, 지금 당장. 나는 작고 둥근 타원형의 알약을 입에 넣고 삼킨다.

정모가 겨우 잠든다. 엄마와 아빠는 조용히 나를 불러 식탁에 앉힌다. 내가 좋아하는 컵에 우유를 데워 꿀을 한 스푼 타준다. 나를 바라보는 얼굴이 단단하다. 화장실에서 아주 오래 심호흡을 한 얼굴이다. 고등학교는 다른 지역에서 다녀보지 않을래? 아빠가 묻는다. 나는 쉽게 고개를 끄덕인다. 이사를 결심할 만한 상황이 너무 많이, 너무 자주 있었어서 조금도 놀랍지 않다. 그러나 다음에 이어지는 엄마의 말은 조금 놀랍다. 혼자서도 잘할 수 있지?

우리집은 내게 좋은 환경이 아니라고 엄마는 말한다. 이모가 살고 있는 지역에 평판 좋고 시설 좋은 기숙형 고등학교가 있는데 지방이라 학생 수가 적어 입학하기 어렵지 않다고, 나중에 농어촌특별전형으로 대학도 갈 수 있다고 말한다.

—한 달에 한 번은 집에 올 수 있어. 우리가 보러 가도 되고.

—나를 버리는 거야?

내가 묻는다. 정모를 돌보려고 나를 버리는 거야? 내가 다시 묻는다. 나는 늘 노력해왔다. 매일매일 필사적으로 노력해왔다. 그런데 우리집에서 뜯겨나가는 사람이 나라니 어째서? 내가 아직,

—미치지 않아서 나를 버리는 거야?

엄마가 심호흡을 한다. 엄마는 이제 거울을 보지 않고도 표정을 고를 수 있다. 아빠가 나를 꽉 끌어안고 미안하다고, 그런 게 아니라고 말하는 동안 엄마는 숨을 멈췄다가 내쉰다. 아주 오랫

동안 물 끓는 소리를 낸다.

—우리가 너한테 너무 기댔어. 네가 어른스럽다고 잘 참는다고 정모가 너한테만 의지한다고 핑계 대면서 너무 힘든 일들을 너한테 떠맡겼어. 너도 아직 어린애인데. 우리 연수가 이렇게나 작은데.

아빠가 내 구겨진 옷깃을 펴준다. 머리칼을 쓰다듬고 뺨을 어루만진다. 그 손이 이상할 만큼 차가워 몸을 빼내고 싶어진다. 잠에서 깬 정모 때문에 우리의 이야기는 잠시 멈춘다. 정모는 땀을 줄줄 흘리며 거실로 나와 목이 마르다고, 목이 붓고 따갑다고, 어지럽고 메스껍다고 말한다. 그러고는 금세 시무룩해진다. 무거운 몸을 어쩌지 못하고 바닥으로 줄줄 흘러내린다. 나를 안고 있던 아빠가 정모에게 간다. 정모를 부축해 소파에 누이고 빨대 컵에 담은 물을 가져다준다. 엄마는 더이상 물 끓는 소리를 내지 않는다.

식은 우유에서 비린내가 올라온다. 나는 우유를 싱크대에 쏟아버리고 세제를 조금 풀어 컵을 닦는다. 우유를 담았던 컵은 서둘러 닦지 않으면 비린내가 눌러앉아버린다. 잠시 담아두었던 것만으로 컵은 금세 오염된다. 좀처럼 회복되지 않는다.

*

내가 짐을 싸는 동안 엄마는 나를 지켜본다. 이것저것을 들추고 한눈을 팔고 넣었던 것을 도로 끄집어내 다른 방식으로 접어넣었다가 끝내 빼버리는 모습을 답답해하지 않고 지켜본다. 적어도 짐을 싸는 일 정도는 충분히 망설일 수 있도록, 가져갈 물건 정도는 나 스스로 선택할 수 있도록 나의 비효율적인 행동들을 묵인한다. 그런 거 아니야. 택배 상자에 박스 테이프를 붙이고 있을 때 엄마가 입을 뗀다. 언젠가부터 엄마의 목소리는 잔뜩 주눅들어 있다. 작고 피로한 목소리가 테이프 뜯는 소리에 뭉텅뭉텅 잘려나간다.

―네가 생각하는 그런 거 아니야. 엄마는 네가, 잠깐이라도 온전히 네 삶을 살았으면 해서 이러는 거야.

나는 듣지 못한 척한다. 잡동사니만 남은 책상 서랍 속에서 곰돌이 키링을 끄집어낸다. 투명한 크리스털로 만들어진 작고 반짝반짝한 것. 옛날 생각 나네. 나는 말한다. 옛날 생각 중에 웃을 만한 대목은 아무것도 없지만 나는 일단 웃으며 말한다. 반짝반짝한 것을 손에 들고 가능한 한 무구해 보이기를, 몹시 무구하고 무해한 시절을 건너온 아이처럼 보이기를 바라며 말한다.

―엄마가 얼른 자라고 불 꺼놓고 나가면 엄청 무서웠거든. 그때마다 얘가, 내가 이름도 지어줬지, 깜깜한 데서 빛이 조금만 새어들어와도 사방으로 번져 반짝반짝해지니까 그게 예뻐서 빛곰이라고, 빛곰이가 나를 달래줬어. 엄마 몰래 자장가도 불러주고 이야기도 들려주고.

―언제?

기겁한 엄마의 물음에 나는 웃음을 멈춘다.

―그게 언젠데? 엄마한테 왜 말 안 했어? 언제부터 목소리가 들렸는데?

216

엄마가 내 어깨를 꽉 그러쥔다. 나는 더이상 모르는 척할 수가 없다. 엄마가 뭘 두려워하고 있는지, 나를 볼 때마다 무슨 생각을 하는지, 무엇 때문에 내 말 한마디 한마디를 곱씹고 의심하고 다 그치고 마는지에 대해서. 나도 정모와 똑같은 형질의 유전자로 이루어져 똑같은 환경에서 똑같은 식습관과 생활 패턴을 가지고 살아왔으니까. 나 역시, 겨울에 태어난 아이니까.

— 그냥 상상이었어, 엄마. 어릴 때 누구나 떠올리는 상상 속 친구.

— 정모도 그랬어. 아직 어려서 그렇다고 사춘기가 일찍 오는 모양이라고 반항기엔 다들 저런다고 방심하고 있다가, 걷잡을 수 없는 순간이 돼서야 겨우.

— 아니야, 엄마.

나는 엄마의 말을 끊는다. 듣고 싶지도 하고 싶지도 않았던 말을, 입 밖으로 내는 순간 모두가 상처받는 말을, 나는 결국 하고야 만다.

— 난 아니야, 엄마. 난 정상이야.

설 연휴가 끝나자마자 엄마는 내 짐을 차곡차곡 이모 집으로 보낸다. 새로운 환경에 적응하기 위해 이모네 집에서 남은 겨울을 보내고 기숙사로 들어가는 일정이다. 학교와 기숙사에 대한 얘기를, 능선이 아름다운 산과 거대한 인공호수, 지역축제 때에만 띄운다는 열기구 얘기를 질리도록 듣는다. 새롭고 낯선 것들의 목록을 듣다보면 나도 그럴 수 있을 것 같다. 가족과 완전히 무관한 삶을 살 수 있을 것 같다. 정모에 대해 아무것도 궁금해하지 않는 그런 날들을 보낼 수 있을 것도 같다.

〔괴물 발견〕

〔시민 여러분 다솜공원 비석 옆 피해가십쇼〕

〔뭐하냐 저거〕

〔개미 퍼먹음〕

이모 집에 도착하면 제일 먼저 카카오톡부터 삭제해야지. SNS 계정도 전화번호도 전부 없애고 바꾸고 지워버려야지. 누구도 내게 정모 소식을 전할 수 없도록 모든 통로를 밟아 없애야지. 나는 거듭 다짐한다. 그러나 나는 아직 이곳에 있고 단톡방에 줄지어 올라오는 정모의 사진을 무시할 수 없다. 나는 정모가 있는 곳으로 정모를 데리러 간다.

정모는 몸을 작게 웅크리고 앉아 있다. 공원 표석 아래는 정모가 좋아하는 장소 중 하나다. 거대한 크기의 개미굴을 찾아낸 뒤 정모는 매일같이 그곳에 앉아 있었다. 누군가 엉망으로 파헤친 다음 콜라를 들이부어 개미집을 완전히 부숴놓기 전까지는 말이다. 이후로 개미들은 흔적조차 보이지 않는다. 나는 멀찌감치 서서 정모를 바라본다. 정모를 선뜻 끌어오지 못한 채 망설인다.

언젠가 할머니가 그랬다. 너네 집이 부자라 다행이라고. 엄마 아빠 사이가 좋고 눈치껏 부모를 돕는 손위 누이가 있고 좋은 집과 차가 있어서, 말 그대로 여력이 있는 집이라 다행이라고 말했다. 그게 아니라면 정모를 애지중지, 내로라하는 병원과 의료진을 찾아다니며 그렇게 돌볼 수 있었겠냐? 결국은 다 돈이지, 돈.

할머니는 이상한 모양으로 입술을 일그러뜨리며 비아냥댔다. 너 네 가족이 서로 유난히들 돈독하니 이만큼 버티지, 그 가당찮은 가족애로.

하지만 할머니는 이런 말도 했다. 그래서 너네 가족은, 특히 너는 정모한테서 평생 벗어날 수 없을 거다. 할머니는 악의에 사로잡힌 얼굴로 온갖 말을 쏟아냈다. 부모 죽고 나면 너 혼자 독박 쓰는 건데 네년 말년이 나보다 나을 거 같냐? 마지막에는 내 눈을 똑바로 들여다보며 경고했다. 너는 절대 애 낳을 생각 마라, 상상도 하지 마.

그건 정말 왕개미가 아니었을까?

누가 더 위험하지? 누가 더 끔찍하지? 대체 누가 더? 나는 정모를 바라본다. 정모는 그냥 그곳에 있다. 표석 아래 흙바닥에 구부러지거나 곧거나 배배 꼬인 선들을 그려넣으며 자신의 세계에 머물러 있다. 저러다 집으로 돌아가 약을 먹고 침을 좀 흘리며 잠들 것이다. 푹 자고 일어난 정모는 보통의 정모, 그날의 정모, 일상 속의 정모일 뿐이다. 정모는 아무것도 하지 않는다. 누구도 무시하지 않고 아무도 해치지 않는다. 병에 걸린 것은 더러워서가 아니다. 정모를 돌보는 일이 부끄러울 까닭도 없다. 수치스러워해야 할 사람은 할머니이고 남을 해치는 건 단톡방 사람들인데 도망치는 사람은 왜 나지?

나는 공원 쪽으로 한 발 다가선다. 정모야, 하고 부른다. 다른 누구도 아닌 정모를 부른다. 흙바닥을 더듬고 있던 정모가 나를 돌아본다. 나는 목이 잠긴 채로 정모에게 손짓한다. 이리 오라고,

내 옆에 있으라고 말한다.

나는 분명히 기억하고 있다. 보호 병동에 입원하기 전날 정모는 방에서 한 발자국도 나오지 않았다. 하루종일 물 한 모금 마시지 않았고 방문을 두드리면 비명을 질렀다. 나는 억지로 방문을 따고 안으로 들어갔다. 이불 속에 꽁꽁 숨은 정모를 손으로 더듬어 끄집어냈다. 울고 있는 정모에게서 쉰내가 났다. 정모가 눈을 희번덕대며 나를 밀쳤다. 들어오면 안 돼! 도망쳐, 누나! 나는 정모를 꽉 끌어안았다. 아빠가 그랬던 것처럼 날뛰는 몸을 소중히 끌어안았다. 마구 휘두르는 팔다리에 얻어맞은 몸이 아프고 괴로웠다. 나는 비명을 참고 심호흡을 했다. 엄마가 그랬던 것처럼 비뚤어진 미간을 바로잡고 가능한 한 평온한 얼굴로 정모를 마주보았다.

―들켰어, 아저씨한테 다 들켰다고!

정모가 울부짖었다.

―아저씨가 누나를 봐버렸단 말이야!

정모가 머리를 마구 흔드는 통에 턱을 얻어맞은 나는 그대로 정모를 놓쳤다. 정모는 튕겨나가듯 일어나 방구석에 서서 천장을 노려보았다. 이제 어떡해, 저 아저씨가 쫓아다니면 누나도 정신 나간 애가 돼, 미친새끼가 돼, 숨도 못 쉬고 아무랑도 못 놀아, 그게 얼마나, 얼마나 힘든 건데. 정모가 제자리를 뱅글뱅글 돌다 황급히 다가와 내 머리를 끌어안았다. 좁은 어깨와 가슴과 가느다란 팔로 나를 꽁꽁 감싸 숨겼다.

―절대로 아저씨랑 눈을 마주치면 안 돼, 누나.

정모가 눈을 꽉 감고 말했다.

―이건 다 꿈이야. 눈 꽉 감고 잠들면 다 사라져. 다 괜찮아져.

나는 그렇게 했다. 정모와 똑같이 눈을 꽉 감았다.

그러면 안 될 것 같은데

같은 버스를 팔 년 가까이 타고 다니다보면 낯익은 사람들이 생길 수밖에 없다. 심지어 그 버스가 단독 노선인 구간이 제법 있는 마을버스라면, 삼십 분가량 걸리는 운행 거리를 끝없이 순환하는 버스라면 더욱 그렇다. 종점에서 종점까지 이동하는 나는 하차 벨을 누를 필요도 자리싸움을 할 이유도 없다. 제법 익숙해진 얼굴들이 각자에게 익숙한 자세로 진동을 견디는 모습을 보는 게 내 유일한 할일이다.

작년 즈음 두 사람과 유난히 자주 마주쳤다. 사십대 중반쯤 되어 보이는 여자와 십대 후반이지 않을까 싶은 남자였다. 남자는 청소년으로도 청년으로도 보였다. 연음도 어조도 없는 독특한 어투의 남자는 커다란 목소리로 떠들다 추임새처럼 돌고래 소리를 내곤 했다. 항상 비슷한 차림이었고 버스 하차 문 옆에 꼭 붙어서 서 자리가 나도 앉지 않았다. 여자가 타이르면 남자는 잠시 입을 닫았다가 누군가 교통카드를 찍으면 더는 참지 못하고 하차입니다! 하고 따라 외쳤다.

잘 봐야 돼. 여자는 남자의 시선을 창밖으로 돌린 뒤 말했다. 저기 고등학교 운동장에 비행기 보이지? 저 커다란 거 하나, 둘, 세 개. 저게 보이면 벨을 누르고, 그렇지, 교통카드를 찍고, 삑, 그래. 문이 열리면 내리는 거야. 볼 때마다 매번 똑같았다. 남자는 떠들었고 여자는 창밖을 손가락질하며 비행기를 하나 둘 셋 세고, 카드를 삑. 그런 일을 몇 차례 목격한 뒤엔 나도 속으로 중얼 중얼 여자의 말을 따라 할 수 있었다. 여자는 늘 똑같은 타이밍에 똑같은 말을 했고, 그들은 틀림없이 목적지에 내렸다.

어느 날은 남자가 혼자 버스에 올랐다. 남자는 버스 하차 문 옆 기둥을 단단히 잡고 서서 돌고래 소리를 내거나 하차입니다! 를 외쳤다. 항공고등학교 운운하는 안내방송이 나오는 타이밍에 정확히 고개를 돌리더니 비행기를 세기 시작했다. 비행기 보이지? 하나, 둘, 세 개, 벨을 누르고, 그렇지, 교통카드를 찍고, 그렇지, 문이 열리면. 남자가 큰 소리로 말하며 발을 굴렀다. 나는 별다른 감정 변화 없이 남자를 바라보고 있었다. 그만큼 훈련했으니 남자가 혼자 버스를 타고 내리는 건 당연한 결과로 보였다. 당연한 결과지만 학습과 훈련 과정이 결코 쉽지 않았겠지. 나는 남자가 버스에서 내리는 모습을, 정류장을 마주보고 잠시 섰다가 왼팔을 번쩍 들더니 왼쪽으로 몸을 돌려 걷는 모습을 바라보았다. 남자에게 입력된 규칙은 비행기 하나 둘 셋 말고도 무수히 많은 듯했다.

쩟, 하고 옆에 앉은 사람이 혀를 찼다.

저런 애를 혼자 나돌아다니게 하고 말이야, 대체 애엄마는 뭘 하는 거야?

옆 사람은 그것만이 할 말이었다는 듯 다시 휴대폰을 들여다봤다. 버스가 출발하고 작은 진동과 함께 사람들이 흔들리고 그리고 나는, 어두운 기분으로 창밖을 바라보았다. 그래도 되나. 입에서 돌고래 소리 같은 게 새어나올 것 같았다. 그래도, 정말 그래도 되나.

그러면 안 될 것 같은데.

나는 이 말이 하고 싶어서 「그날의 정모」를 썼다.

누가 더 위험하지?

권여선(소설가)

연수에게는 아픈 동생 '정모'가 있다. "갑자기 소리를 지르"거나 "중얼거리며 누군가의 주위를 맴돌"거나 "바지 속에 손을 넣어 사타구니를 긁어대"는 정모. 그래서 "사람들은 너무 쉽게 정모를 때린다." 엄마와 아빠와 연수에게는 시간이 없다. "드라마나 영화"에서처럼 "술을 마시고" "처절한 울음소리와 함께 하소연을 하고" "욕을 하며 집을 뛰쳐나가고" "베란다 난간을 부여잡고 아득한 아래를 내려다보며 멈춰 있을 시간이, 비탄에 빠져 스스로를 가여워할 시간"이. 잠들 시간조차 없다. "정모가 잠들지 않는 한 아무도 잠들지 못한다. 정모가 잠들어도 우리는 잠들지 못한다."

정모를 돌보는 데 힘을 보태기 위해 "커다란 트렁크를 세 개나" 끌고 온 할머니는 가족적 친밀성보다 타자적 이질성을 고스란히 현현하고 있는 인물이다. 정모를 "몹시 성가셔"하고 "싫은 내색을 숨기지 않"는다. 정모에게 공격적일 뿐 아니라 정모를 돌보는 가족들에게도 비판적이다. 아빠와 엄마의 사이를 가르고 '더러운 피'를 가진 엄마를 비난하며 연수를 향해서도 "저거는 정상이라니?"라고 의심쩍게 묻는다. 갈등과 분열을 조장하던 할머니는 정모에게서 '식초 응징'을 당하고, 결국 참다못한 아빠에게서 쫓겨난다.

할머니가 엄마를 죽이러 온 '왕개미'라고 믿고 식초를 쏟아부은 일로 정모는 보호 병동에 입원한다. 정모는 "내가 미쳐서 나를 버렸어요?"라고 절규하지만, 정모가 입원한 동안 가족들에게는 "즐거운 날들이 있다./ 우리는 틈틈이 웃는다." 그렇게 정모는 다시 "이 주일, 한 달, 두 달 동안 완전히 사라졌다가 물에 젖은 털짐승처럼 축 늘어진 채 비린내를 풍기며 돌아"온다. "아무것도 없는 정모"가 되어.

할머니는 쫓겨나기 전까지 극단적인 혐오의 언어들을 쉴새없이 쏟아놓는데, 그 말들은 가족 모두에게 돌이킬 수 없는 상처를 남긴다. 할머니는 적대적인 이웃들에게서 듣고 온 "과격한 조언과 은근한 협박"들로 엄마와 아빠를 다그친다. "엄마와 아빠가 다니는 은행 중 어느 쪽이 더 크고 좋은지, 누구의 직위와 연봉이 더 높은지" 궁금해하다 아빠가 "휴직과 퇴사"를 놓고 고민하자 길길이 날뛰며 "일을 그만두려면 저년이 그만둬야지!"라며 먹던 만두를 엄마에게 집어던지고 "집안에 정신병자 있단 얘기

쏙 빼놓고 시집온 거부터가 사기결혼"이라고 "더러운 건 다 니가 줘놓고 왜 내 아들이 백수가 되"어야 하느냐며 절규한다. 손자인 정모를 두고는 "거머리처럼 부모 등골 뽑아먹으며 살 거"라는 저주의 말을 퍼붓고 손녀인 연수에게는 "너는 정모한테서 평생 벗어날 수 없을 거다" "부모 죽고 나면 너 혼자 독박 쓰는 건데 네년 말년이 나보다 나을 거 같냐?"며 "악의에 사로잡힌 얼굴로 온갖 말을 쏟아"내다가 "마지막에는" "눈을 똑바로 들여다보며" "너는 절대 애 낳을 생각 마라, 상상도 하지 마"라고 경고한다.

그래서 연수와 정모는 어느 날 이런 대화를 나눈다.

—왜 아냐? 할머니가 맨날 나한테 하는 소리잖아. 이런 미친 거를 낳아놓고 니 엄마가 뻔뻔하게 미역국을 먹었다. 자식이 병신이라 니 아빠가 어깨도 못 펴고 다닌다. 맨날 그러잖아.
—그건.
나는 이를 꽉 문다.
—할머니가 병신이라서 그래.
할머니가? 정모가 충격받은 얼굴로 나를 올려다본다.
—할머니는 금방 죽어. 그러니까 신경쓰지 마.
—금방 언제?
—두 달 뒤.(203쪽)

이렇게 연수는 정모와 그녀가 더러운 피를 물려받았다고 우기는 할머니에게 그 더러운 피의 원조가 바로 당신이라는 사실을, 비극적인 미래를 예시하며 저주하는 할머니에게 당신의 임박한 미래야말로 비극적 죽음이라는 것을 말해준다. 병신을 병신으로 돌려주고, 죽기를 바라는 마음을 죽기를 바라는 마음으로 돌려준다.

할머니의 악의와 달리 연수가 만든 단톡방은 "호의"에서 시작된 것이었다. "정모가 자주 사라졌으니까". 연수는 정모를 찾아내서 알려준 단톡방 사람에게 "보답으로 편의점 과자나 음료 기프티콘을 보내줬"고 그 덕분에 "누구보다 빨리 정모를 찾아낼 수 있었다." 그 방은 어느새 거대해져 이제 "누가 누구인지도 알 수 없"는 오십여 명의 사람들이 모여 온종일 괴물에 대해 떠들고 끊임없이 괴물을 뒤쫓고 괴물 사진을 찍어 보내고 보상을 요구하는 '괴물출현방'이 되었다. 그래서 정모는 "학교 가는 걸 점점 두려워"하게 되고 "누군가 자신을 뒤쫓고 있다고, 감시하고 있다고" 느낀다.

정모는 급기야 자신을 보호 병동에 보내고 자신에게 약을 먹이려는 엄마와 아빠까지 의심하는 지경에 이른다. "왕개미가 변신해 엄마 아빠인 척하는 거라고, 자신을 세뇌시킬 개미알을 숨겨와 먹이려 한다고, 진짜 엄마 아빠를 구하러 가야 한다고". 연수는 두렵다. 정모가 점점 악화되는 게 자기 때문인 것만 같다. 연수는 정모에게 약을 먹이려다 정모가 개미알이라 부른 "작고 둥근 타원형의 알약을 입에 넣고 삼킨다."

연수마저 병에 잠식될까 두려워진 엄마와 아빠는 그녀를 다른 곳으로 보내려 한다. 연수는 "미치지 않아서 나를 버리는 거야?" 라고 묻지만 엄마는 "네가, 잠깐이라도 온전히 네 삶을 살았으면 해서" 그런다고 말해준다. 연수의 의도가 선했듯이 엄마 아빠의 의도도 선한 것이다. 연수는 이모 집으로 가서 겨울을 보내고 새 학기에 기숙사로 들어갈 예정이었다. "가족과 완전히 무관한 삶" 을 살 생각이었다. "누구도 내게 정모 소식을 전할 수 없도록 모든 통로를 밟아 없애"려고 결심했다. 그러나 연수는 정모를 지키려고 만들었으나 정모를 괴물로 만들고 만 '괴물출현방'을 삭제하지 못하고, "줄지어 올라오는 정모의 사진을 무시할 수 없다." 연수는 정모를 데리러 간다. 정모를 발견하고 바라보고 망설이다 결국 정모를 부른다.

> 정모야, 하고 부른다. 다른 누구도 아닌 정모를 부른다. 흙 바닥을 더듬고 있던 정모가 나를 돌아본다. 나는 목이 잠긴 채로 정모에게 손짓한다. 이리 오라고, 내 옆에 있으라고 말한다. (219~220쪽)

왜 연수는 다시 돌아왔는가.

그 이유를 암시하는 숨겨진 장면이 소설의 맨 마지막에 놓여 있다. "보호 병동에 입원하기 전날"의 정모를 연수는 "분명히 기억하고 있다." 연수는 정모를 지키지 못했는데 정모는 그날 그녀를 지키려 했다. 그날 정모는 연수를 밀치고 몰아내며 "아저씨한테 다 들켰다고" "아저씨가 누나를 봐버렸"다고 발광한다. 정모는 '아저씨'로 상징되는 저 심연의 구멍으로부터 연수를 밀어내기 위해 안간힘을 쓴다. 저 심연과 눈이 마주치면 얼마나 힘든지 너무도 잘 알고 있기에. 사실 연수와 정모는 위태로울 만큼 가까운 사이로, 정상도 아니고 비정상도 아니다. 연수에게 정모는 '젖은 흙 냄새'가 나는 개였고, 정모에게 연수는 '꼬리가 흰 여우개'였다. 연수는 "미간을 바로잡고 가능한 한 평온한" 엄마의 얼굴을 하고, 정모는 '눈 꽉 감고 잠들면 다 사라진다'는 아빠의 말을 한다. 정모와 연수가 "똑같이 눈을 꽉 감"는 순간, 우리는 알지 못한다. 그날 그들이 심연과 하나가 되었는지 가까스로 심연에서 떨어져나왔는지.

어쩌면 이 소설은 그날의 정모로부터 분리되었던 연수가 다시 그날의 정모에게로 돌아오는 힘겨운 여정인지도 모른다. 그 경로는 단일하지 않다. 한마디 말마다 섬세한 불안이 숨쉬고, 문장은 중단되고 비틀리고, 행간마다 날카로운 비명들이 잠복해 있다. 모퉁이마다 공포가 흩뿌려져 있으며, 사방에서 사랑과 증오가 번득인다. 「그날의 정모」는 그 두렵고 길고 꼬불꼬불한 통로를 통과하기보다 "꽉꽉 밟아" 부수며 마침내 지옥을 향해 함께 손잡고 가는 남매의 행복한 악몽의 기록이다. 문득 그들이 돌아서서 묻는다.

"누가 더 위험하지? 누가 더 끔찍하지? 대체 누가 더?"

심연과 눈이 마주칠까 두려워 끝내 우리조차 눈을 꽉 감게 만드는, 이게 안보윤의 소설이다.

강태식

그래도 이 밤은

작가노트

서원에게

리뷰 | 이승우

견디게 하는 이야기

강태식
2012년 장편소설 『굿바이 동물원』으로 한겨레문학상을 수상하며 등단.
황산벌청년문학상 수상. 소설집 『영원히 빌리의 것』, 장편소설 『리의 별』,
중편소설 『두 얼굴의 사나이』가 있다.

그래도 이 밤은

그날 오후, 행크 셔먼은 그때까지 살면서—일흔세 살이 될 때까지—한 번도 겪어보지 못한 일을 겪어야 했는데, 그것은 예전에 이웃이었던 수다쟁이 존슨 테일러가 아는 사람이 겪은 일이라며 들려준 이야기와 완전히 일치하는 것이었다.

"자네도 칼 알지? 왜 예전에 삼거리에서 철물점 했던 꺽다리 있잖아."

존슨은 아내인 도로시와 함께 가끔씩 놀러와 저녁을 먹고는 했는데, 식탁이 치워지고 나면 거실 소파에 밤늦게까지 눌러앉아 버드와이저를 홀짝거리며 남 이야기 하는 것을 좋아했다.

"길을 가다가 나이든 아들이 바람피우는 걸 봤대. 착한 친구였는데, 정말 안됐어. 오, 불쌍한 칼."

그런 이야기를 입에 올릴 때 존슨은 소파 팔걸이 위에 놓인 리

모컨을 들어 티브이 음량을 줄였고, 행크가 자기 이야기를 주의 깊게 듣는지 끊임없이 살피고는 했다.

"나라면 절대 그렇게 점잖게 행동하지는 못했을 거야."

행크는 그때 자기가 어떤 말을 했는지, 무언가 말을 하기는 했는지 기억하지 못했다. 소파에 앉아—존슨과 한 자리 떨어진 곳에 앉아—그냥 켜둔 티브이를 아무 생각 없이 들여다보며 딴생각에 빠져 있었을 가능성이 더 컸다. 늘 그랬던 것처럼.

"암, 그렇고 말고. 절대 그렇게는 못하지."

행크의 아들은 마흔여섯 살이었고, 유능한 성형외과 전문의였으며…… 그때까지 행크는 한 번도 자기 아들이 그런 행동을 하리라고 생각해본 적이 없었다. 하지만 그날 오후 어떤 낯선 여자와 함께 호텔 정문에서 나온 사람은 행크의 아들인 브라이언이 맞았다.

원래 그 길은 행크가 지나다니던 길이 아니었다. 아주 오래전에 그 길은 아무것도 없는 벌판이었다가, 뜨내기나 이민자들이 허름한 집을 짓고 잠깐씩 살다 가는 빈민가였다가, 한동안은 좌판에 채소나 생선 같은 것들을 올려놓고 파는 시장이었다가, 비교적 최근에 호텔 몇 곳이 들어서면서 모습을 완전히 바꾼 참이었고, 행크는 그 모습을 처음부터 끝까지 전부 지켜본 그 지역 토박이였다. 하지만 행크가 그 길로 다닌 건 손가락으로 꼽을 수 있을 정도였다.

이웃인 존슨네가 교외로 이사를 가지 않았다면, 존슨의 아내인 도로시와 행크의 아내인 아만다가 서로를 이웃 이상으로 가깝게 여기지 않았다면, 도로시가 매일 전화해 시골에서 살면 어떤 좋은 점이 있는지 물으며 수다를 떨지 않았다면, 어느 날 아만다가 저녁 식탁에 앉아 시골로 이사가자는 이야기를 진지하게 꺼내놓지 않았다면, 아만다의 생각이 매일 저녁 식탁 위에 올라올 만큼 완고하지 않았다면, 집안에 개미가 돌아다니지 않았다면, 이웃에 사는 젊은 부부가 매일 밤 소리를 지르며 싸우지 않았다면, 이런저런 것들을 끊임없이 손봐야 할 만큼 집이 낡지 않았다면, 그런 문제들이 아만다에게 실제보다 더욱 큰일처럼 느껴지지 않았다면, 지금 살고 있는 집을 내놓은 부동산 업자의 사무실이 그 길 어딘가에 있지 않았다면, 매매와 관련된 몇 가지 예비 서류에 서명할 필요가 없었다면, 그런 일은 직접 만나서 해야 한다고, 전화로 일처리를 하는 건 자기 방식이 아니라고 행크가 고집을 부리지 않았다면…… 그날도 행크는 그 길에 갈 일이 없었을 것이다. 그 많은 일이 그런 방식으로 겹치지 않았다면 그랬을 것이다.

처음에 행크는 호텔에서 나오는 아들과 눈이 마주쳤다고 생각했고, 아들이 자기를 알아보았다고 확신했다. 행크는 호텔을 나서는 브라이언과 그에게 접착제로 붙여놓은 듯 찰싹 달라붙어 있는 여자를 본 순간 그 자리에서 나무 막대기처럼 딱딱하게 굳어버렸다. 거리를 지나다니는 많은 사람들 중 행크처럼 뻣뻣하게 굳은 얼굴로 뚫어져라 한 곳만 바라보는 이는 아무도 없었다. 우아한 테라스 카페와 천장이 높고 고급스러운 가죽냄새가 밴 구두 가게와 크고 두꺼운 통유리 너머로 깜짝 놀랄 만큼 비싼 명품 옷들이 화사하게 걸려 있는 편집숍과 회원제로 운영되는 술집들이 늘어서 있는 거리에서는 아무도 그러지 않았다.

어쨌거나 행크는 그 길에서 가장 눈에 띄는 사람이었고, 그건 사람들이 행크 곁을 지나쳐가며 어떤 표정을 짓는지만 보아도 알 수 있었다. 사람들은 일이 초쯤 행크를 유심히 바라보거나 그러지 않기 위해 애써 다른 곳으로 눈을 돌리거나 했고, 어떤 사람들은 길 중간에 뻣뻣하게 서 있는 늙은 남자를 피해 몇 걸음 돌아가기도 했다. 하지만 행크는 사람들이 그러는 줄도 모르는 것 같았고, 그래서 더 사람들의 눈에 띄었다. 브라이언과 브라이언 곁에 달라붙어 있는 여자만 빼면 그랬다. 그들은 유원지를 돌아다니는 어린 아이들 같았고, 행크는 그들이 왜 좀더 신중하고 조심스럽게 행동하지 않는지 이해할 수 없었다. 그는 한동안 그 자리에 서 있다가 브라이언이 충분히 멀어진 뒤에 아들의 등을 바라보며 걸었다.

행크는 너무 빠르거나 너무 느리게 걷지 않으려 주의하면서 브라이언이 얼마나 가정에 충실했는지, 매기와 두 아이들에게 얼마나 잘해주었는지 생각했다. 행크와 아만다는 대부분의 크리스마스를 브라이언의 집에서 보냈는데, 그러지 않을 때는 브라이언과 매기가 아이들을 데리고 행크의 집으로 왔다. 한 번도 빠짐없이 매년 그랬다. 하얗게 부푼 솜과 플라스틱 별과 깜빡거리는 꼬마전구와 손가락만한 지팡이 같은 것들로 크리스마스트리를 꾸미거나, 다 같이 둘러앉은 자리에서 캐럴을 크게 틀어놓고 선물을 풀어보거나, 소스를 바른 뒤 오랫동안 오븐에 구운 칠면조 요리를 저녁 식탁 위에 내놓을 때도 브라이언과 매기 사이에는 아무 문제가 없는 듯 보였다. 매기는 브라이언의 옷매무새를 바로 잡아주거나 손에 닿지 않는 곳에 놓인 그릇을 집어주거나 했고, 브라이언도 매기에게 그렇게 했다. 행크는 아들 부부가 강바닥에 깔린 자갈처럼 작고 단단하며, 시간이 지날수록 더욱 단단해지고 있다고 느꼈다. 행크는 마주 오던 군인과 어깨를 부딪혔고, 그 충격이 가실 때까지 군인의 얼굴을 멍하니 바라보다 다시 걷기 시작했다.

브라이언과 여자가 갑자기, 아무런 전조도 없이 걸음을 멈추고 길 위에 서서 몇 마디 말을 주고받기 시작했다. 예전에 하려던 어떤 말이 불현듯 생각났거나―돌려받지 못한 물건이나 얼마 남지 않은 기념일이나 같이 알고 있는 지인의 소식, 아니면 어떤 계획의 세부 같은 것들―사소한 일에 대한 의견을 묻고 대답하는 것 같았다. 행크는 보석상 앞에서 걸음을 멈추고 진열장 안에 놓인 것들을 바라보았다. 반지와 팔찌와 귀걸이와 시계와 거기 박힌 반짝이는 것들…… 잠시 후에 브라이언과 여자가 다시 걷기 시작했고, 행크는 보석 진열장 앞에 좀더 머물다가 다시 그들의 뒤를 따랐다.

브라이언과 여자는 곧 그 길에 있는 고만고만한 카페들 중 한 곳에 자리를 잡았다. 실내가 넓고 천장이 높으며 햇빛이 잘 드는 프랜차이즈 카페였는데, 그들은 문을 열고 들어간 뒤에 두리번거리거나 망설이는 기색 없이 제일 안쪽 자리까지 걸어가 그곳에 앉았다. 행크는 카페 출입문 옆 테이블에 앉아 브라이언과 여자가 자리에서 이야기를 나눈 뒤 커피를 주문하고, 주문한 커피를 가져와 테이블 위에 올려놓고, 다시 이야기를 나누며 커피를 마시는 모습을 지켜보았다.

카페에는 사람들이 쉴새없이 들락거렸고, 그때마다 출입문이 열렸다 닫히며 입김처럼 탁한 바깥의 열기가 안으로 들어왔다. 거리에서 떠돌던 소리들이—누군가의 이름을 부르는 소리와 한순간 부풀었다가 사라지는 웃음소리와 갑작스러운 기침소리와 어디선가 틀어놓은 음악소리와 누군가가 캐리어를 끌고 지나가는 소리 같은 것들이—문틈으로 새어들었다. 행크가 앉은 쪽 창에만 블라인드가 달려 있지 않았다. 델 것처럼 뜨거운 햇볕이 바닥과 테이블과 행크의 굽은 등과 검버섯이 핀 한쪽 팔과 백발로 뒤덮인 정수리를 달구었다.

잠시 뒤에 행크가 주문한 커피가 나왔고, 그는 커피와 비닐로 포장된 쿠키가 올려진 쟁반을 들고 테이블로 돌아와 앉았다. 매장 안에는 커피 냄새가 가득했고, 조용한 피아노곡이 무거운 연기처럼 낮게 떠다녔다. 쿠키는…… 평소의 행크는 쿠키 같은 것을 먹는 사람이 아니었다. 쿠키를 먹어야 할 만큼 배가 고프지 않으면 그랬다.

"토스트라도 한 조각 먹고 나가요."

그날 아침 아만다는 행주로 싱크대를 닦으며 매일 하는 몇 가지 잔소리를 또 했는데 아침을 챙겨 먹으라는 것도 그중 하나였다.

"우유를 한잔 마시든지요."

행크는 사십 년 동안 트럭 운전을 했다. 아침은 늘 걸렀고, 오래도록 아무것도 먹지 않다가 시간이 나면 한꺼번에 몰아서 먹었다. 트럭 운전사는 느긋하게 식사를 할 수 있는 직업이 못 되었다. 그 때문에 행크는 다섯 곳의 병원에 다니고 있었고, 매일 일곱 가지의 약을 복용했다. 트럭 운전을 하다가 퇴직한 남자들은 다 그랬다. 그러면서 식구들을 먹여 살렸다. 집을 건사했고 자식을 키웠다. 행크는 그때의 버릇을 버리지 못했다. 아만다가 늘 그것 때문에 걱정한다는 것을 알았지만.

"당신도 의사가 하는 말 들었잖아요."

아만다는 행크를 식탁에 앉히기 위해 애를 썼고, 그날 아침에도 그랬다. 행크는 그냥 식탁 의자에 앉아 아만다가 준비한 것들을 입에 넣고 씹기만 하면 되었다. 빵과 계란과 베이컨과 신선한 과일과 우유 한 잔…… 그런 것들이 꽃무늬가 들어간 식탁보 위에, 평소와 같은 방식으로 놓여 있었다.

"지금은 먹고 싶지 않아."

행크는 손을 한 번 내저으며 말했고, 아만다의 깊게 들어간 눈을 바라보며 좀더 다정하게 다시 말했다. 그러려고 노력은 했다.

"그냥 놔둬. 갔다 와서 먹을게. 그때는 먹을 수 있겠지."

"그전에 정신을 못 차릴 만큼 배가 고프겠죠."

늘 그런 것은 아니지만 아만다의 말은 거의 옳았고…… 사실 아만다의 말은 늘 옳았다. 행크는 배가 고팠다.

"그러다가 의사가 먹지 말라는 게 눈에 띄면, 그게 뭐든 입에 밀어넣겠죠. 아니에요?"

카페에서는 보기에만 그럴듯한 쿠키를 비싸게 팔고 있었고, 그는 쟁반에 담아온 것들을 테이블 위에 천천히 옮겨놓으며 아만다를 생각했다. 그리고 아만다가 지금 같이 있지 않은 것이 얼마나 다행인지 모른다고 생각했다. 아만다에게도 자신에게도.

아들과 여자는 여전히 그 테이블에 앉아 있었고, 주변을 거의 경계하지 않은 채 이야기를 하거나 커피를 마시거나 그 두 가지를 동시에 하거나 했다. 가끔씩 자기들 테이블 곁으로 사람이 지나갈 때면 잠깐 고개를 들기도 했지만 경계와는 거리가 멀었다. 그들은 그냥 고개를 한 번 들었다 내린 뒤 다시 이야기를 계속했다.

행크는 커피가 담긴 종이컵을 들어올렸다가 다시 내려놓았다. 냅킨을 바닥에 떨어트린 뒤에 허리를 굽혀 주웠고, 물티슈로 테이블에 진 얼룩을 닦았고—얼룩이 지워지지 않는다는 것이 확실해질 때까지 뽀득뽀득 소리를 내면서 닦았고—두세 번쯤 햇볕을 피해 자리를 옮길까 했다가 그만두었다.

쿠키의 비닐 포장은 셀로판테이프로 단단히 봉해져 있었다. 행크는 짧게 깎은 손톱으로 테이프를 긁고 또 긁었다. 테이프 모서리가 손톱 끝에 걸렸다가 빠져나갔고, 그때마다 비닐이 바스락거리는 소리가 났다.

쿠키는 너무 달고 너무 딱딱했다. 단것을 싫어하지는 않지만 너무 단 것은 싫었고…… 쿠키는 끔찍하게 달았다. 게다가 행크가 다니는 치과의 의사는 행크가 계속 딱딱한 것을 씹으면 오래지 않아 아무것도 씹지 못하게 될 거라고 경고했는데, 쿠키는 돌처럼 딱딱했다. 아만다는 행크가 딱딱한 것을 씹을 때마다 치과의사가 어떤 말을 했는지 상기시킨 다음 꼭 한두 마디씩 보태고는 했다. 이건 아주 중요한 문제예요. 아직은 중요한 문제가 아니

242

지만 일단 중요한 문제가 되면 다른 어떤 문제보다 중요해질 거라는 걸 잊지 말아요.

그는 입안에 든 것을 뱉지 않기 위해 큰 인내심을 발휘해야 했다. 삼키는 데는 그보다 두 배나 더 큰 인내심이 필요했다. 행크는 쿠키를 잠시 들고 있다가 테이블 위에 내려놓았고, 두 번 다시 쳐다보지도 않았다. 마치 쿠키가 그런 취급을 받을 만한 짓을 저질렀다는 듯이.

그러는 동안에도 그는 아들과 여자에게서 눈을 한 번도 떼지 않았다. 테이프를 손톱 끝으로 긁을 때도. 입안에 든 쿠키가 침에 녹아 사라지기를 기다리며 오물거릴 때조차. 브라이언은 단추가 두 개 풀린 네이비색 셔츠에 비싸고 편안해 보이는 면바지를 입고 있었다. 그는 모든 면에서 성공적인 삶을 살아온, 더 많은 성공과 풍요를 보장받은 중년의 남성처럼 보였고, 실제로도 그러했다. 여자는 지나치게 화려한 분위기를 풍겼는데 행크는 그게 짙은 화장과 노출이 심한 옷차림 때문이라고 생각했다. 여자는 젊고 예뻤다. 태어나서 지금까지 계속 그랬고, 잠시도 그렇지 않은 적이 없었을 것이다. 하지만 여자는 그런 것들을 잃고 나면 손에 아무것도 쥐고 있지 않을 것이었고, 몇 년 안에 그렇게 될 것처럼 보였다. 그리고 행크가 보기에 몇 년은 그렇게 긴 시간이 아니었다.

여자는 물건들을 조심성 없이 다루었으며, 지나치게 자주 웃었고, 테이블 밑에 있는 다리를 한순간도 가만히 두지 못했다. 행크는 쉴새없이 다리를 떨고 있는 여자를 바라보며 아들이 겪게 될

곤경과 비난의 말과 실망어린 눈빛들을 생각했다. 예전과는 전혀 다르게 흘러갈 아들의 삶도.

삼십 분이 지난 뒤 행크는 쟁반을 들고 자리에서 일어났다. 아들과 여자는 행크가 그 카페에 앉아 있는 삼십 분 내내 서로의 손을 쥐거나 머리를 쓰다듬거나 얼굴을 만지거나 했고, 삼십 분을 더 그곳에 머물면서 지켜본다 해도 계속 그럴 것 같았다. 행크가 쟁반 위에 있는 것들을 정리해 버릴 때도 아들은 여자의 얼굴에 가만히 손바닥을 대고 있었다. 행크는 고스란히 남은 커피를 음료 버리는 곳에 쏟아붓고, 쟁반 위에 있는 나머지 것들은 일반 쓰레기통에 밀어넣은 뒤, 다른 쟁반들이 겹겹이 쌓여 있는 곳에 자기가 사용한 쟁반을 올려놓았다.

손이 비자 행크는 그곳과, 그곳에 있는 많은 것에서 벗어난 느낌을 받았다. 아들에게서, 아들과 같이 있던 여자에게서, 테이블에 진 얼룩과 정수리를 달구던 햇볕과 모든 면에서 끔찍했던 쿠키와…… 무엇보다 그 모든 것을 지켜보고 겪은 자기 자신에게서 놓여난 것 같았다. 짧은 한순간, 다 쓴 쟁반을 다른 쟁반들 위에 내려놓을 때, 딱 한 번 그런 느낌이 들었다. 그럴 수 없다는 것을 알았지만 깨끗이 손을 털고 일어난 것 같았다. 짧은 순간. 딱 한 번.

사실 그는 카페에 앉아 있는 동안 한 가지 상상을 끊임없이 했고, 그것이 옳지 못하다는 것을 인정한 뒤에도 그 상상에서 완전히 놓여나지 못했다. 그는 아들이 있는 곳으로 천천히 걸어가는 자신의 모습을 강박적으로 떠올렸다. 주먹으로 아들의 얼굴을 후

려치고, 엄한 목소리로 아들의 잘못된 처신을 꾸짖고, 아들을 앞장세운 채 카페에서 나가고, 그전에 가만히 앉아 있으라고 여자에게 소리를 지르고. 아가씨 인생은 아가씨 마음대로 살아도 되지만 지금은 그 자리에서 엉덩이를 뗄 생각도 하지 말라고 단단히 못을 박고…… 그런 장면들이 행크의 모든 것을 쥐고 놓아주지 않았다. 하다못해 아들이 고개를 들 때까지 아들 곁에 서 있을까도 생각했다. 너무 놀라서 자신의 잘못된 행실을 깨달을 때까지, 자기가 가진 것들이 얼마나 소중한지 돌아볼 때까지 그저 아들 곁에 가만히 서 있기만 해도 되었다. 옷장이나 화분처럼. 그것이 더 낫고 더 효과적이며 더 현명한 방법 같았다.

하지만 행크는 아무 짓도 하지 않았다. 어떻게 자기가 그럴 수 있었는지 몰랐지만 그는 그렇게 했다. 그는 자기가 사용한 것들을 모두 정리한 뒤에 그곳에 있는 어느 누구보다 조용히 문 쪽으로 걸어갔다. 혼자서 커피를 마신 뒤에 집으로 돌아가는 노인처럼. 수다쟁이 존슨은 생각이 다를지도 모르지만, 그러는 것이 가장 현명한 행동 같았고…… 행크는 존슨도 자기와 똑같이 했을 것이라고 생각했다. 그냥 조용히 걸어서 그 자리를 떠났을 거라고.

카페 문에는 당기시오, 라는 아크릴 표지판이 붙어 있었고, 행크보다 앞서 걷던 남자가 행크가 지나가도록 문을 잡아주었다.

"고맙소."

"더 도와드릴 일이 있으면 말씀하세요."

밖으로 나온 뒤에도 남자는 카페 앞 거리에 서서 걱정스러운 눈빛으로 행크의 안색을 살피며 정말 괜찮은지 거듭 물었다. 행크는 괜찮다고 대답한 다음 남자가 입을 다물고 제 갈 길을 갈 때까지 그 자리에 서서 아무 말도 하지 않았다. 남자는 행크의 안색을 한번 더 살핀 후에 잠깐 머뭇거리다가 가버렸고, 행크는 유리창 너머로 카페 안을 들여다보았다.

브라이언은 여전히 여자의 얼굴에 손바닥을 대고 있었다. 잠깐 뗐었다가 다시 가져다댄 것인지도 몰랐지만 행크가 볼 때는 그런 적이 없는 것 같았다. 행크는 카페 밖에 서서 아들의 모습을 한동안 더 바라보다가 그 자리를 떠났다. 자신의 일부가 그곳에 남아 계속 아들을 지켜보리라는 것을 알았지만 그는 그렇게 했다.

부동산 중개업자의 이름은 힐다였고, 약속한 것보다 한 시간 가까이 늦었는데도 책상에서 일어나 행크를 반기며 악수를 청했다. 날씨가 정말 덥네요. 힐다 존슨입니다. 행크 셔먼이오.

그녀는 행크가 그때까지 만나본 여자들 중에 정장 블라우스와 스커트를 가장 정장 블라우스와 스커트답게 입을 줄 아는 여자였다. 깔끔하고 엄격하며 다리미를 가지고 다니면서 구김이 갈 때마다 펴는 것처럼 반듯했다. 동네 마트에 잠깐 다녀올 때도 똑같이 하고 나갈 것 같았다. 그럴 리 없겠지만 그래 보였다.

손톱은 빨간 매니큐어를 칠했고—정확히 말하면 빨간색이 아니라 빨간색에 가까운 어떤 색인데 행크는 그게 정확히 어떤 색인지 몰랐다—짧고 둥글게 깎여 있었다. 손마디가 굵고 아귀힘이 셌으며 손이 아주 단단했다. 악수할 때 행크는 늘 그런 것들을 눈여겨봤고, 그런 것들로 그 사람을 알 수 있다고 생각했다. 힐다와 악수를 하고 난 뒤에 행크는 이 부동산 중개업자가 믿을 만한 사람이라고 확신했다.

"전화로도 말씀드렸지만 아직은 그렇게 중요한 단계가 아니에요. 우선 그쪽으로 앉으세요."

힐다가 권한 짙은 갈색 소파는 아직 쿠션이 꺼지지 않은 새것이었다. 몸이 큰 사람이 부는 튜바 소리처럼 묵직한 가죽냄새가 났고, 소파 위에는 아무것도 놓여 있지 않았다. 한쪽 벽에는 벽시계와 오래전부터 그곳에 걸려 있었을 것이 분명한, 캘리포니아주에서 발급한 부동산 라이선스가 걸려 있었다. 다른 쪽 벽에는 그 일대의 지도가 붙어 있었다. 힐다가 서류 몇 장을 들고 와 행크의 맞은편 소파에 앉았다. 그녀는 손가락으로 서류를 한 장씩 넘기며 말했다.

"이것도 전화로 말씀드린 것 같은데…… 오늘은 서류 몇 장만 보시면 돼요. 직접 오지 않으셔도 되고, 서명은 제가 대신 해도 아무런 문제가 없지만…… 그래요. 일 처리는 확실하게 하는 게 좋겠죠."

문 옆에는 벵갈고무나무 화분이 자리잡고 있었다. 커다란 잎들이 깨끗한 천으로 방금 닦은 것처럼 조명을 받아 반짝거렸다. 천장 에어컨이 찬바람을 내보내고 있었고, 책상 위에 놓인 서류 뭉치가 바람에 들썩이면서 바스락거리는 소리를 냈다. 행크는 그런 것들을 하나하나 둘러보다가 사무실 안쪽 벽에 서 있는 장식장을 바라보았다. 책이 여러 권 꽂혀 있고, 사진을 끼운 작은 액자들이 자리를 차지하고 있으며, 맨 위 칸에는 오래된 상패 몇 개가 놓인,

유리문이 달린 평범한 장식장이었다.

"서류 하단에 이 부분은요……"

맞은편에서 간간이 힐다의 목소리가 들려왔다. 힐다는 행크가 보아야 할 서류에 대해 설명하고 있었고…… 행크는 마치 그러지 않으면 안 되는 어떤 이유라도 있는 것처럼 장식장을 계속 바라보며 브라이언이 아직 그곳에 앉아 있을지 생각했다. 카페에. 그 여자와 함께. 그 여자의 뺨에 손을 대고서.

"물론 부수적인 내용이긴 해요. 직접적인 관련은 없지만……"

아주 오래전에―브라이언이 이가 죄다 썩을 만큼 군것질거리를 좋아하던 시절에―아만다는 브라이언의 과자 바구니를 부엌 찬장 위에, 고개만 들면 훤히 보이는 곳에 놓아두고는 했다. 그때는 모두 그렇게 했고, 손이 닿지 않는 높은 곳에 놓아둔 과자 바구니가 아이의 절제심을 키우는 데 도움이 된다고 믿었으며, 그래서 아만다도 그렇게 한 것뿐이었다.

행크는 어쩌다 한 번씩, 갈아입을 속옷이 떨어졌거나, 운전대를 붙잡고 있지도 못할 만큼 몸이 아프거나, 가족이 그렇거나, 빠지면 아주 오랫동안 두고두고 욕을 먹어야 하는 행사가 있거나 할 때만 불규칙하게 집에 들어왔다. 그때는 다들 그렇게 살았고, 트럭 뒷좌석에 냄새나는 이불과 땀에 전 러닝셔츠와 반쯤 먹다가 놓아둔 햄버거와 바닥에 아직 부스러기가 남은 과자 봉지 같은 것들을 싣고 다니며 하루에도 몇 차례씩 주 경계선을 넘는 운전 기사들은 특히 더 그랬고…… 그러니까 그날은 그런 불규칙한 날들 중의 하루였다.

행크는 울타리 문을 열고 망가진 그네와 이런저런 잡동사니들이 놓여 있는 마당을 가로질러 한 번에 한 칸씩 포치 계단을 밟고 올라갔다. 세번째 계단의 널판을 밟을 때 작게 삐걱대는 소리가 난 것 같았다. 행크는 한 칸 밑으로 내려갔다가 다시 세번째 계단의 널판을 밟고 올라갔다. 삐걱대는 소리가 났고, 행크는 일하러 나가기 전에 계단을 손봐야겠다고 생각했다. 지난번에는 잊었지만 이번에는 꼭, 못을 널판에 가져다대고 망치로 탕탕탕 두드려야겠다고 마음먹었다.

그날이 아마 그해 가장 더운 날이었을 것이다. 어쩌면 다른 날이 그날보다 더 더웠을 수도 있지만, 행크의 기억으로는 그랬다. 현관문이 열려 있었고, 방충문만 닫혀 있어 간간이 미지근한 바람이 드나들었지만 집안의 열기를 식히는 데는 아무런 도움도 되지 않았다. 거실은 암막 커튼이 쳐져 있어서 캄캄했고—밖에 있다가 들어오면 한동안은 아무것도 보이지 않았고—사람이 살지 않는 빈집처럼 조용했다. 아만다는 침실에 누워 있는 것 같았다. 더운 날에는 손가락 하나 까딱하기 싫다며 낮잠을 자고는 했으니까.

집안 어딘가에서 작은 소리들이 들려오고 있었다. 행크는 눈이 제 구실을 할 때까지, 뭐든 하나라도 제대로 좀 보일 때까지 거실에 서서 기다리며 그 소리에 귀를 기울였다. 한동안 달그락거리고 삐삐거리는 소리가 났고, 바닥을 딛는 소리와 의자를 끌어 옮기는 소리가 들리더니 다시 달그락거리고 삐삐거리는 소리가 이어졌다. 그리고 그 모든 소리의 저변에는 아이가 끙끙대는 소리가 깔려 있었다. 간절하고 힘겹고 은밀하며 재채기처럼 감출 수 없는. 행크는 부엌으로 조심스럽게, 발소리를 죽여가며 걸어갔다. 그래야 할 이유가 있는 것은 아니었고, 행크도 자기가 왜 그러는지 몰랐지만, 아무튼 그는 그렇게 했다.

커튼이 쳐져 있지 않아 부엌은 밝았다. 싱크대 앞에 난 창문 너머로 햇빛이 장대비처럼 들이쳤고―평소 아만다는 싱크대에 서서 그릇들을 만지작거리는 동안 창밖에 있는 것들을 바라보고는 했다. 마치 창밖에 뭔가 있고 그걸 바라보기 위해 그곳에 서 있다는 듯이―그날 브라이언은 체크무늬 반팔 셔츠에 행크가 입던 긴 바지를 무릎까지 잘라 만든 흰색 반바지를 입고 있었다. 아이는 식탁 의자 위에 올라서서 찬장 위에 놓아둔 과자 바구니를 향해 손을 뻗고 있었다. 어쩌다 한 번씩 아이의 손가락 끝이 과자 바구니에 가닿았지만 그럴수록 바구니는 뒤로 밀려 달아나기만 했다. 그러면 아이는 더욱 간절히 손을 뻗었다.

아이의 몸에 밀려 찬장이 흔들렸고, 그때마다 찬장 안에 있는 것들이 들썩이거나 서로 부딪히며 달그락거렸다. 식탁 의자가 짧고 강하게 부엌 바닥에 끌리며 삑삑 소리를 내고 있었다. 행크는 아이에게 조심하라는 말을 하려 했고―아들이 식탁 의자에서 떨어져 다치기를 바라지 않는 부모라면 마땅히 그래야 한다고 생각했고―과자 바구니에 온정신이 팔려 있는, 아직 자기 몸을 돌볼 만큼 충분히 자라지 않은 아이의 이름을 조심스럽게 불렀다.

"브라이언!"

그 이후에 정말 많은 일이 한꺼번에 벌어졌다. 아이가 고개를 돌려 행크를 바라봤고, 아이의 눈과 행크의 눈이 마주쳤고―행크에게는 그 시간이 아주 길게 느껴졌지만 짧은 한순간 그랬고—아이가 아빠, 라고 말하는 소리가 들렸고, 아이의 몸이 옆으로 기울었고, 옆으로 기울다가 완전히 중심을 잃었고, 식탁 의자가 큰 소리를 내며 바닥에 쓰러졌고, 그와 동시에 아이의 머리가 부엌 바닥에 부딪혔고, 행크가 아이의 이름을 부르며 아이에게 달려갔고, 막 침실에서 나온 아만다가 몇 걸음 떨어지지 않은 곳에 서서 비명을 질렀고…… 행크는 잠든 것처럼 가만히 쓰러져 있는 아이의 몸을 흔들었다.

"얘야, 브라이언. 괜찮니?"

얼마 후에—오 분쯤 후에—깨어난 브라이언은 너무 놀라 훌쩍이며 울기 시작했고, 딸꾹질을 오래도록 심하게 했다. 그런 다음 아이는 울음을 그치고, 딸꾹질을 멈추고 한두 시간쯤 자기 방에 틀어박혀 있다가 나와서 다시 평소처럼 지냈다. 평소처럼 웃고, 평소처럼 말하고, 평소처럼 뛰어다니며, 평소와 완전히 똑같이.

"셔먼 씨?"

하지만 행크와 아만다에게 그 오 분은 그후에도 결코 흘러가지 않았다. 아이가 기절한 채 바닥에 쓰러져 있었고, 아무리 이름을 부르고 몸을 흔들어도 소용이 없었으며, 영영 깨어나지 않을 것 같았으니까. 브라이언이. 그들의 아이가. 그래서 그들에게 그 시간은 흘러 지나가지 않았다. 이후에 그들은 그 시간에 대해 어떤 식으로도 이야기하지 않았다. 어쩌다가 불쑥 생각났다는 듯이 입에 올릴 수도 있었지만 그들은 한 번도 그러지 않았다.

"셔먼 씨?"

맞은편에 앉은 힐다가 상체를 앞으로 기울인 채 행크의 얼굴을 빤히 들여다보고 있었다. 마치 그렇게 하면 행크를 그 자리에 붙잡아둘 수 있다는 듯이. 자기에게 그럴 힘이 있다고 굳게 믿는 것처럼.

"듣고 있으니까 하던 이야기나 계속해요."

행크는 자기가 귀에다 대고 소리를 질러야 할 만큼 귀가 먹은 늙은이는 아니라고, 그러니 제발 바로 앞에 앉아서 소리 좀 지르지 말라고 말하려다가 그만두었다. 딴생각에 빠져 있다가 누군가 그걸 지적하면 행크는 그렇게 말하고는 했다. 하지만 행크가 보기에 힐다는, 만약 어떤 이야기를 꼭 해야 한다고 마음먹으면 앞사람이 자리를 뜬다 해도 끝까지 다 할 사람이었다.

"셔먼 씨가 관심을 가질 만한 집을 알아봤어요. 집을 내놓았으니 다른 살 만한 집이 필요하시잖아요."

힐다는 지금 자기가 매우 유익한 제안을 하고 있다는 점을 명확히 하기 위해—혹은 그렇게 되기를 기대하며—행크의 얼굴을 잠시 더 바라보다가 소파에서 일어났다. 행크는 힐다가 책상 서랍을 열어 사진 한 장을 꺼낸 뒤 다시 소파로 돌아와 앉는 모습을 눈으로 좇았다.

"부인께서는 이 집을 아주 마음에 들어하시던데요. 제가 장담할게요. 셔먼 씨도 틀림없이 마음에 드실 거예요."

힐다는 사진을 건넨 다음 소파 탁자 위에 있는 돋보기안경을 한 번 쳐다봄으로써 그곳에 그것이 놓여 있고 그걸 쓰길 원한다면 얼마든지 사용해도 된다는 것을 행크에게 넌지시 알려주었다.

행크는 헛기침을 한두 차례 한 뒤 돋보기안경을 집어 쓰고 힐다가 건네준 사진을 들여다보았다.

사진 속의 집은 특별할 것이 없었다. 지붕과 외벽 모두 약간 어두운 갈색 톤을 띠고 있어서—비나 눈이 오는 날에는 달리 보일지도 모르지만—전체적인 분위기는 늙은 농부의 손등처럼 단단하고 소박했다. 창틀에는 버려진 화분들이 놓여 있었고, 외벽에 단단히 붙어 있는 홈통과 페인트칠을 새로 한 포치는 최근에 보수한 것이 틀림없었으며, 방금 이발한 머리처럼 정돈이 잘된 마당에 버스도 들어갈 것 같은 차고가 딸린, 한가롭고 널찍해 보이는 평범한 시골 마을의 이층집이었다. 힐다의 말이 맞았다. 행크는 사진 속의 집이—전부는 아니어도 무시할 수 없을 만큼 많이—마음에 들었다.

"집 바로 뒤에 자작나무숲이 있어요. 걸어서 갈 수 있는 곳에 낚시를 할 만한 호수도 있고요."

힐다는 소파 탁자의 상판을 괜히 한 번 손바닥으로 쓸었다. 마치 그러는 것에 행크가 모르는 어떤 의미가 있다는 듯이. 그럼으로써 자기 말의 권위가 더욱 확고해진다고 믿는 것처럼.

"자작나무 알레르기가 있거나 줄이 묶인 막대기를 들고 물가에 앉아 있는 걸 시간 낭비라고 생각하지 않는다면…… 그래요, 더 바랄 게 없는 곳이죠."

행크는 고개를 끄덕인 뒤에 손에 든 사진을, 사진 속의 집을, 전에 살았던 사람들의 생활이 모두 치워지고 락스와 소독약 냄새만 남았을 주거용 건물을 바라보고 바라보고 바라보았다. 나쁘지 않군. 나쁘지 않은 집이야. 돋보기안경이 계속 흘러내려 코끝에 걸려 있었다. 에어컨 바람은 지나치게 세고 차가웠고, 반팔 티셔츠 밖으로 드러난 팔이, 주름지고 얇아져서 상한 과일처럼 생기를 잃은 맨살이 사포질을 하는 것처럼 시렸다. 하지만 그는 한동안 아무 말 없이, 그곳에 혼자뿐인 것처럼 한 손에 사진을 든 채 가만히 앉아 있었다.

브라이언이 의자에서 떨어진 다음날—어쩌면 그다음날일 수도 있고, 일 년이나 이 년 후일 수도 있는 어느 날, 행크는 화물 트럭 운전석에 앉아 너무 닳아서 번들거리는 운전대를 두 손으로 꽉 움켜쥔 채 더럼 탄 차창 밖을 응시하고 있었다. 길게 뻗은 도로와 도로 위로 피어오르는 열기와 드문드문 서 있는 전봇대와 가끔 한두 대씩 지나다니는 차량과—어떤 차는, 대부분 트레일러를 매단 트럭이었는데, 느리게 지나가거나 잠시 멈춰 서서 운전석 안을 살피고는 했다. 이봐요, 괜찮아요?—먼지바람이 일 때마다 이리저리 쓸려다니는 쓰레기들과…… 그는 그런 것들을 생전 처음 보기라도 한 것처럼 시간을 들여서 오래도록 바라보았다. 그곳이 라스베이거스 외곽의 황무지이고, 어디에 뭐가 있는지 제 손금을 들여다보듯 훤히 아는 도로이며, 오다가다 들르는 단골식당이—문을 열고 들어서면 누군가 행크의 이름을 큰 소리로 부르며 요즘은 어떻게 지내는지 물어보는 곳이—그 근방에 두 군데나 있는데도 그랬다.

끄지 않은 채 둔 엔진이 트럭 내부의 깊숙한 곳에 숨어서 조용히 돌아가고 있었다. 그 때문에 도로 위를 달릴 때와는 전혀 다른

254

방식으로 운전석이 흔들렸고—등과 허리와 엉덩이를 끈질기게 간지럽히는 것처럼 떨렸고—눈에 들어오는 것들의 테두리가 죄다 조금씩 틀어져 보였다. 행크는 전봇대 위에 앉아 사나운 소리로 울어대는, 마르고 지저분한 까마귀를 하염없이 바라보다가 어느 순간부터 울기 시작했다. 그는 그냥 조용히 앉아서 울었고, 뺨을 타고 흘러내린 눈물이 셔츠 위로 떨어지도록 내버려두었다.

그후로도 그는 가끔 그런 식으로 울었다. 한밤중에 깨어나 화장실에 갈 때나 소스가 흘러내리는 햄버거를 한입 가득 베어물고 오물거릴 때. 잔디깎이를 밀며 마당을 어슬렁거릴 때나 찬송가가 들리는 교회 앞을 지날 때도.

예수로 나의 구주삼고
성령과 피로써 거듭나니

하지만 주로 트럭에 혼자 앉아서, 헤드라이트 불빛들이 밤의 도로 위에서 빠르게 지나쳐가는 것을, 한낮의 열기로 가득찬 황무지에 모래바람이 이는 것을 지켜보면서, 행크는 시동을 끄는 것도 잊은 채 가만히 울었다. 찬장 위에 놓여 있던 과자 바구니와 아이의 작은 손이 떠올랐고, 의자에서 떨어지는 브라이언을, 그때 보았던 그 아이의 얼굴을, 표정과 목소리를 아주 오랫동안 잊을 수 없었다.

"괜찮으세요?"

맞은편에 앉은 힐다가 행크의 얼굴을 빤히 들여다보고 있었다.

평소의 행크라면 그런 무례를—평소의 행크는 사람 얼굴을 빤히 쳐다보는 것을 무례한 행동이라고 생각했다—참고 넘길 리 없었지만, 행크는 평소 같지 않았고, 행크도 자기가 그렇다는 것을 알았다. 한 손에 사진을 쥐고 딴생각에 빠져 있다가 그날 처음 보는 여자에게 괜찮냐는 질문을 받는 것은—그게 누구든—평소 같은 것이 아니었다.

"오늘 이야기는 여기까지 할까요?"

힐다는 실망스러운 마음을 감추려고 노력중이지만 지금 이 상황이 실망스러운 것은 사실이라는 표정을 지으며 탁자 위에 널려 있던 서류들을 하나하나 정리하기 시작했다. 행크는 한동안 더 소파에 앉아서 손에 든 사진을 들여다보다가 벵갈고무나무의 커다란 잎을 바라봤고, 벽면의 지도를 쳐다본 뒤에 힐다를 바라보았다. 그러고 나서 그는 헛기침을 한 번 한 다음 두 손으로 무릎을 짚으며 천천히 몸을 일으켰다.

"이만 가봐도 되겠소?"

"네. 물론 그러셔도 되죠. 되고 말고요."

행크는 서둘러 출입문 쪽으로 걸음을 옮겼다. 순전히 힐다가 불쌍한 노인에게 친절을 베풀었다는 성취감을 느끼지 못하게 하기 위해서. 누군가가 문을 잡아주는 것은 하루에 한 번으로 족했다. 문도 제힘으로 열 수 없는 노인네 취급을 당하는 것은.

"오늘 시간 내주셔서 감사합니다."

힐다는 출입문까지 따라나와 행크를 배웅했다.

"그리고 그 사진은 돌려주지 않으셔도 돼요."

그녀는 행크가 손에 들고 있는 사진을─정작 행크 자신은 여태 들고 있는 줄조차 몰랐던 사진을─그가 충분히 눈치챌 만큼 표나게 바라본 뒤 다시 고개를 들어 행크를 바라봤다.

"마음이 바뀌실 수도 있잖아요. 누가 알겠어요?"

행크는 사진을 돌려줄 수도 있었지만 그러지 않았다. 그러기 전에 문이 닫히기도 했지만, 사진을 돌려주기 위해 방금 나왔던 곳에 다시 들어가는 것도 내키지 않았다.

거리에는 억지로 눌러 담은 것처럼 열기와 습기가 꽉꽉 들어차 있었다. 사람들이 지친 표정으로 걸어다녔고, 땅바닥은 불 위에 올려놓은 프라이팬처럼 뜨거웠다. 신경질적인 자동차 경적소리가 길게 꼬리를 늘어트리며 거리 이쪽에서 저쪽으로 통과해 지나갔다. 눈도 제대로 못 뜰 만큼 햇빛이 강했다. 행크는 얼굴을 잔뜩 찡그리고는 택시를 잡아탈 만한 곳을 찾아 걸었다. 거리에 나온 다른 사람들과 똑같이. 셔츠가 군데군데 땀으로 젖은 채, 그늘 쪽으로 골라 걸으며, 불에 덴 것 같은 표정을 짓고서.

"많이 늦었네요."

아만다는 티브이 볼륨을 크게─평소라면 절대로 그러지 않을 만큼 크게─틀어놓고 뭔가 단단히 따질 게 있는 사람처럼 거실 소파에 앉아 있었는데, 자정이 넘은 시간에 들어온 늦은 남편을 거들떠보지도 않고 말했다. 행크는 그녀가 바로 직전까지 그를 기다리며 현관문을 바라보고 있었고, 열쇠 꽂는 소리와 자물쇠 풀리는 소리가 들리자 그런 적이 없었다는 듯이 고개를 돌렸다는 것을, 자신에게 주의를 줄 필요가 있다고 느낄 때마다 그런다는 것을 알고 있었다. 아만다는 그토록 여러 번 전화했지만 행크가 받지 않은 것에 대해, 밖에 있을 때는 전화가 오는지 좀더 신경쓰겠다는 약속을 지키지 않은 것에 대해 짚고 넘어가야 한다고 생각하는 것 같았다. 어쩌면 행크가 모르는 전혀 다른 일이 더 있었을 수도 있었다. 배수관이 막혔거나, 삐걱대는 계단에서 넘어졌거나, 튀어나온 못에 옷이 걸려 찢어졌거나.

"미안해. 일이 좀 있었어."

행크는 선풍기 앞으로 가 자리를 잡은 다음 바람의 세기를 끝까지 높였다. 집안은 찜통처럼 덥고 습했다. 오래된 선풍기가 덜컹거리며 곧 부서질 것 같은 소리를 냈고, 한순간에 바람이 세지기는 했지만 전혀 시원하지 않았다. 행크는 이사를 가면 선풍기부터 바꿔야겠다고 생각했다. 바닥이 주저앉은 옷장과 가죽이 반질반질해진 소파와 몸을 뒤척일 때마다 잠이 싹 달아날 만큼 삐걱대는 침대 같은 것들도. 이사를 하면 오래된 물건들을 버리고 새 물건들을 들이는 일이 더 쉬울 것 같았다.

"뭘 먹고 다니는 거예요?"

아만다가 티브이를 끄자―그럴 리 없지만―선풍기가 더 큰 소리를 내며 덜컹거리는 것 같았다. 그럴 리 없지만, 정말 부서질 것처럼.

"뭘 먹기는 했어요?"

아만다는 행크의 얼굴에 뭐가 묻기라도 한 것처럼 빤히 한번 바라본 뒤에―행크가 자기 시선을 느낄 만큼 빤히 바라본 뒤에

258

―입고 있던 리넨 스커트를 손바닥으로 털어내면서 소파에서 일어났다. 그녀는 꽃 장식이 달린 실내화를 신고 있었는데―그 실내화는 자선단체가 연 바자회에서 맨 마지막까지 남아 있던, 거의 공짜나 다름없던, 몇 안 되는 물건들 중 하나였다―부엌으로 가는 내내 실내화의 밑창을 바닥에 끌면서 듣기 싫은 소리를 냈다. 일부러 그러는 것 같았고, 일부러 그러는 것이 맞았다. 그런 다음 그녀는 식탁 의자를 빼고 앉아 하나 남은 나머지 식탁 의자를 바라보며 그곳에 행크가 와 앉기를 참을성 있게 기다렸다.

"대충 먹었어."

행크의 말은 늙은이의 궁색한 변명처럼 들렸고, 행크도 자기 말이 그렇게 들린다는 것을 알고 있었다. 그는 잠시 더 선풍기 앞에 앉아 있다가―행크는 순전히 자기가 그럴 수 있다는 것을 보여주기 위해서 그렇게 했다―선풍기를 끄고 식탁으로 가 앉았다.

식탁 위에는 데우지 않고 먹을 수 있는 음식들이 몇 시간 전부터 그곳에 나와 있던 것처럼 그릇과 접시에 담겨 있었다. 감자 샐러드와 치즈, 셀러리와 브로콜리, 테두리가 두꺼운 식빵 두 개와 늘 보던 유리잔에 담긴 물 한 컵⋯⋯ 행크는 좀 다른 음식을―예를 들면 베이컨이나 핫도그, 하다못해 닭고기수프 같은 거라도―먹고 싶었지만 그는 아무 말 없이 아내가 준비한 음식들을 먹었다. 행크는 식탁에 앉아 음식에 대해 왈가불가하는 것은 예의가 아니라고, 음식을 남기는 것도 마찬가지라고 생각하는 사람이었다. 옛날 방식을 고집하는 옛날 사람들이 다 그렇듯이. 행크는 한동안 셀러리를 손에 들고 있다가 힘든 결정을 내린 것처럼 한입 베어물고는 얼굴을 찡그리지 않으려 노력하면서 천천히 씹었다.

"힐다가 전화했어요."

행크는 계속 음식을 씹으며 힐다가 누구인지 생각했다. 그는 곧 힐다가 누구인지 생각해냈고, 아내의 얼굴을 한번 바라본 뒤에 다시 입안에 든 것들을 소리 나게 씹기 시작했다. 그는 아만다가 잘 알지도 못하는 공인중개사를 몇 년째 옆집에 살고 있는 이웃처럼 부르는 것이 못마땅했지만, 그녀가 종종 사람들을 그렇게 대한다는 것도 알고 있었다. 다는 아니고, 그럴 만한 가치가 있다고 생각되는, 정말 괜찮은 몇몇 사람들만.

"그 공인중개사가 왜?"

그는 식빵을 손에 들고 테두리부터 먹기 시작했다. 먹기 싫은 부분을 먼저 먹는 편이 그걸 맨 마지막까지 남겨두었다가 먹는 것보다 훨씬 나았다. 잠시 후에 행크는 입안에 밀어넣은 식빵을 넘기기 위해 물을 마셨고, 그러면서 식탁 위에 놓여 있는 또다른 식빵을 노려보았다.

"당신이 좋은 집을 놓칠까봐 걱정하던데요. 그런 집은 한번 지나가면 두 번 다시 오지 않는다고 합디다."

"공인중개사들은 다 그렇게 말해. 그래야 집을 팔아먹지."

행크는 브로콜리를 입안에 넣고 씹었다. 한동안 집안에는 선풍기가 덜컹거리는 소리와 그가 브로콜리를 씹으면서 내는 소리뿐이었고…… 아만다는 맞은편 의자에 그냥 가만히 앉아 있기만 했다. 계속 행크의 등 너머에 있는 무언가를 바라보면서. 행크가 그곳에 없는 것처럼.

아만다가 바자회를 돌아다니며 물건들을 사 모으기 시작한 것은 행크가 은퇴한 이후였다. 행크의 기억이 맞다면 그랬다. 미혼모를 위한 바자회에서는 낡았지만 아직 완전히 낡지는 않은 커튼을, 고아들을 돕는 바자회에서는 꽃무늬가 들어간 접시 세트를 사들였고, 새것이지만 오래전에 만들어진 것이 틀림없는 발깔개와 솔에 오물이 끼고 흡입력이 떨어진 청소기와 물에 젖은 것처럼 무거운 겨울 모자 같은 것들도 아만다가 바자회를 기웃거리다가 집어온 물건들이었다. 보풀이 일고 무릎이 튀어나온 플란넬 잠옷도 그런 물건들 중 하나였다. 그 플란넬 잠옷을 입고 있으면 아만다는 정말 할머니처럼 보였다. 할머니가 맞았지만, 한 번도 할머니가 아닌 적이 없었던 할머니로 보였다.

"며칠 전에 테일러 씨가 화장실에서 넘어졌대요."

아만다가 이미 반듯하게 펴져 있는 침대 시트를 손바닥으로 두들겨 다시 반듯하게 펴며 말했다. 행크는 쳐다보지도 않은 채. 마치 침대 시트에게 말하는 듯이.

"수다쟁이 존슨?"

"아직 병원에 있나봐요."

행크는 아내가 손바닥으로 침대 시트를 평평하게 쓸어 펴는 모습을 옆에 서서 가만히 지켜보았다. 아만다의 몸에서는 늘 잠자리에 들기 전에 뿌리는 향수 냄새가 났다. 너무 진해서 맡을 때마다 머리가 띵해지는 라벤더 향수.

"어쩌다 그랬대?"

"그냥 그랬대요."

행크는 베개를 편안한 모양으로 만진 후에 이불 속으로 들어가 아내 곁에 누웠다. 머리맡에 놓인 전등을 끄자 방안이 한순간 어두워졌다. 하지만 완전히, 아무것도 보이지 않을 만큼 어두워진 것은 아니었고, 열린 창문 너머로, 간간이 흔들리는 낡은 시폰 커튼 사이로 자동차 불빛들이 지나다녔다.

"그냥 갑자기 쓰러졌대요. 늙으면 다들 그러잖아요. 도로시가 너무 안됐어요."

아만다의 목소리가 날벌레처럼 귓가에 맴돌았다.

"한번 가봐야겠군."

행크는 어두운 천장을 바라보며 존슨이 몇 살이었는지 떠올려보았다. 정확하지는 않지만 자신보다 나이가 한두 살 적은 것만은 확실했다. 행크는 등을 돌리고 누워 팔짱을 낀 채 눈을 감았다.

"그만 잡시다."

"그래요. 잘 자요."

그는 한숨을 한 번 내쉰 뒤에 눈을 감고 가만히 누워 있었다. 벽시계의 초침 돌아가는 소리가 그곳에 있는 다른 어떤 것보다 선명하고 확고한 위치를 차지하고 있는 것 같았다. 아만다가 몇 번 몸을 뒤척였고, 행크는 곧 그녀가 작게 코 고는 소리를 들을 수 있었다. 가구들이 늘어나거나 줄어들면서 가끔씩 탁탁 소리를 냈고, 멀지 않은 곳에서—지붕널이나 울타리나 진입로 옆 덤불 속에서—고양이 우는 소리가 들려왔다. 어딜 가나 고양이 우는 소리는 다 똑같군. 그는 몸을 한 번 뒤척인 뒤에 생각했다. 몇 시간 전에 브라이언의 집 앞에 있을 때도 그는 고양이 울음소리를 들었고, 그때도 그런 생각을 했다. 고양이 울음소리는 다 똑같다니까.

힐다와 헤어진 뒤에 행크는 걷고 또 걸었다. 한동안 같은 자리에 가만히 서 있거나 아무 곳에나 앉아서 시간을 보내기도 했지만 밤이 되고 도로변에 서 있는 택시를 잡아탈 때까지 그가 가장 많이 한 일은 걷고 또 걷는 것이었다. 행크는 택시 뒷좌석에 앉아서 룸미러에 비치는, 수염이 지저분하게 난 기사의 얼굴을 보며 행선지를 댔다. 거기 어디까지 가세요? 그냥 그 근방에서 내려주시오.

브라이언은 수영장이 없는 집은 절대 제대로 된 집이 아니라고 생각하는 사람들과 한동네에 살았다. 단단한 다이빙대와 풀장가에 놓인 S자형 선베드와 넓고 시원한 그늘을 드리우는 파라솔과 얼음이 떠 있고 장식 우산이 꽂힌 음료수 같은 것들이 집안에 있어야 진짜 인생을 즐길 수 있다고 믿는 사람들. 브라이언이 그들과 같은 생각을 하고 있는지는 모르지만 브라이언의 집에도 수영장이 있기는 했다.

행크는 길 건너편 벤치에 앉아 아들의 집을 물끄러미 바라보고 있었다. 밤이었고, 브라이언의 집은 강바닥에 가라앉은 돌멩이처럼 어둠에 묻혀 있었고, 보이지 않는 어둠 속에서 고양이 울음소리가 — 행크가 그 벤치에 자리를 잡고 앉을 때부터 줄곧 — 들려왔고, 그는 그곳에 앉아 아들의 집 뒤뜰에 있는 수영장을 생각했다.

햇빛을 받아 반짝이던 물결과 물장난을 치며 노는 아이들의 웃음 소리와 이가 시릴 만큼 차가운 맥주와 옆자리에 앉아서 격의 없는 목소리로 세상 돌아가는 이야기를 하며 허세를 부리던 나이든 아들과…… 그리고 그 모든 것을 선글라스 너머로 느긋하게 지켜보던 시간들. 행크는 그런 시간들이 더이상 남아 있지 않다는 것을, 두 번 다시 오지 않으리라는 것을 알았다. 아들의 집에는 불이 켜진 창이 한 군데도 없었다. 그 근방에서 브라이언의 집만 그랬다. 마치 오래전에 고장난 텅 빈 냉장고처럼.

종종 사람들이 지나다녔다. 그들은 모두 그 동네 사람들 같았고, 돈으로 산 기품을 목걸이나 반지처럼 몸에 지니고 있었다. 그들은 행크가 그곳에 있지만 그곳에 없는 것처럼 행동했는데, 그러면 행크가—밤마다 벤치에 신문지를 깔고 잘지도 모르는 늙고 위험한 남자가—정말 그곳에서 사라지리라고 믿는 것 같았다. 두려움과 경계심이 묻은 표정이 그랬고, 보폭이 불안정한 걸음걸이가 그랬으며, 행크를 곁눈질했다가 다른 곳으로 고개를 돌리고는 빠르게 다시 한번 행크를 곁눈질하는 모습이 그랬다. 행크가 아들을 기다리며 그곳에 앉아 있으리라고 생각하는 사람은 아무도 없는 것 같았다. 그의 아들이 자기들과 같은 동네에 살 거라고 생각하는 사람도.

날벌레들이 행크의 주변을 끝없이 맴돌았고, 더러는 맨살이 드러난 곳에 잠깐씩 앉았다가 날아가기도 했다. 등뒤에서는 고양이 울음소리가 들려오고 있었다. 등뒤가 아닌 다른 어떤 곳인 것 같기도 했다. 한 마리가 아닐 수도 있었다. 고양이 울음소리는 다 똑같다니까, 행크는 생각했다.

　침실에는 무겁고 답답한 공기가 흐르고 있었다. 두세 시간쯤 침대에 누워서 잠이 오기를 기다린 것 같았다. 그럴 리 없지만—기껏해야 이삼십 분에 지나지 않았을 테지만—느낌이 그랬다. 행크가 늙어가며 겪는 가장 끔찍한 일 중 하나는 밤에 잠을 자지 못하는 것이었는데, 그보다 더 끔찍한 일은 잠이 오지 않으리라는 것을 뻔히 알면서도 눈을 감고 침대에 누워 시간을 보내는 것이었다. 행크는 숨을 한 번 깊게 내쉰 뒤에 눈을 떴고 그대로 누워서 한동안 아무것도 없는 천장을 바라보았다. 그러다가 잘못된 행동을 바로잡으려는 것처럼 눈을 감았고, 얼마 못 가 다시 숨을 깊이 한 번 내쉰 뒤에 눈을 뜨고 천장을 바라보았다. 침실 천장에는 여전히 아무것도 없었고, 옆에 누워 있는 아만다는 죽은듯이 잠들어 있었다. 작게, 쉬지 않고 코를 고는 것과 불쑥 한 번씩 몸을 뒤척이는 것을 빼면 정말 죽은 사람 같았다. 그는 아만다를 깨우지 않기 위해 조심스럽게 움직였다.

　매트리스가 흔들리는 것에 주의하며 침대에서 빠져나와 천천히, 소리 나지 않게 침실 문을 닫았다. 그런 다음 그는 어두운 거실을 가로질러, 발에 걸리는 것이 없는지 살피며 부엌으로 갔다. 부엌 불은 켜지 않는 것이 좋을 것 같아서 그렇게 했다. 행크는 의자 다리가 바닥에 끌리지 않도록 식탁 의자를 들어서 빼낸 뒤에 다시 신중하게 내려놓았다. 그리고 그곳에 앉아서 어둠과 침묵에 감싸인 집안을 말없이 둘러보았다. 벽에 걸린 수많은 액자와 오래된 가구들. 나무 팔걸이가 반질반질하게 닳은 소파와 버리지 못하고 쌓아둔 이런저런 잡동사니들(브라이언이 사다놓은 안마 의자와 트레드밀, 예전에 손자들이 사용했던 목마, 일 년 내내 거실 구석에 처박혀 있는 크리스마스트리 같은 것들). 냉장고 돌아가는 소리가 은밀하고 불길한 소식처럼 어둠 속을 떠돌아다녔다. 눈을 감은 채로도 어디에 무엇이 있는지 훤히 아는 곳에 앉아 있다는 사실이 행크의 마음을 놓이게 했다. 결코 평소와 같을 수는 없지만 도움이 되기는 했다. 누군가의 고함소리가 창문 너머로, 침실에 단 커튼과 완전히 똑같은 낡은 시폰 커튼을 통과해 들려왔다. 잊을 만하면 한 번씩 자동차들이 지나다녔고, 행크는 창문을 통해 들어온 전조등 불빛이 집안 곳곳을 빠르게 훑고 지나가는 것을 바라보며 다시 브라이언의 집 앞에서 보낸 시간을 떠올렸다. 마치 자신의 일부를 그곳에 두고 온 것처럼.

브라이언의 집 앞길에는 지나다니는 차가 거의 없었다. 행크가 사는 동네보다는 확실히 그랬다. 하지만 어쩌다가 한 번씩 차가 지나다니기는 했고―정말 비싸 보이는 차가 땅에서 한 뼘쯤 뜬 것처럼 소리 없이 굴러다녔고―그때마다 전조등 불빛이 벤치에 앉아 있는 행크의 얼굴을 쓸고 지나가고는 했다. 그는 전조등 불빛이 다가올 때마다 얼굴을 찡그리며 눈을 질끈 감았고 불빛이 완전히 지나간 후에도 한동안 눈을 뜨지 않은 채 그대로 있었다. 어두운 곳에 앉아서 강한 불빛을 견디는 것은 행크처럼 나이가 많은 노인이 할 만한 일이 못 되었다.

브라이언의 집은 여전히 지나치게 어둡고 지나치게 잠잠했다. 장막이나 그보다 두꺼운 어떤 것으로 덮어놓은 것 같았다. 밤이 깊어지자 불 꺼진 집들이 몇 곳 더 보이기도 했지만 브라이언의 집처럼 완전히 어두운 집은 없었다. 아주 오래전부터 사람이 살지 않았거나 애초에 사람이 산 적이 없는 것처럼 보이는 집도 그 근방에서는 브라이언의 집뿐이었다. 행크는 벤치 등받이에 몸을 기대고 한 손으로 천천히 얼굴을 쓸어내렸다. 무른 살점과 깊게 파인 주름이 만져졌다. 점점 더 무겁고 단단해지는 피로감과 함께.

자동차 불빛이 한번 더 행크의 얼굴을 훑고 지나갔다. 이번에도 행크는 얼굴을 찡그렸고 차가 지나간 후에도 오랫동안 눈을 감고 있다가 떴다. 한동안 전조등 불빛의 잔상이 먼지처럼 망막 위를 떠다녔고…… 한 남자의 모습이 불길한 소식처럼 불쑥 시야에 들어왔다.

술 한 방울 입에 대지 않은 듯한 남자가 아무도 없는 거리에서 혼자 걷고 있었다. 입에 술 한 방울 대지 않고 있는 것이 더 이상한 시간이었는데도 남자는 그래 보였다. 어쩌면 술을 마셨지만 취할 만큼 마시지 않았거나 이미 깬 것인지도 몰랐다. 입에 구강 스프레이를 뿌리고 흐트러진 옷매무새를 만지고 머리를 단정하게 정돈한 다음 자기 집 현관문 앞에 서서 시치미를 떼며 초인종을 누르려는 것인지도 몰랐다. 어떤 남자들은 술에 취한 채 집에 들어가는 것을 옳지 못한 일이라고 생각하기도 하니까.

행크는 남자가 아들의 집 쪽으로 천천히, 발을 끌며 걸어가는 것을 지켜보았다. 브라이언일 수도 있지만 브라이언이 아닐 수도 있었다. 남자는 브라이언보다 더 늙고 더 작아 보였다. 웅크린 어깨와 굽은 등이 남자를 더 그렇게 보이게 했다. 행크가 아는 한 브라이언은 결코 땅바닥을 보며 걷지 않았다. 어깨는 항상 견장을 단 것처럼 당당했고 등은 벽에 세워둔 널빤지처럼 꼿꼿했으며…… 동전을 떨어트린 얼간이처럼 땅바닥을 보며 걷는 브라이언의 모습은 상상도 할 수 없었다. 하지만 행크는 남자가―가장 브라이언 같지 않은 남자가―브라이언이라는 것을 알았다. 손이 빈, 예전에 가지고 있던 것들을 모두 잃어버린 브라이언.

자기 집 현관까지 걸어간 브라이언은 잠시 문 앞에 서서 바지 주머니를 이리저리 뒤지기 시작했다. 그러다가 몸을 숙여 발깔개 밑에서 무언가를 더듬어 찾아냈고 곧 문을 열고 집안으로 들어갔다. 행크는 브라이언의 모습이 집안으로 사라지고, 현관문이 소리 나게 닫히고, 거실 불이 잠시 켜졌다가 곧 다시 꺼지는 것을 벤치에 앉아 모두 지켜보았다. 브라이언의 집은 다시 어둡고 잠잠해졌다. 강바닥 깊이 가라앉은 돌멩이처럼. 차갑게 식은 수프나 아무도 치우지 않은 비둘기의 시체처럼. 뒤뜰에 있는 수영장과 그곳에서 보낸, 금화처럼 빛나던 시절까지. 행크는 그후로도 한동안 브라이언의 집을 물끄러미 바라보다가 벤치에서 일어나 그곳을 떠났다. 그러는 것 말고는 할 수 있는 일이 없었고 그래서 그는 그렇게 했다.

행크는 다리미로 옷감의 구김을 펴려는 것처럼 손바닥으로 식탁 위를 천천히 여러 번 쓸었다. 싱크대 쪽에서 무슨 소리가 들린 것 같았는데 잘못 들은 것일 수도 있었다. 가끔씩 지나다니는 자동차 불빛과 먼지처럼 어두운 집안을 보고 있으면 알지도 못하는 것을 입안에 물고 있는 것처럼 낯설고 끔찍한 기분이 들었는데 행크는 그런 채로 식탁 의자에 앉아서 밤을 샐 생각은 없었다. 그는 조심스럽게 자리에서 일어나 의자를 식탁 밑으로 밀어넣은 다음 발에 걸리는 것이 없는지 살피며 침실로 걸어갔다.

침실은 아만다의 숨소리로 가득했다. 행크는 침실 문을 소리 나지 않게 닫은 다음 조용히 침대로 돌아가 누웠다. 아만다는 몇 번인가 몸을 뒤척였고, 옆으로 돌아눕는가 싶더니 곧 깊고 고른 숨소리를 냈다. 행크는 반듯하게 누워서 어두운 천장을 바라보았다. 그는 브라이언에 대해 생각하지 않으려고 노력했지만 브라이언에 대한 생각을 하지 않는 것은 거의 불가능한 일처럼 느껴졌다.

행크는 브라이언이 아무도 없는 어둠 속에 혼자 앉아 있지 않기를, 가만히 앉아 어둠을 응시하며, 근처에 놓인 술잔을 가끔 한 번씩 들었다 놓았다 하며 울고 있지 않기를 빌었다. 행크는 하나님이 그의 사랑하시는 자에게 잠을 주시듯이, 아만다에게 이미 그리하셨듯이 브라이언에게도 잠을 달라고 기도했다. 아만다의 숨소리를 들으며, 천장에 고인 어둠이 한없이 넓고 깊어지는 것을 지켜보며 행크는 기도하고 기도했다. 그러다가 날이 밝아올 때쯤, 창밖이 파랗게 변하면서 새벽이 찾아올 때쯤 힐다에게 받은 사진을—어디다 두고 왔는지 생각도 나지 않는 사진을—떠올리며 잠이 들었다. 집 바로 뒤에 있는 자작나무숲과 걸어서 갈 수 있는 곳에 있는 멋진 호수를.

서원에게

내 아들은 열두 살이다. 거의 모든 일에 서툴고 잠시도 가만히 있지를 못하며 작은 일에도 눈물을 흘린다.

아직 우유갑을 제대로 따지 못하는 것 같다. 예전에 캔을 따다가 손톱이 살짝 들린 적이 있는데 그후로 아들은 줄곧 캔을 따지 못하고 있다. 거실에는 수십 개의 장난감 칼이 바구니에 꽂혀 있고 무슨 소리가 들려서 나가보면 저 혼자서 칼을 휘두르며 놀고 있다. 지금도 가끔씩 자기 방에서 레고를 만지작거리며 노는데 고등학생이 되어도 혼자 브릭들을 만지작거리며 시간을 보내지 않을까 싶다. 아들은 아직 자기 몸을 돌볼 줄 모른다. 자기가 얼마나 추운지 얼마나 더운지, 그럴 때는 어떻게 해야 하는지 모른다. 어디가 얼마큼 다쳤는지도 모르고 언제 그렇게 다쳤는지도 알지 못한다. 아직 잠들 때까지 아내와 나 둘 중 한 사람이 곁에 누워 있어야 한다. 아들은 식탁에 앉아서 쉴새없이 이야기를 쏟아내고, 나와 산책을 할 때도 이야기하는 것을 멈추지 않는다. 내 아들은 눈물이 많은 편이다. 다른 아이들에 비해 그런 것 같다. 가끔은 아들이 왜 우는지 알 수 없는 때도 있다. 혼자서 조용히 자기 방으로 들어가 문을 닫는다. 그러면 아내와 나는 아이가 다시 나와서 우리를 안아줄 때까지 아들의 닫힌 방문을 보면서 기다린다.

생각해보면 그렇게 연약하고 불완전하며 허술한 아이가 나를 예전보다 좀더 나은 사람으로 만든 것 같다. 아이가 준 작고 사소한 것들이 내게는 얼마나 큰 선물이었는지, 그 많은 웃음과 호의와 신뢰가 아내와 나에게 얼마나 귀한 보물이었는지.

행크가 브라이언을 위해 기도하듯, 모든 아버지가 자신의 아이들을 위해 기도하듯, 나 역시 아들을 위해 기도한다. 아들이 나에게 준 것들을 떠올리면서. 그 모든 것에 감사하면서.

견디게 하는 이야기

이승우(소설가)

「그래도 이 밤은」은 일흔세 살의 전직 트럭 운전사 행크 셔먼의 어느 하루 이야기다. 어느 날 행크는 마흔여섯 살 아들 브라이언이 젊은 여자와 호텔에서 나오는 장면을 목격한다. 부동산 사무실에 가는 길이었던 그는 아들과 낯선 여자를 따라다니며 지켜본다. 아들이 유능한 성형외과 전문의이고, 사회적으로 성공한 사람들이 모여 사는 동네의 수영장이 딸린 집에서 아내와 두 아이와 함께 단란한 가정을 꾸리고 산다는 사실이 전후로 서술된다. 이들을 관찰하느라 뒤늦게 부동산 사무실에 도착한 행크는 중개사와 이야기를 나누던 중 아들의 어린 시절 사고를 회상한다. 어린 아들은 찬장 위에 있는 과자를 꺼내려고 식탁 의자에 올라갔다가 떨어졌다.

부동산 사무실에서 나온 행크는 거리를 배회하고, 배회하다가 아들의 집 앞에 가서 기다린다. 아니, 기다린 것은 아니다. 그는 아들의 집이 보이는 건너편 벤치에 앉아 물끄러미 바라볼 뿐이다. 그리고 집으로 들어가는 아들을 확인한 후 일어선다. 앞에서 서술된 아들의 모습과 밤늦게 귀가하는 아들의 모습은 묘하게 어긋난다. 낮에 본 바람피우는 아들은 "많은 성공과 풍요를 보장받은" 중년남성의 모습인 반면, 밤에 귀가하는 아들은 그렇지 않다. 그는 "더 늙고 더 작아 보였다." 웅크린 어깨와 굽은 등의 이 남자는 "가장 브라이언 같지 않"다. 한 사람이라고 보기 어려운 인물 묘사다. 이런 정도의 미세한 유격을 작가는 곳곳에 배치했다. 그렇게 함으로써 아들 브라이언의 캐릭터는 불명료해지고, 아버지 행크의 진술에 대한 신뢰는 헐거워진다. 집으로 돌아온 행크는 아내의 잔소리를 들으며 저녁식사를 하고, 죽은듯이 잠든 아내를 보며, 아들에게도 그런 잠을 달라고 기도한다. 이렇게 행크의 하루가 마감된다.

일견 단조로워 보이는 구조의 이 소설은 그러나 다양한 층위의 이야기와 상징적인 문장들의 치밀하고 전략적인 배치를 통해 풍부한 해석과 만만치 않은 사색의 길로 독자를 이끈다. 이야기의 탄생과 기능에 대한 메타픽션적인 큰 플롯 안에 치명적인 과거의 상처가 어떻게 극복되는지, 혹은 극복되지 않는지를 추적하는 이야기가 담겼다. 구조의 튼튼함은 재료들의 정교한 결합을 통해 이루어졌다. 사실과 허구를 아슬아슬하게 줄타기하며 작가는 흥미로운 지적 오락 속으로 독자를 데리고 간다. 삶이 이야기를 만들지만, 삶을 위해 이야기가 만들어지기도 한다는 사실을,

대개의 경우 기억이란 삶을 위해 우리가 만든 이야기라는 사실을 설득하기 위해 이 작가는 최선을 다한다. 그러니까 이 소설의 독자는 행크에 대한 이야기와 행크가 만든 이야기를 구별해야 하는 과제를 떠안는다.

> 그날 오후, 행크 셔먼은 그때까지 살면서—일흔세 살이 될 때까지—한 번도 겪어보지 못한 일을 겪어야 했는데, 그것은 예전에 이웃이었던 수다쟁이 존슨 테일러가 아는 사람이 겪은 일이라며 들려준 이야기와 완전히 일치하는 것이었다.(235쪽)

이렇게 시작되는 소설의 서두에 중요한 단서가 들어 있다. 행크가 어느 하루 겪은 특별한 일이 옆집에 살던 수다쟁이 존슨이 들려준 이야기와 완전히 일치한다고 말함으로써 작가는 행크가 누군가로부터 어떤 이야기를 들었기 때문에 그에게 그 일이 일어났다는 사실을 강조하려고 한다. 그 이야기를 듣지 않았다면 그런 일이 일어나지 않았을 거라는 뜻이다. 이웃집 존슨은 나이든 아들이 바람피우는 걸 본 어떤 사람에 대해 이야기해준 적이 있었고, 행크는 평소에는 잘 다니지 않던 거리에서 그 이야기 속의 인물이 겪은 일을 경험한다. 아들이 젊은 여자와 함께 호텔에서 나오는 장면을 우연히 목격하는 것이다.

누군가로부터 바람피우는 아들을 목격한 누군가의 이야기를 듣지 않았다면 행크는 그날 그런 아들을 보지 않았을 것이다. 이런 추측이 가능하다. 아마 다른 아들을 보았을 것이다. 그는 다른 곳에서, 다른 모습의 아들, 그가 들은 다른 이야기 속의 아들과 "완전히 일치하는" 아들을 보며 살아왔을 것이다. 아들은 언제든, 어떤 모습으로든 나타날 준비가 되어 있다. 아버지가 그러기를 원하기 때문이다. 이야기에 빗대어 아버지는 아들을 불러낸다. 누군가로부터 들은 이야기는 그가 만들 이야기의 재료가 된다. 누구도 다른 사람의 이야기를 그냥 듣지 않는다. 이야기가 삶에 개입하는 방식에 대해 이 소설은 매우 효과적으로 말한다.

기억/이야기는 과거의 경험으로 만들어지지만, 그러나 과거의 경험 자체가 기억/이야기가 되지는 않는다. 과거와 경험의 단순한 복원이 아니라 현재의 통제와 편집을 통해 재구성된 것이 기억/이야기이다. 현재의 필요가 과거의 경험을 고유한 이야기로 만든다. 과거의 경험은 새로운 이야기가 만들어져 대체될 때까지 아무 말도 하지 못한다. 어떤 치명적인 경험에 대한 망각은 용납되지 않고 가능하지도 않다. 그러나 그 기억을 지닌 채로는 살 수 없기 때문에 주체는 용납할 수 없는 망각 대신 무수한 버전의 이야기를 택한다. 기억을 바꿈으로써 망각에 대한 죄책감과 형벌을 피한다. 작가는 불가능한 망각 대신, 과거의 경험과 현재의 바람을 다양한 맥락에 재위치시킴으로써 상처를 싸안고 넘어가는 방법을 제안하고 있는지 모른다. 망각에 대한 망각. 그러나 물론 쉬운 일은 아니다.

바닥에 머리를 부딪힌 아들은 오 분 후 깨어났다고, 깨어나고 나서 평소처럼 지냈다고 행크는 서술한다. 우리가 읽은 하나의 이야기 속에서 아들은 오 분 후에 깨어났다. 다른 하루의 이야기 속 아들에 대해서 우리는 모른다. 작가가 말하지 않기 때문이다. 하지만 우리가 읽은 이야기 속에도 감춰지지 않는 진실이 엿보인다. "하지만 행크와 아만다에게 그 오 분은 그후에도 결코 흘러가지 않았다." 그리고 문장이 이어진다. "이후에 그들은 그 시간에 대해 어떤 식으로도 이야기하지 않았다. 어쩌다가 불쑥 생각났다는 듯이 입에 올릴 수도 있었지만 그들은 한 번도 그러지 않았다."

흘러가지 않은 그 시간은 행크의 내부에 달라붙어 그를 지배한다. 소설에는 "한 가지 상상", "딴생각"을 끊임없이 하고 있는 행크에 대한 묘사가 여러 번 나온다. 그는 아주 짧은 한순간, "아들에게서 (……) 무엇보다 그 모든 것을 지켜보고 겪은 자기 자신에게서 놓여난 것 같"은 느낌을 문득 받지만, 결코 그럴 수 없다는 것을 잘 안다. 마치 그러면 큰일난다는 듯 그는 곧바로 '한 가지 상상'에 다시 붙들린다. 그는 망각하는 자신을 용납할 수 없다. 그래서 견딜 수 있는 이야기를 만든다.

행크는 떨어져서 지켜보기만 할 뿐 아들에게 다가가지는 않는다. 두 사람 사이에 어떤 접촉도 일어나지 않는다. 사실성이 결여된 것 같은 이 대목에서 우리는 이야기의 층이 겹쳐져 있다는 걸 좀더 분명하게 알게 된다. 행크는 관찰자라기보다 관객처럼 보인다. 영화를 보고 있는 관객에게 영화의 줄거리에 대한 개입이나 인물에 대한 접촉이 허용되지 않는 것처럼 다른 이야기의 층위에 있는 행크도 아들에게 개입하거나 접촉할 수 없다. 행크는 다만, 관객처럼 바라볼 뿐이다. "그러는 것 말고는 할 수 있는 일이 없었고 그래서 그는 그렇게 했다." 아무리 생생한 이야기라도 마찬가지이고, 설령 그가 그 이야기를 만들었다고 해도 다르지 않다. 이야기를 만들 수는 있지만, 만들어진 이야기에 침범할 수는 없다. "할 수 있는 일이 없"다. 이야기가 만들어진 다음에는 작가도 관객이 가진 권리만 가질 뿐이다. 이야기에 침범하는 대신 다른 이야기를 만드는 것은 허용된다. 그것만이 그가 할 수 있는 일이다. 행크는, 그래서 그렇게 한다.

우리는 「그래도 이 밤은」에서 어떤 하루의 행크를 보았다. 어떤 하루의 행크가 본(만든) 아들을 보았다. 다른 날의 아들은, 그가 들은/만든 다른 이야기 속에 들어 있을 것이다. 우리는 다른 날의 행크가 그가 만든 다른 이야기 속 아들의 관객으로 살 거라고 확신할 수 있다. 어떨 때 아들은 "강바닥에 깔린 자갈처럼 작고 단단"할 테지만, 어떨 때 아들의 집은 "강바닥에 가라앉은 돌멩이처럼 어둠에 묻혀 있"을 것이다. 우리는 다만 행크가 이야기 속에서 길을 잃지 않기를 바란다. 잠든 아내 곁에서, 잠든 아내처럼 아들이 잘 자기를 기도하며 그 역시 '그래도 이 밤은' 잘 자기를 바랄 뿐이다. 그의 모든 밤이 '그래도 이 밤은'이기를 바랄 뿐이다.

이승은

조각들

작가노트

소중한 무언가에 대한

리뷰 | 백지은

가슴에 손을 얹고

이승은
2014년 『문예중앙』 신인문학상에 단편소설 「소파」가 당선되어 등단. 소설집 『오늘 밤에 어울리는』, 장편소설 『도망치는 연인』이 있다.

조각들

8월의 이른 아침이었다. 서경은 핸드 드립 커피 한 잔을 들고 거실 테이블에 앉았다. 스페셜티 커피의 부드러운 고소함이 입안 가득 퍼졌고 창밖으로는 울창한 숲과 산책로가 보였다. 서경은 이 년째 타운 하우스에서 지내고 있었다. A동은 낮은 산으로 둘러싸여 있어 숲속 펜션에 온 듯 고즈넉한 분위기 속에서 계절마다 바뀌는 경치를 만끽할 수 있었다.

커피를 마시며 창밖의 여름 풍경을 즐기던 서경은 손가락으로 테이블의 마블링 무늬를 따라 그렸다. 거실 테이블의 상판은 천연 대리석으로, 밝은 아이보리색 바탕에 비둘기색의 마블링 무늬가 멋스러웠다. 서경은 대리석 테이블이 만들어지는 과정을 영상으로 본 적이 있었다. 거대한 돌산에서 캐낸 돌덩이를 자르고 울퉁불퉁한 표면을 갈아내고도 수많은 공정을 거친 후에야 반듯한

대리석 테이블 하나가 완성되었다. 서경은 대리석의 차갑고 매끄
러운 표면이 피부에 닿을 때마다 견고함과 묵직함 같은 단어를
떠올렸다. 완벽함이란 단어도 떠올랐다. 서경이 생각하는 완벽함
이란 결함이 없는 상태가 아니라 결함을 메꾸어나가려는 태도였
다. 실패나 좌절을 딛고 일어서려는 노력과 의지였다.

　서경은 커피를 한 모금 더 마셨다. 고소함 뒤에 은은히 남은 꽃
향기의 상큼함을 느끼며 시간을 확인했다. 일을 시작하기 전의
여유를 끝내고 주방으로 향했다. 아이 둘을 포함한 네 명이 먹을
식사와 음료를 준비해 식탁을 차렸다. 곧 정미 부부와 어린 남매
가 깨어나 아침식사를 했다. 자기 몫의 식사를 마친 어린 남매는
이층으로 오르는 계단에 나란히 앉아 장난을 쳤다. 정미와 정미
의 남편 동식은 짐을 싸기 시작했다. 그날은 정미의 네 식구가 가
족 여행을 떠나는 날이었다.

　여보, 새로 산 보조 배터리 어디 있지?

　동식이 정미에게 물었다.

　서경씨, 보조 배터리 어디 있죠?

　정미가 서경에게 물었다.

　서경은 계단을 오르내리며 여행에 필요한 물건들을 찾아주었
다. 정미는 아이들 수영복이 어디 있는지도 물었다.

　물놀이 용품은 큰 캐리어 안에 들어 있어요. 아이들 비상약은
초록색 파우치에 넣었고요.

　서경이 아이들의 짐을 챙겨넣은 캐리어를 정미 부부에게 건
넸다.

정미 가족에게는 서경의 손길이 필요했다. 두 아이의 엄마이자 조각가인 정미는 출산 후 쉬었던 작품활동을 다시 시작하면서 타운 하우스로 이사하고 서경을 고용했다. 입주 가사 관리사인 서경의 방은 삼층 서재 옆이었다.

십여 분 뒤에 정미 부부는 캐리어 네 개를 차 트렁크에 싣고 아이 둘을 카시트에 앉혔다. 서경의 배웅을 받으며 공항으로 출발한 정미 가족은 나흘 후 월요일에 돌아올 예정이었다.

정미 가족이 떠나고 이틀 동안 서경은 드레스 룸과 손님방을 정리했다. 정미는 여행을 떠나며 이층의 드레스 룸과 사층 손님방을 바꿔달라고 했다. 손님방은 이름과 어울리지 않게 부부의 취미 용품으로 가득차 있었다. 서경은 수십 번 계단을 오르내리며 옷가지와 취미 용품을 나르고 네임 태그를 다시 붙였다. 토요일 오후가 되어서야 일은 마무리되었다. 간단한 요기를 하며 잠시 쉰 후에는 주방으로 가서 쿠키를 구울 재료들을 꺼내놓았다. 중력분과 코코아 파우더, 베이킹 소다, 베이킹파우더를 체에 내렸다. 재료들을 주걱으로 뒤섞던 서경은 창밖으로 플라타너스가 보이던 아담한 카페를 떠올렸다. 서경은 한때 그 카페의 주인이었다. 작은 테이블이 세 개뿐이었지만 신선한 원두와 담백한 디저트로 입소문이 나서 단골이 꽤 많았다. LP로 틀어주는 음악이 좋아서 오는 사람도 여럿 있었다. 마카다미아와 크랜베리, 초코칩을 넣어 두툼하게 구워낸 쿠키는 가장 인기가 좋은 메뉴였다. 일 년 후에 다시 카페를 열 계획인 서경은 시간이 날 때마다 다양한 디저트 메뉴를 시도했다.

그날 저녁 서경은 뒤뜰에서 젊은 여자를 만났다. 주방 뒤쪽 문
으로 연결되는 야외 뜰은 낮은 울타리 하나를 사이에 두고 옆집
과 붙어 있었다. A동 7호 뒤뜰엔 정미의 어린 남매를 위한 큼직한
물놀이 풀장이, 6호에는 해먹과 그늘막, 캠핑용 테이블 세트가 있
었다. 6호에는 말수가 적은 중년 부부가 살았는데 그날은 처음 본
젊은 여자가 뒤뜰에 나와 있었다.

두 분은 어디 가셨나봐요.

서경은 캠핑용 의자에 앉아 있는 여자에게 말을 걸었다. 여자
는 갓 스물을 넘긴 것 같았다. 짧은 단발에 이목구비가 큼직해서
시원한 인상이었다.

고모랑 고모부는 여행 가셨어요.

여자는 6호 부부의 조카였다. 고모 내외가 집을 비우는 동안
남동생과 며칠 와 있는 거라고 했다.

아, 동생이 저기 오네요.

여자는 산책로를 가리켰다. 산책로에서 단지로 들어오는 남자
가 멀리 보였다.

여기 산책로가 정말 좋아요.

여자가 싱긋 웃다가 어디서 달콤한 냄새 나지 않아요? 하고 물
었다.

서경은 잠시만요, 하고는 주방으로 들어갔다.

남동생이랑 같이 먹어요.

다시 뒤뜰로 나온 서경은 갓 구운 쿠키를 담은 봉투를 울타리 너머로 건넸다.

*

정미 가족이 여행에서 돌아오기 하루 전날, 서경은 산책을 다녀온 뒤에 파이지 반죽을 만들었다. 허밍을 하며 랩으로 반죽을 씌워두고 속 재료로 쓸 호두와 무화과를 준비했다. 설탕과 꿀, 시나몬 가루와 소금을 넣은 물이 끓어오르기를 기다리던 서경은 허밍을 멈추고 한걸음에 거실로 달려가 바닥을 살폈다. 흰 조각들이 바닥에 흩뿌려져 있었다. 대리석 테이블 상판 모서리에서 부서져 나온 조각들이었다. 지난밤 무선 이어폰으로 음악을 들으면서 골프채로 스윙을 한두 번 해봤는데 그때 깨진 것 같았다. 어떻게 모를 수가 있었을까? 서경은 조각들을 주워 테이블 모서리에 맞춰보다가 삼층 서재로 올라갔다. 서재에는 똑같은 테이블이 하나 더 있었다. 정미가 같은 테이블을 작업실로 주문했다가 어울리지 않는다며 서재에 가져다놓은 것이었다.

서경은 서재 안에서, 리넨 커버로 덮인 테이블 앞에서 한참을 서성였다. 자신과 정미의 가족, 누구도 손해보지 않는 방법을 찾고 싶었다. 이 테이블과 일층 거실의 테이블을 바꿔놓는다면? 작업실에서 서재로 옮기다가 파손된 것으로, 배송중 모서리가 부서진 것으로 처리될 수도 있었다. 배송사의 책임이 될 수도 있었다. 서경은 서성이던 걸음을 멈추고 테이블의 커버를 벗겼다.

몇 분 뒤에 서경은 6호의 초인종을 눌렀다. 테이블을 바꿔두기로 마음을 정했지만 혼자서 옮길 수는 없었다. 다른 사람의 도움이 필요했다. 다행히 여자는 집에 있었다. 남동생도 있었다.

쿠키 잘 먹었습니다.

남동생이 꾸벅 인사했다.

가까이서 본 남동생은 오밀조밀한 얼굴이었다. 여자의 체격은 큰 편이고 남동생은 보통이었다. 둘의 생김새는 달랐지만, 입 모양이나 웃는 모습이 닮았다. 서경이 테이블을 함께 옮겨달라고 부탁하자 남매는 활짝 웃으며 흔쾌히 응했다.

남매는 금방 7호로 왔다. 서경은 부서진 모서리에 손을 베이지 않도록 조심하라고 일러주었다. 남동생이 직사각형 테이블의 한쪽 끝에 서고 반대편에 서경과 여자가 나란히 섰다. 셋은 합을 맞춰 테이블을 들어올렸다. 일층에서 삼층으로 두 개 층을 올라가야 했다. 서경과 여자가 앞장서 계단을 오르자, 테이블 상판이 공중으로 비스듬히 솟았다. 천천히 이동하던 테이블은 계단의 직각 코너에 멈춰 섰다. 공간이 비좁아 직사각형 상판을 세워 들어야 지날 수 있었다. 테이블 무게는 아래쪽으로, 남동생 쪽으로 쏠렸다.

오른쪽으로 더 틀어요.

아니, 반대쪽으로요. 아니, 너무 세웠어요.

서경과 남매는 주변을 살피며 서로에게 주의를 주었다. 각도가 맞지 않으면 계단 난간에 붙은 장식이 긁히거나 벽지가 찢길 수도 있었다.

아, 이거 보기보다 무겁네요.

진짜 무겁네.

삼층 마지막 계단을 오르며 남매가 말했다.

조심스럽게 테이블을 내려놓고 나서 서경은 남매를 서재로 안내했다.

이것 봐.

이게 무슨 모양이야?

서재로 들어선 남매는 선반에 놓인 정미의 조각품에 관심을 보였다. 얼마 전 정미가 작업실을 이전할 때 크기가 작은 작품들을 서재에 가져다둔 것이었다.

그거 조각품이에요. 건드리면 안 돼요.

테이블 앞에서 남매를 기다리고 있던 서경이 주의를 주었다.

서재의 테이블을 일층으로 옮길 때는 셋 다 힘이 빠진 상태였다. 일층과 이층 사이의 코너를 지나며 남동생이 발을 헛딛는 바람에 계단 바닥에 대리석 상판이 세게 부딪혔다.

서경은 허리를 숙여 기스 난 곳이 있는지, 파손된 부분은 없는지 상판을 살폈다. 남매는 합격 판정을 기다리는 사람처럼 상기된 얼굴로 테이블 옆에 서 있었다.

이상 없는 것 같아요.

꼼꼼히 확인하고 나서 서경이 몸을 일으켰다.

아, 다행이에요.

남매가 안도의 숨을 내쉬며 웃었다.

너무 고생 많았어요. 정말 고마워요.

서경도 남매를 보며 환하게 웃었다.

테이블에 문제가 없다는 것을 확인한 후에야 서경도 긴장이 풀렸다. 그제야 남매에게 다친 곳은 없는지 물었다. 묻고 나서 보니 남동생의 손톱에 멍이 들어 있었다. 난간과 테이블 상판 사이에 끼여 눌린 것 같았다. 남동생은 괜찮아요, 하며 배시시 웃었다.

너 왜 그렇게 힘을 못 써.

여자는 장난치듯 말하고는 휴대폰 메시지를 확인했다. 곧 도착한대, 하며 여자가 남동생에게도 메시지를 보여주었다. 남매는 6호로 돌아가야 한다고 했다.

서경은 미리 현금을 넣어둔 봉투에 얼른 오만원을 더 넣어 여자에게 내밀었다. 여자가 손사래를 치며 거절했지만 억지로 봉투를 건넸다. 남매에게 주려고 싸둔 쿠키는 잊고 주지 못했다.

남매가 나간 후 서경은 서재로 올라가 바꿔둔 테이블에 커버를 씌웠다. 계단을 내려오면서 바닥과 난간, 벽지에 흠이 없는지 살폈다. 벽지를 살피던 서경은 계단에 멈춰서 승아, 하고 혼잣말을 내뱉었다. 여자의 이름은 승아였다. 그렇다면 남자의 이름은 승규일 것이었다. 순간 남매의 얼굴이 다시 스쳐지나갔다. 방금 떠난 남매의 모습이 아니라 삼 년 전의 남매, 교복을 입은 둘의 모습이었다.

서경은 쿠키를 들고 6호 초인종을 눌렀다.

승아와 승규가 현관문을 열고 나왔다.

이걸 가져왔어요. 아까 주려고 했는데 못 줬어요.

이렇게 많이요?

쿠키를 받아든 승아가 물었다. 옆에 선 승규가 봉투 안을 들여다보았다.

아까는 못 알아봤어요. 승아씨, 승규씨 맞죠?

둘의 얼굴을 유심히 보다가 서경은 조심스럽게 물었다. 서경의 말에 남매의 표정이 바뀌었다. 승아는 시선을 슬쩍 피했다가 멋쩍은 미소를 지었고 승규는 낮은 탄성을 내뱉으며 머리를 긁적였다.

서경이 남매를 만난 것은 카페 단골이 끊기고 맛과 서비스가 예전 같지 않다는 인터넷 리뷰 글에 속상해하던 시기였다. 승아는 카페에 전시해둔 한정판 LP를 훔쳤고 승규는 그 LP를 온라인 중고 마켓에 팔았다. 세번째 LP를 훔치려다가 승아는 서경에게 걸렸다. 어차피 이 카페 문 닫을 거잖아요. 신고할 거면 하세요. 날 선 목소리로 쏘아붙이던 승아를 서경은 기억했다. 경찰에 신고하자 승아는 합의해달라고 사정하며 울먹였다.

들어오세요. 더워요.

승아가 깜빡했다는 듯 한 발 뒤로 물러서며 말했다.

그동안 어떻게 지냈어요? 잘 지냈어요?

현관으로 들어선 서경은 승아가 안내하는 소파에 앉았다.

잘 지냈어요.

승규는 승아 옆에 서 있었다.

지금도 그 동네 살아요?

아니요. 작년에 이사했어요.

승아가 짧게 대답하고 나서 잠시 어색한 분위기가 흘렀다.

서경의 기억에 남아 있는 반성문의 내용을 떠올려보면 남매는 친구들과 어울려 다니다가 중고 물품 매매 사기와 차 털이 공모로 사회봉사명령과 보호관찰을 받은 적이 있었다.

저도 처음엔 몰라뵈었어요. 동생이랑 어제 주신 쿠키 먹다가 알았어요.

일부러 말 안 한 건 아니에요. 저희를 어떻게 생각하실지 몰라서요.

승아가 말하고 나서 승규가 변명하듯 빠르게 덧붙였다.

이렇게 만나다니 정말 신기하네요. 나야 반갑기도 하고 오늘 큰 신세를 졌으니 고맙죠.

서경이 말하고 나서 다시 어색한 침묵이 이어졌다. 서경은 남매가 그 친구들을 더이상 만나지 않는지, 사이가 좋지 않다던 어머니와는 잘 지내는지, 무사히 고등학교를 졸업하고 대학에 다니는지 궁금했다. 하지만 서경은 아무것도 묻지 않고 천천히 소파에서 일어났다.

둘 다 얼굴도 좋아 보이고 잘 지내는 것 같네요.

이제 그만 가야겠다고 생각하며 서경은 애써 웃었다. 할말이 많을 줄 알았는데 막상 마주하니 나눌 이야기가 없었다. 자신은 호의로 들렀지만, 남매는 이런 방문이 불편하거나 달갑지 않을 수도 있었다. 그 생각을 하지 못했다는 것을 뒤늦게 깨달았다.

뭐라도 드려야 하는데…… 곧 친구들이 도착할 거라서요.

승아도 소파에서 일어났다.

아, 손님이 온다고 했죠.

서경의 말이 끝나자마자 밖에서 차 엔진소리가 들렸다. 승아가 창밖으로 시선을 돌렸다.

왔나봐.

승규가 현관으로 달려가 문을 열었다.

차에서 내린 이십대 남녀 대여섯 명이 집안으로 들어왔다. 차가 한 대 더 도착하고 촬영 장비를 든 사람들도 들어왔다. 거실 안에 커다란 가방이 서너 개 쌓였고 현관은 알록달록한 운동화와 여름 샌들로 발 디딜 틈이 없어졌다.

여기서 뭘 해요?

서경이 승아에게 물었다.

단편영화를 촬영해요.

촬영요?

밤늦기 전에 끝날 거예요. 시끄럽지 않게 조심할게요.

승아도 사람들을 맞이하러 현관으로 향했다.

같이 나눠 먹어도 되겠죠?

사람들과 인사를 나누던 승아가 쿠키 봉투를 높이 들고 서경에게 물었다. 6호 안은 금세 분주한 촬영 현장으로 바뀌었다.

*

한 사람당 하나씩이에요!

승아가 주방 쪽 테이블에 쿠키를 올려두고 큰 소리로 외쳤다. 스태프들은 촬영 준비를 하다가 테이블 앞을 오가며 쿠키를 집어 먹었다.

이거 어디서 산 거야?

진짜 맛있다.

스태프들은 쿠키를 먹고 감탄했다. 카페를 운영하던 분의 솜씨라며 승아가 서경을 가리키자, 스태프들이 감사합니다, 하고 외쳤다. 사람들이 계속 드나드는 바람에 나가지 못하고 거실 안쪽에 서 있던 서경은 어리둥절한 채 인사를 받았다.

스태프들은 거실 소파를 향해 삼각대를 세우고 모니터를 설치하고 붐 마이크를 꺼내들었다. 어느새 옷을 갈아입은 승규는 거실 소파에 앉았다. 승규 옆에는 민소매 티셔츠를 입은 남자가 앉았다. 피어싱을 한 스태프가 소파에 나란히 앉은 승규와 민소매의 머리를 매만졌다. 승아는 오디오 믹서 앞에 앉아 헤드폰을 썼다. 곧 촬영 들어갑니다, 하고 피어싱이 큰 소리로 외치자 승아가 리모컨으로 에어컨을 껐다. 바삐 움직이던 스태프들은 동작을 멈추고 아무 소리도 내지 않았다. 6호 거실은 순식간에 고요해졌다. 야구 모자를 쓴 스태프가 레디 액션, 하고 외치고 나서 승규와 민소매가 대사를 시작했다.

어제 본 영화 어땠어요?

나쁘지 않았어요. 저한테는 성냥갑 같은 영화였어요.

그게 무슨 말이에요?

성냥갑 하나 정도의 온기가 어딘가에 있다는 걸 알려주는, 희망이나 낙관이 있는 영화요. 솔직히 저는 좀 삐딱하고 비관적인 편이라 최악의 상황을 먼저 생각하거든요.

저도 그래요.

그래요? 그런데 이 영화를 보고 나니까 희망이나 낙관을 싫어했던 게 아니라 마주하기를 쑥스러워했던 게 아닌가 싶어요.

쑥스러워요?

네, 그래서 이 영화가 소중했어요.

승규가 대사를 마치자 야구 모자가 컷, 하고 외쳤다.

그때까지도 서경은 스태프들 사이에 서 있었다. 배우들이 대사를 하는 내내 자신이 카메라 앞에 있는 것처럼 가슴이 뛰었다.

다음 테이크에서는 민소매의 대사가 꼬여 웃음바다가 되었다. 카메라 위치를 바꿔가며 몇 컷을 더 촬영하고 나서 스태프들은 장비를 챙겨 주방 쪽 뒷문으로 나갔다. 다음 촬영 장소는 뒤뜰이었다. 서경은 6호에서 빠져나와 7호 주방으로 갔다. 오전에 반죽해둔 파이에 속을 채워 오븐에 넣고 다시 6호로 돌아와보니 분위기가 이전과 사뭇 달랐다. 뒤뜰 신에 등장할 소품이 부서져 촬영을 할 수 없는 상황이었다.

어떡해.

그걸 지금 어디서 구해.

다른 스태프들의 말에 조연출이자 소품 담당인 피어싱은 울상이었다. 비슷한 소품을 구해보려고 승아가 고모에게 연락해보았지만, 여행지에서 사온 장식품이나 기념품뿐이라 촬영에 쓸 만한 것은 없었다.

어떤 모양을 원하는 거예요?

서경이 야구 모자에게 물었다.

야구 모자는 서경의 물음에 그게 그러니까, 하며 잠시 고개를 갸웃하다가 느릿느릿 설명했다. 야구 모자의 설명을 들으며 서경은 남매를 쳐다보았다.

아까 그거 어때요?

서경이 남매에게 묻자, 정말요? 그래도 돼요? 하며 둘은 반색했다.

몇 분 후에 서경은 깨뜨리거나 잃어버리면 안 된다는 당부와 함께 피어싱에게 조각품을 건넸다.

조각품은 뒤뜰에서 보이는 짙푸른 여름 풍경과 함께 카메라 프레임에 담겼다. 촬영이 진행되는 동안 해가 조금 기울었다. 무사히 뒤뜰 촬영을 마친 스태프들은 해지기 전의 매직 아워를 놓치지 않아야 한다며 서둘러 산책로로 이동했다. 서경은 다시 7호 주방으로 돌아와 먹음직스럽게 구워진 파이를 오븐에서 꺼내 식히고 넉넉한 양의 커피를 준비했다. 보랭통에는 얼음을 담았다. 서경은 준비한 간식을 6호로 가져가 주방 테이블 위에 먹기 좋게 세팅해두었다. 날은 어느새 어두워져 달이 떠 있었다. 얼마 지나지 않아 산책로 촬영을 마친 스태프들이 돌아왔다. 스태프들은 환호하며 테이블 주위로 모여들었다. 파이 조각은 허기진 스태프들의 입안으로 순식간에 사라졌다. 촬영은 더 이어져 밤 열시가 넘어 끝났다.

조각품 정말 감사해요.

제 은인이세요. 평생 잊지 않을게요.

승아와 야구 모자가 서경에게 다가와 꾸벅 인사했다.

파이랑 커피 잘 먹었습니다.

진짜 맛있었어요.

다른 스태프들도 하나둘 서경 곁으로 왔다. 더운 날씨에 쉼없이 촬영이 이어져 지쳤을 텐데도 얼굴엔 생기가 넘쳤다. 서경을 둘러싼 아이들에게서 땀냄새가 났지만, 서경은 그 냄새가 싫지 않았다.

지금 뭐하는 거냐구.

스태프 한 명이 피어싱에게 큰소리쳤다. 피어싱은 거실 구석에 서서 소품 가방에 있던 물건들을 다 꺼내놓고 있었다.

뭐가 없어졌어?

다른 스태프가 피어싱에게 물었다.

내가 여기 뒀는데. 분명히 있었는데.

얼굴이 하얗게 질린 채 피어싱이 중얼거렸다. 조각품이 보이지 않는다고, 아무리 찾아도 없다고 했다.

*

스태프들은 장비 가방과 개인 가방을 뒤지고 거실과 뒤뜰 구석 구석을 살피며 조각품을 찾았다. 몇몇은 산책로를 다녀왔다. 하지만 어디에도 조각품은 없었다. 야구 모자와 피어싱이 그 소식을 서경에게 전했다.

다 찾아본 거예요? 더 찾아볼 곳은 없어요?

서경이 목소리를 높이며 물었다.

아무리 찾아도 없어요. 나중에라도 꼭 찾아드릴게요. 정말 죄송해요.

야구 모자와 피어싱은 오늘은 시간이 늦어 스태프들을 이만 보내야 하지만 계속 찾아보겠다고 약속했다.

아니요, 지금 찾아야 해요. 아직 시간이 있어요. 찾을 수 있어요.

서경은 단호했다. 정미 가족은 내일 아침 열시에 도착할 예정이었다. 그전에 조각품을 찾아 서재에 가져다놓아야 했다.

야구 모자와 피어싱은 어두운 얼굴로 스태프들을 불러모아 더 찾아보라고 다그쳤다.

이게 뭐야. 집에도 못 가고.

더이상 뭘 어쩌라고.

스태프들은 불평했다.

네 담당이잖아. 네가 챙겼어야지.

피어싱에게 핀잔을 주는 스태프도 있었다.

내가 놀다가 잃어버렸냐?

피어싱은 볼멘소리를 하다가 밖으로 나가버렸다. 몇몇은 찾는 시늉을 하고 나머지 스태프들은 거실 바닥에 앉아 휴대폰으로 게임을 하거나 잡담을 했다.

조금 더 시간이 흐른 뒤 승아와 야구 모자, 피어싱이 다시 서경에게 왔다. 돈을 모아 보상을 할 테니 어느 정도 금액이면 될지 물었다.

그건 돈으로 구할 수 없어요. 그냥 장식품이 아니에요.

서경은 고개를 저었다.

정말 죄송해요.

조용히 서 있던 승아가 고개를 푹 숙이며 눈물을 훔쳤다.

승아씨……

승아의 떨리는 어깨를 보다가 서경은 눈을 감았다. 네 잘못이 아니라고 말해주고 싶었지만, 입이 떨어지지 않았다. 서경은 말을 잇지 못했다.

스태프들은 하나둘 돌아갈 채비를 했다. 차 한 대가 먼저 출발하고 나머지 차도 곧 떠났다. 십여 분 후에 차 한 대는 돌아왔다. 차에서 내린 스태프들은 소파에 둘러앉아 술과 안주를 꺼내놓고 술판을 벌였다. 일단 좀 먹으라니까, 하며 남매와 야구 모자, 피어싱도 술자리에 끌어 앉혔다.

6호에서 떠나지 못하고 벽에 기대서 있던 서경은 주방 쪽 테이블에 걸터앉았다. 도란도란 둘러앉아 먹고 마시는 아이들을 바라보며 시끌벅적하고 생기발랄했던 자신의 이십대 초반을 잠시 떠올렸다. 이십대에 상상한 마흔은 지금 자신의 모습과는 달랐다. 지난달 생일을 맞으며 마흔이 된 서경은 아이들 나이의 두 배를 사는 동안 여러 가지 일을 겪었다. 특히 삼 년 전 여름을 기점으로 서경의 인생은 달라졌다. 누군가는 서경이 똑똑지 못해서 그런 일을 당했다고 했다. 하지만 그런 일을 당한 건 서경만이 아니었다. 신축 빌라 세입자 중 누구도 집주인과 연락이 닿지 않았다. 빌라는 경매로 넘어갔고 서경은 전세 보증금을 돌려받지 못했다. 이후로 서경이 이루어놓은 것들은 도미노처럼 하나씩 무너졌다. 경찰서와 법원을 오가고 피해 대책을 위한 모임에 참석하느라 아르바이트생만 남겨둔 채 카페를 비웠고 원두의 신선도가 떨어진 커피와 딱딱하게 굳은 디저트는 아무도 찾지 않았다. 차츰 가깝게 지내던 사람들과도 멀어졌고 새로운 사람을 사귀는 일에도 관심을 잃었다. 서경은 잃은 것들을 되찾고 싶은 마음으로 돈을 모았다. 빚을 갚아야 했다. 서경은 피로했다. 하루종일 촬영을 지켜보고 파이를 굽고 커피를 나르느라 제대로 앉지도, 먹지도 못했다. 이제 일자리를 잃을 것이고 최악의 경우에는 작품 분실에 대한 피해 보상을 해야 한다는 생각에 이르자 온몸에 힘이 빠졌다. 서경의 몸은 물에 젖은 솜처럼 무거웠다. 깊은 곳으로 가라앉는 것 같았다.

깜빡 졸던 서경은 아이들이 손뼉을 치며 웃는 소리에 눈을 떴다. 서경은 느릿하게 눈을 깜빡였다. 세상은 만만치 않다는 것을 아이들에게 알려주고 싶었다. 눈을 한번 더 깜빡인 후에는 고개를 저었다. 이런 종류의 일에 대해서는 아이들이 영원히 모르기를 바랐다. 자신을 등지고 앉은 아이들을 바라보다가 서경은 잠이 들었다.

　　　　　　*

일어나세요.

승아가 서경을 흔들었다. 서경은 소스라치게 놀라며 6호 거실 소파에서 깨어났다. 새벽까지 술을 마시던 스태프들도 막 일어났는지 거실을 치우고 있었다.

전화가 오다가 끊겼어요.

승아가 서경의 휴대폰을 내밀었다. 정미의 메시지가 와 있었다.

─전화 안 받으시네요. 저희 곧 도착해요.

서경은 헐레벌떡 7호로 건너가 주방을 치웠다. 파이를 굽고 나서 그대로 둔 터라 정리할 게 많았다. 싱크대 물기를 닦고 베이킹 도구를 하부장에 넣고 앞치마를 벗고 나니 정미 가족이 도착했다.

잘 다녀오셨어요?

서경이 현관문을 열며 정미 가족을 맞이했다.

말도 마세요. 둘째가 배탈이 나서 이틀 동안 호텔에만 있었어요.

부부는 아이를 하나씩 품에 안고 현관으로 들어섰다. 남매는 곯아떨어져 있었다.

서경이 차 트렁크와 뒷좌석의 짐을 집안으로 옮기는 동안 부부는 잠든 아이들을 이층 침대에 뉘었다.

서경은 부부의 오후 스케줄을 확인했다. 동식은 미팅이 있고 정미는 작업실에 갈 예정이었다.

수고 많으셨어요. 정리 잘해주셨네요.

드레스 룸과 손님방을 둘러보고 내려온 정미가 말했다. 동식은 서경에게 욕조에 물을 받아달라고 했다.

서경씨.

정미가 욕조에 물을 틀어놓고 나오는 서경을 불렀다. 정미는 캐리어 안쪽 주머니에서 작은 상자를 꺼내 건넸다. 여행지에서 사온 선물이었다.

작가님.

서경은 정미를 향해 몇 걸음 다가갔다. 서경은 정미를 작가님이라고 불렀다. 일을 시작할 때부터 정미는 그렇게 불러달라고 했다.

마음에 안 들어요?

무뚝뚝한 표정의 서경에게 정미가 물었다.

서경은 화장품인지 향수인지 모를 작은 상자를 손에 든 채 정미 앞에 섰다. 그 자리에서 고개를 돌려 잠시 뒤뜰을 바라보았다. 뒤뜰에는 바람 한 점 없었다. 그림엽서처럼 평화로워 보였다. 서경이 맞이해야 하는 현실과는 무관했다. 정미는 곧 조각품이 사라졌다는 것을 알아챌 것이다. 누구도 의도하지 않았지만, 누군가는 책임을 져야 했다.

드릴 말씀이 있어요.

서경이 목소리를 가다듬고 말했다.

뭔데요. 무슨 일 있었어요?

일을 그만둬야 할 것 같아요.

허공에 시선을 둔 채 입술을 달싹이던 서경이 말했다.

갑자기 왜요? 어디 아파요? 어디가 안 좋아요?

걱정스러운 얼굴로 묻는 정미에게 서경은 서재에 있던 조각품 하나를 잃어버렸다고 고백했다.

잃어버려요?

정미는 무슨 말인지 모르겠다는 표정으로 서 있다가 계단으로 향했다. 곧바로 삼층 서재로 들어서 자신의 작품 한 점이 사라진 것을 확인했다.

서경씨답지 않네요. 어떻게 이런 일이 생긴 거죠?

뒤따라 서재로 들어온 서경에게 정미가 추궁하듯 물었다.

정말 죄송해요.

둘 사이에 무거운 침묵이 흘렀다. 정미는 머리가 아픈 듯, 한 손을 들어올려 이마에 가져다댔다. 서경은 정미를 지켜보며 숨죽인 채 서 있었다.

제가 어떤 상황인지 서경씨는 잘 알잖아요.

정미가 서경을 향해 말했다. 정미의 눈에 눈물이 고였다.

정미는 작품활동을 다시 시작한 이후로 이렇다 할 반응을 얻지 못했다. 관심을 보이는 갤러리가 없어 의기소침해 있었다.

어제 단지 안에서 영화 촬영이 있었어요.

서경은 솔직하게 말했다. 정미의 조각품을 영화 촬영에 소품으로 빌려주었다가 결국 찾지 못한 사연을 들려주었다.

영화 촬영요?

정미는 촬영에 대해 더 알고 싶어했다.

스태프 여러 명이 단지로 들어와 오후부터 밤까지 단편영화를 촬영했다고 서경이 말하던 중에 잠에서 깬 아이들이 서재로 뛰어들어왔다. 동식도 뒤따라왔다. 정미는 눈가에 남아 있던 눈물을 훔쳤다.

여행 재미있었니?

서경은 무릎을 꿇고 앉아 어린 남매를 안아주었다. 큰아이는 다섯 살, 작은아이는 네 살이었다.

내 작품이 영화에 소품으로 쓰였대.

정미가 동식에게 말했다.

정말? 잘됐네.

동식이 정미 곁으로 갔다.

그렇지?

부부는 마주보며 미소 지었다.

타고난 사업가인 동식은 정미의 작품에 대한 이해는 부족했지만 좋은 남편이자 아빠였다. 둘 사이에 태어난 아이들은 사랑스러웠다. 정미는 원피스 자락을 잡고 늘어지는 둘째를 번쩍 들어안았다. 작업을 다시 시작하면서 정미는 아이들과 이전처럼 많은 시간을 보낼 수 없었고 필요 이상의 죄책감을 갖지 않으려고 스스로를 다독여야 했지만 쉽지 않았다. 작가와 엄마 사이에서 어디로도 가지 못하고 갈팡질팡하는 기분일 때가 있었다.

여보, 지금 중요한 얘기를 하고 있었어.

정미는 둘째를 남편의 품으로 보내고 첫째의 이마와 머리에 입맞추고 나서 말했다. 정미의 부탁에 동식은 고개를 끄덕였다.

*

영화가 언제 완성될까요?

동식과 아이들이 나간 후에 정미가 물었다.

완성되면 보고 싶어요. 아, 크레디트에 내 이름이 들어가야겠죠.

크레디트요?

서경이 물었다.

영화 엔딩 크레디트 말이에요. 작품 제공으로요.

정미의 대답에 서경은 복잡한 표정으로 눈동자를 빠르게 움직이다가 그럼요, 하고 고개를 끄덕였다.

그런데 서경씨.

정미가 서경을 또 불렀다.

영화가 무슨 내용인데요? 왜 내 작품이 필요했던 거예요?

정미의 물음에 서경은 선반에 놓인 다른 조각품들을 바라보았다. 정미에게 이 작품들이 무척 소중하다는 것을 서경은 잘 알았다. 하지만 무엇을 표현한 것인지는 잘 몰랐다. 동글동글한 형태의 조각품은 곰 인형이 쓰러질 듯 앉아 있는 것처럼 보였다. 녹아 내린 아이스크림처럼 보이기도 했고 다시 보면 뭉게구름 같기도 했다. 석고에 금박을 입힌 주먹 크기만한 조각품들은 비슷해 보이지만 모두 다른 모양이었다.

흔히 볼 수 없는 모양의 소품을 원했어요. 일상적이면서도 신비한 느낌을 주고 싶다고 했어요.

서경은 야구 모자에게 들었던 말을 전했다. 그때 서경은 커버를 씌워둔 테이블 아래 떨어져 있는 흰 조각 하나를 발견했다. 어제 테이블을 옮겨두고 나서 떨어져나온 것 같았다. 서경은 천천히 테이블 쪽으로 걸어갔다.

스태프들이 정말 좋아했어요.

서경이 이어 말했다.

그랬어요?

정미는 미소 지으면서 자신의 조각품들을 바라보았다. 그사이 서경은 먼지를 치우는 척 대리석 조각을 주웠다.

스태프들이 내 작품을 알고 찾아온 건 아니잖아요. 그렇죠?

정미는 아직도 궁금한 게 많은 표정이었다. 경계를 풀지 않으려는 듯 고개를 갸웃하며 서경을 바라보았다.

손에 쥔 조각을 만지작거리며 서경은 고개를 끄덕였다. 거칠고 뾰족한 감촉이 손바닥에 닿았다.

그럼 서경씨가 나서서 빌려준 거예요? 왜 그렇게까지 한 거예요?

정미가 미간을 찌푸리며 서경에게로 한 걸음 다가왔고 그 모습에 서경은 초조해졌다. 집요한 물음에 짜증도 일었다.

서경은 서재에 난 창으로 고개를 돌렸다. 열린 창틈으로 옆집 아이들의 웃음소리가 들려왔다. 이어서 차 시동을 거는 소리가 났다. 아이들이 떠나는 걸까? 아이들을 떠올리자, 어제 맡았던 땀 냄새가 나는 것 같았다.

서경은 말없이 서 있었다. 왜 그렇게까지 했을까. 왜 조각품을 선뜻 아이들에게 내어주었을까. 평소의 서경이라면 하지 않을 행동이었다. 신중하지 못한 일이었다. 하지만 다시 생각해보면 안 될 것도 없는 일이었다. 서경은 열심히 촬영하는 아이들에게 간식을 만들어주었고 서재에 있던 조각품 중 하나를 빌려주었다. 서경에게 그 정도의 호의는 자연스러운 일이었다. 승아와 승규, 그리고 스태프들에게 서경은 7호의 주인이자 조각가였다. 7호는 서경의 집이고 조각품 역시 서경의 것이었다. 조각을 하시나봐. 그런가봐. 테이블을 나르러 서재로 들어온 남매가 선반의 조각품을 보며 이런 말을 주고받을 때 서경은 둘의 대화를 바로잡지 않았다. 의도치 않게 생긴 오해를 내버려두었다.

서경은 서재에 방금 들어선 것처럼 다시 주위를 둘러보았다. 한쪽 벽에 붙은 책장, 그 옆에 커버를 덮어둔 테이블이 놓여 있었다. 맞은편의 조각품들을 올려둔 선반 앞에는 서경의 대답을 기다리는 정미가 서 있었다.

무슨 말이라도 좀 해봐요.

서경의 긴 침묵이 답답한 듯 정미가 채근했다.

정미를 물끄러미 바라만 보던 서경은 나직이 단어 몇 개를 읊조렸다. 어제 촬영을 지켜보며 들었던 단어들이었다.

뭐라고요?

짜증을 내듯 정미가 물었다.

어제 촬영한 영화는 온기에 대한 것이었어요. 비관적인 사람도 멀지 않은 곳에 희망이 있다는 걸 알 수 있는, 성냥갑 하나 정도의 온기를 느낄 수 있는, 그런 순간에 대한 이야기요.

서경은 창밖을 보며 말했다. 창으로 푸른 하늘이 보였다. 맑고

화창한 날이었다.

정미는 아무 말도 하지 않았다. 그게 무슨 말이에요? 하고 묻지도 않았다.

작가님!

자기도 모르게 서경은 큰 소리로 정미를 불렀다.

그런 게 있다고 믿으세요? 그런 순간을 만난 적 있으세요?

정미를 향해 서경이 외쳤다. 알 수 없는 감정이 복받쳐올라 서경은 자리에 주저앉거나 울음을 터뜨리지 않으려고 양손을 꼭 쥐었다. 정미는 자신을 향해 달려들 것처럼 주먹을 쥐고 선 서경을 바라보기만 했다.

초인종을 누르고 스태프들이 도움을 청해왔을 때 영화 얘기를 듣자마자 작가님 작품이 떠올랐어요.

서경은 숨을 고르며 선반 쪽으로 천천히 걸어갔다.

전 조각품에 대해선 잘 모르지만, 이 작품들을 사람들이 더 많이 보면 좋겠다고 생각했어요.

서경이 고개를 돌려 정미와 눈을 마주쳤다. 정미는 작은 탄식을 내뱉었다.

나한테 미리 말을 했어야죠. 그랬으면 좋았을걸요.

정미는 무언가를 곰곰이 생각하는 듯한 얼굴로 서 있다가 서재 안을 서성였다.

작가님 휴식을 방해하고 싶지 않았어요. 연락을 드렸어야 했는데, 제가 생각이 짧았어요.

서경이 또 한번 사과했다.

이모님!

아래층에서 동식이 부르는 소리가 들렸다. 동식은 따끈한 물이 가득찬 욕조에 들어갈 참이었다. 서경이 어린 남매를 돌보러 오기를 기다리고 있었다.

아까 얘긴 못 들은 걸로 할게요. 그만둔다는 얘기요.

서성이던 걸음을 멈추고 정미가 말했다. 서경은 눈을 깜빡이다가 고개를 한 번 끄덕였다.

이모님!

동식이 한번 더 서경을 불렀다.

네, 내려갈게요!

서경이 크게 외쳤다.

드레스 룸 말이에요. 생각해봤는데 원래 위치가 더 나은 것 같아요.

서경이 서재 밖으로 나가려고 할 때 정미가 말했다. 서경은 또 한번 고개를 끄덕였다.

애쓰셨을 텐데 죄송해요.

아니에요. 문제없어요.

이틀 동안 해둔 일을 되돌려놓아야 했지만, 서경은 싫은 내색을 하지 않았다.

서재에서 나온 서경은 바로 옆 욕실로 들어갔다. 욕실 문을 닫고 움켜쥐었던 손을 천천히 펼쳤다. 대리석 조각의 날카로운 부분이 피부를 깊숙이 파고들어 손바닥에 박혀 있었다. 손바닥에서 흰 뼈가 튀어나온 것처럼 보이기도 했다. 서경은 조각을 빼냈다. 빼낸 조각을 가만히 들여다보았다. 새끼손가락 한 마디만한 크기의 뾰족한 돌조각이었다. 조각의 반은 희고 나머지 반은 피로 물들어 붉은빛을 띠었다.

서경은 그것을 간직하고 싶었다. 그 조각이 소중하게 느껴졌다. 숨죽인 채 서 있던 서경은 누군가 자신을 보는 것 같아 주위를 살폈다. 욕실 거울에 비친 자신의 두 눈, 자신의 얼굴이 보였다. 서경은 거울을 보며 고개를 끄덕였다. 서경도 알고 있었다. 손에 쥔 것을 버려야 했다.

아래층에서 이모, 하고 아이들이 부르는 목소리가 들렸다.

서경은 재빨리 두루마리 휴지를 뜯어 상처에서 배어나온 피를 닦아냈다. 피 묻은 휴지와 조각을 변기에 던져넣고 레버를 눌렀다.

그래, 이모 지금 내려가. 금방 갈게!

서경은 외쳤다.

가슴에 한 손을 얹은 채 서경은 변기 안을 들여다보았다. 자신의 일부를 잃어버린 듯 슬픈 표정으로 물의 소용돌이를 지켜보았다.

---

* 소설 속 영화 대사는 오디오 매거진 〈조용한 생활〉 2023년 6월호 '극장전'의 일부를 수정하여 인용함.
* 조각품은 Livia Marin의 〈Soft Toys〉를 참조함.

소중한 무언가에 대한

청탁을 받아 소설을 쓰는 것, 마감일이 주어지는 것은 기쁘고 행복한 일이다. 기쁘고 행복한 나날을 보내다가도 마감 전에 컨디션이 좋지 않으면 신경이 곤두선다. 마감을 못 지킬까봐 걱정이 앞선다. 언젠가부터는 마감 전에도 후에도 자주 탈이 나서 체력을 키워야 한다는 말을 입에 달고 지내게 되었다.

올해 8월의 어느 무더운 날에는 집에서 끙끙 앓았다. 보약을 한 재 지어야 할까, 운동 시간을 늘려야 할까, 명상을 해야 할까, 아니면 추가 비용을 내고 건강검진 항목을 늘려야 할까. 식은땀을 쏟으며 음식과 운동, 스트레스 관리 중 무엇이 문제일까 따져보았다. 확실한 해결책은 모르겠고 그저 아프면 안 되는데, 소설을 써야 하는데, 걱정만 하다가 나중에는 소설을 써서 아픈 게 아닐까, 생각했다.

소설을 안 썼으면 지금보다 건강하지 않았을까?

애인에게 물었을 때 그건 아닌 것 같다고 애인은 딱 잘라 말했다.

원래 탈이 잘 났다며. 타고난 체질이 그런 거지. 소설이랑은 상관없잖아?

매사를 감정적으로 대하는 나F와 달리 애인T은 논리적으로 판단하는 편이다. 엄살을 부리고 싶었던 나는 무안해졌지만, 아닌 건 아니라고 콕 집어 얘기해주는 애인에게 고마웠다.

거짓말 같지만 정말로, 이 얘기를 나눈 다음날, 「조각들」의 수상 소식을 전하는 연락을 받았다.

「조각들」은 삶의 소중한 몇 가지를 한꺼번에 잃은 사람의 이야기이다. 살던 집을 잃은 서경은 운영하던 카페를 정리하고 가깝게 지내던 사람들과도 연락을 끊고 지낸다. 서경은 원래 호텔에서 일하는 여자였다. 작년 여름, 호텔 직원이 손님과 갈등을 겪는 이야기를 쓰려고 했다. 초고를 완성하지 못해 막막해하던 중에 친구의 집들이 초대로 타운 하우스에 놀러갔는데 다녀온 후에도 그 집이 계속 생각났다. 친구를 따라 오르내린 계단과 창밖 풍경을 떠올리며 초고를 다시 썼다. 호텔 손님은 타운 하우스의 주인이, 서경은 그 집의 입주 가사 관리사가 되었다.

서경을 고단한 상황에 홀로 외롭게 두었지만 소설 중반부를 쓰면서는 원래 모습을 되찾은 듯 활기 넘치는 모습을 그리고 싶었다. 서경의 기대와 달리 승아, 승규 남매와 재회하는 순간은 어색했지만 이 뜻밖의 만남을 거기서 끝내고 싶지 않았다. 우연히 찾아온 특별한 순간, 가슴 뛰는 순간을 서경에게 만들어주고 싶었다. 촬영 현장의 어느 스태프 못지않게 열정적인 서경을 상상하며 남매는 어떤 영화를 찍을까, 어떤 대사를 할까, 고민하던 중에 팟캐스트를 듣다가 적어둔 메모가 생각났다.

설거지나 방 청소를 하며 종종 팟캐스트를 듣는데 그날은 팟캐스트를 듣다가 멈추고 책상에 앉아 출연진의 대화를 받아 적었다. 영화 기자가 칸영화제에서 본 영화 한 편의 소감을 전했다. 이 짧은 영화 감상이 내게는 삶의 소중한 무언가를 대하는 태도에 대한 이야기로 들렸다. 그렇게 생각하자 나도 몰랐던 내 마음을 다른 사람이 대신 얘기해준 것 같아서 기분이 묘했다.

— 상황을 냉정하게 따져보면 시궁창이 현실인 거잖아요. 바닥에 바닥의 현실인 건데 따뜻하다고 느껴지는 이유 중에 하나가 붙잡고 있는 단 하나 (……) 성냥갑 하나 정도의 온기를 딱 보여주는 건데. 그 온기가 얼마나 소중한지, 그게 있다는 것 자체가 얼마나 중요한 건지를 보여주는, 그런 정도의 희망과 낙관인 것 같고. (……) 저는 솔직히 얘기하면, 제가 기본적으로 꼬여 있고 좀 삐딱한, 비관적인 사람이라서. (웃음) 안전부터 먼저 생각하거든요. 항상 최악의 상황을 먼저 생각하게 되고, 희망과 낙관을 싫어한다고 생각했어요. 근데 (……) 영화들 쭉 보면서 이런 것들을 싫어하는 게 아니고 쑥스러워했던 게 아닌가, 생각이 드는 거예요.

―말이 되네요.

　　―너무 이게 소중했어요.

　　　　　오디오 매거진 〈조용한 생활〉 2023년 6월호 '극장전'에서

　　출연진의 대화를 들으며 마음을 드러내지 않으려고 애쓰는 나의 머쓱한 표정이 스쳤다. 누군가와 '온기'를 나누고 싶어하면서도 그런 순간이 손에 쥐어지지 않을까봐 겁이 나서 뒷걸음치는, 오랫동안 그렇게 지내와서 점점 더 쑥스러워진 나의 상태를 들킨 것 같아서 적어둔 것이었다.

　　서경은 산산이 부서진 삶의 조각들을 찾아 헤매는 중이다. 조각들을 모아서 원하는 삶을 다시 꾸리고 그 조각을 사람들과 나누는 날을 꿈꾼다. 부단한 노력으로 잃은 것들을 되찾을 수 있다고 믿는 사람이다. 서경은 그것들을 되찾을 수 있을까. 찾을 수 있다고 믿어도 되는 걸까. 서경은 무모한 사람일까, 아니면 용감한 사람일까.

　　무언가를 믿거나 기대하는 것, 또 마주하는 것에 대해 생각하면 할수록 용기가 필요한 일이라는 생각이 든다. 지난여름의 나를 돌아보며 지금은 용기에 대해 생각한다. 조금 더 튼튼해지고 싶고 또 용감해지고 싶다는 생각을 한다.

가슴에 손을 얹고

백지은(문학평론가)

"왜 그렇게까지 했을까." 누군가 이 질문을 자기 자신에게 던질 때는, 그 이유를 명확히 알지 못해 스스로 괴로움에 휩싸여 있거나 심지어 그 행동을 하지 말았어야 했다는 후회와 자책에 빠져 있을 때다. 「조각들」의 '서경'이 지금 그러하다. "평소의 서경이라면 하지 않을 행동이었다. 신중하지 못한 일이었다." 그런데 왜 했을까? 이 질문에 답하기 위해서는 주어와 술어 사이에 무언가가 채워져야 한다. 아마도 그때 서경은 자기의 행동이 '그렇게까지'에 해당한다고 생각하진 않았을 것이다. 다만 그 이후에 벌어진 일들로 "누구도 의도하지 않았지만, 누군가는 책임을 져야" 하는 상황에 이르렀기에 결과적으로 그 행동이 '무모했다'고 할 수밖에 없게 된 것이다. 무모함은, 실수나 오해처럼 미래완료의 사건이다. 미래완료에는 이야기가 필요하다. 미완의 행동이 어떤 곤란한 결과의 원인으로 드러나는 과정이 있어야 한다. 서경은 왜 그렇게까지 했을까.

서경은 정미 부부와 두 아이가 살고 있는 타운 하우스에서 '입주 가사 관리사'로 일하며 지내고 있다. 정미의 네 식구가 가족 여행을 떠나는 날 아침을 보면, 서경의 일상과 직업적 능력이 짐작된다. 이른 아침 핸드 드립 커피를 한 잔 들고 잠깐 거실 테이블에 앉았다가 곧 네 사람이 먹을 식사를 준비한다. 아침을 먹고 부부가 짐을 싸기 시작하자, 아이들 수영복, 비상약, 물놀이 용품, 보조 배터리 등 여행에 필요한 물건들을 챙겨주고, 캐리어 네 개를 차에 싣고 떠나는 가족을 배웅한다. 나흘 후 그들이 돌아올 때까지 서경은 이층의 드레스룸과 사층의 손님방을 바꾸어야 한다. 그녀는 수십 번 계단을 오르내리며 옷가지와 취미 용품을 나르고 네임 태그를 다시 붙여 정리를 마무리한다. 그리고 쿠키를 구웠다. 한때 카페의 주인이었던 서경은 나중에 다시 카페를 열 계획이라 시간이 날 때마다 디저트 메뉴를 만들어본다.

사실 서경이 어제 한 행동은 "다시 생각해보면 안 될 것도 없는 일이었다." 이웃에게 쿠키와 파이와 커피를 전해주었고, "서재에 있던 조각품 중 하나를 빌려주었"던 것뿐이다. 어젯밤 조각품이 사라지지만 않았다면 "서경에게 그 정도의 호의는 자연스러운 일"이라고 생각해도 됐을 것이다. 정미네가 아직 여행중이었던 어제, 이 타운 하우스의 옆집에 주인 부부 없이 그들의 조카 남매가 와 있었고 마침 대리석 테이블이 깨진 것을 발견한 서경이 "자신과 정미의 가족, 누구도 손해보지 않는 방법"으로 옆집 젊은이들에게 도움을 청했던 것이다. 그리고 고마움의 표시로 쿠키를 나눠주었고, 때마침 들이닥친 그 젊은 친구들이 단편영화를 촬영하는 현장을 목격하게 된 와중에 소품 걱정을 하는 그들에게 정미의 조각품 하나를 건넸던 것뿐이니까. 황당하게도 그것이 사라지는 일만 없었다면, 젊은이들의 생기 넘치는 그 촬영 현장에서 서경은 끝까지 '은인'일 것이었다.

그런데 정말 그것뿐이었을까. 마침 옆집의 그 남매가 삼 년 전 서경의 카페에서 물건을 훔쳤던 그 아이들이었다는 사실이나, 마침 영화 촬영 같은 의외의 이벤트를 가까이에서 목격하게 됐다는 사실 같은 건 "그 정도의 호의"에 관련 없는 평범한 우연이었을까? 서재에 들어온 남매가 "조각을 하시나봐" 했을 때 "둘의 대화를 바로잡지 않"았던 것이나, 촬영 현장에서 "배우들이 대사를 하는 내내 자신이 카메라 앞에 있는 것처럼 가슴이 뛰었"던 것은, 서경이 '그렇게까지' 행동한 것과 직접적인 관련이 없을까? "승아와 승규, 그리고 스태프들에게 서경은 7호의 주인이자 조각가였다. 7호는 서경의 집이고 조각품 역시 서경의 것이었다." 서경은 이 "의도치 않게 생긴 오해를 내버려두었"던 것이 아니라, 더 조장하고 싶었는지도 모른다. 아니 어쩌면 '오해'는 '의도치 않게 생긴' 것이 아닐 수도 있다. 그 무거운 대리석 테이블을 삼층까지 옮겨 바꿔놓는 것이 정말 "누구도 손해보지 않는 방법"일까? 남매의 도움을 받아 서재의 주인 행세를 하고 나서야 그들이 구면임을 알아차렸다는 서경의 말은 얼마큼 사실일까?

그러나 서경은 음흉하고 교활한 사람이 아니다. 결함이 없는 완벽한 사람은 못 되겠지만 적어도 그녀는 '완벽함'이란 단어를 떠올리며 "결함을 메꾸어나가려는 태도"와 "실패나 좌절을 딛고 일어서려는 노력과 의지"를 생각한다. 삼 년 전 전세 보증금을 떼이고 경찰서와 법원을 오가다 카페 문까지 닫았던 그녀가 잃은 것을 되찾고 싶은 마음만으로 지내는 현재는 바로 그런 노력과 의지의 시간이다. 설령 그녀가 부유한 예술가인 양 허세를 떨었대도 그건 야비한 속임수 같은 게 아니라 초라한 만용쯤이 아닐까. 이 일로 그녀가 일자리를 잃고 지난 삼 년을 물거품으로 만든다면 사소한 부정不正의 대가로는 과도하지 않은가. 그렇다면 그녀의 행동이 '무모함'으로 완료되는 진짜 원인은 현재 그녀의 절박한 처지에 있는 건지도 모른다. 그녀가 신중하지 못했던 이유는, "결함을 메꾸어나가"는 것으로 완벽을 추구하기 위해서는 이 일자리를 유지해야만 한다는 사실을 잠시 잊었기 때문일 뿐이다.

상황이 이러하다는 것을 서경이 모른다면 이 소설은 전혀 다른 이야기가 됐을 것이다. 그녀는 후회스러운 행동을 메꿀 방법을 바로 알지는 못했으나 자신이 '그렇게까지' 했던 전날의 행동을 완료하기 위한 이야기를 일단 찾아낸다. "왜 그렇게까지 한 거예요?"라는 정미의 물음에 서경은 "비관적인 사람도 멀지 않은 곳에 희망이 있다는 걸 알 수 있는, 성냥갑 하나 정도의 온기를 느낄 수 있는, 그런 순간"을 아느냐며, 아무렇게나 혹은 아무렇지도 않게 이상한 대답을 하는데, 이것은 막 지어낸 변명만은 아닐 수도 있다. 촬영 현장에서 들었던 이 대사는 서경의 행동을 설명하기보다는 차라리 예술적 인정에 목말라 있던 정미를 위로하기에 적절했을 것이다. 예기치 않게 감정이 북받친 서경이 정미의 눈을 바라보며 "제가 생각이 짧았어요"라고 사과하기까지의 밀도 높은 시간을 통과하여 비로소, "왜 그렇게까지"는 '그럴 수밖에 없어서'라는 답에 이르게 된다. 그리고 서경의 지난 행동은 마침내 완료되었다.

　「조각들」은 이렇게 완료된 서경의 자기 서사다. 우리는 자기 자신을 매 순간 명확하게 인지할 수 없으나 문득 지난 순간의 자기를 스스로 설명해야만 하는 때 요청되는 진실은 이렇게 허위와 당위를 동시에 품은 자기 서사를 기어코 내놓게 만든다. 고급 주택의 입주 관리인이 집주인의 부재 동안 벌이는 일화들은 불가불 영화 〈기생충〉(2019)을 상기시키면서 낯익은 긴장감을 쌓아가게 하지만, 서경의 변명이 정미에게 위로가 된 그 결말에서, (이렇게 말해도 된다면) 예술가인 체하는 허세와 예술가로 인정받고 싶은 허세가 절묘하게 만나 다소 허무한 화해에 이른 그 순간에, 불안하게 밀려오던 스릴러의 초조함이 일순 감성 드라마의 처연함으로 바뀌는 반전 매력도 선사한다. 지난 이박 삼일간 해둔 일을 싫은 내색도 없이 되돌려놓겠다고 대답하는 서경은 이제, 아무 일도 없었던 듯 정미 가족의 여행 전으로 돌아갈 수 있다는 것을 안다. 하지만 그녀가, 꼭 움켜쥐고 있던 손을 펼쳐 튀어나온 뼈처럼 박힌 대리석 조각을 빼내 버리면서 "가슴에 한 손을 얹은 채" "자신의 일부를 잃어버린 듯 슬픈 표정"을 지었던 사실은, 언젠가 "왜 그렇게까지 했을까"라고 다시 물어져야 할 미래완료의 일인지도 모르겠다.

2024
김승옥문학상

김승옥문학상 취지

심사 경위 및 심사평

김승옥문학상 운영위원회

김화영 김선순 류보선 이기호

심사위원

김화영 권여선 권희철 김경욱 백지은 이승우 하성란

1960년대 한국 현대소설의 빛나는 한 정점을 보여준 작가 김승옥의 등단 오십 주년을 기념하여 그의 문학과 산문 정신을 기려 2013년 KBS순천방송국에서 제정한 문학상으로, 2019년부터는 순천시의 지원으로 문학동네가 새로이 주관하게 되었다.

김승옥은 1941년 일본 오사카에서 태어나 전라남도 순천에서 유년시절과 청소년기를 보냈다. 순천중고등학교를 졸업한 그는 1960년 서울대학교 문리과대학 불문과에 입학했다. 1962년 한국일보 신춘문예에 「생명연습」이 당선되어 문단에 첫발을 내디딘 순간부터 그는 즉각 한 세대의 젊은 감성과 미학을 대표하는 존재로 예외적인 빛을 발하기 시작했다. 같은 해에 동인지 『산문시대』를 펴내는 동시에 「환상수첩」 「건」을 발표, 1964년 「무진

기행」, 그리고 마침내 1966년 첫 창작집 『서울, 1964년 겨울』을 발표함으로써 '감수성의 혁명'이라는 찬사를 한몸에 받으면서, 1960년 학생혁명을 주도한 '4·19 세대', 그리고 일제 교육의 일환인 강제적 일본어 세례를 받지 않고 우리말로 정규교육을 받은 첫 '한글세대'의 상징이 되었다. 1965년 제10회 동인문학상 최연소 수상, 1977년 제1회 이상문학상 수상은 그 웅변적인 예이다.

앞선 세대의 무기력한 전후문학과 결별하고 "태초와 같은 어둠 속에서" 안개 속의 낭떠러지로 전 인격을 내던지며 그는 새로운 감수성의 촉수를 더듬어 "자기 세계", 즉 진정한 자아를 찾기 위하여 "죽음의 팻말을 새기며" 길을 떠났다(『산문시대』 창간사에서).

그의 대표작들은 대부분 1960년대 초반에 발표되었고 단편소설이 중요한 몫을 차지하지만, 암울하면서도 폭발적인 젊음의 세계를 그만의 감각적이고 개성적인 문체로 형상화함으로써 단숨에 우리 현대소설의 가장 정치하고 드높은 봉우리에 이르렀다. 그 압축적인 창조성으로 미루어 지극히 예외적으로, 작가의 생존 중에, 이 상을 제정한 의의 또한 예외적이라 하겠다.

김승옥문학상 운영위원회
김화영 김선순 류보선 이기호

김승옥문학상은 2019년부터 다음의 방식으로 심사해왔다. 전
년도 7월부터 해당 연도 6월까지 일 년간 발표된 단편소설 가운
데 등단 후 십 년 이상이 된 작가들의 작품을 심사위원들이 나눠
읽고 저마다 2편 내외를 추천한다. 본심부터는 심사위원장이 합
류해 추천작들 가운데 7편의 작품을 선정하며 그 가운데 최고의
작품을 대상으로 한다. 기성작가들에 대한 선입견을 배제하기 위
해 예심부터 작가들의 이름을 지운 블라인드 방식으로 심사한다.

올해 심사 대상작은 165편이었고 본심에는 12편이 올랐다. 심
사위원장 김화영 선생을 비롯해 문학평론가 권희철, 백지은 그리
고 소설가 권여선, 김경욱, 이승우, 하성란이 심사를 맡아주었다.

블라인드 심사라고는 하지만 발표될 당시에 이미 읽었기 때문
에 혹은 해당 작가만의 독특한 스타일이 너무나 잘 구현돼 있기

때문에 심사 대상작이 누구의 것인지 모를 수 없는 경우도 많다. 그러나 블라인드 심사를 표방한 덕분으로 작가를 모르는 채로 혹은 모르는 척하면서 과감한 선택을 하거나 신랄한 평가를 내릴 수 있었던 것도 사실이다. 그것이 수상 작가 명단을 매년 다채롭게 만드는 데 기여한 듯도 하다. 심사를 모두 마치고 수상 작가 명단을 확인하는 일이 심사위원들에게도 매번 흥미롭고 때로는 놀라운 일이었다. 김승옥문학상에서는 처음으로 조명하게 된 작가가 다섯 분(강태식, 반수연, 신용목, 이승은, 조경란)이나 있어 올해는 특히 더 기쁘고 반갑다.

*

강태식의 「그래도 이 밤은」을 두고 다음과 같은 의혹이 있었다. 한국인 작가가 한국어로 써놓은 이 소설은 도대체 무슨 연유로 미국인지 캐나다인지 모를 외국을 배경으로 해서 행크니 브라이언이니 하는 외국인들의 삶을 다루고 있는가, 불륜 관계로 보이는 아들의 데이트 현장을 목격한 것이 물론 당황스럽고 놀랄 일일 수 있겠지만 우아하지 못하고 소란스러운 일들도 많이 겪어왔을 일흔세 살의 은퇴한 트럭 운전수 행크가 고작 이 정도의 일을 가지고 이렇게까지 넋을 잃고 온종일 방황한다는 것은 한참 과장된 설정이지 않은가. 오래전 아들 브라이언이 아직 어렸을 때 찬장 위에 놓인 과자 바구니를 내리려다가 잘못 넘어지는 바람에 머리를 바닥에 부딪쳐 잠깐 의식을 잃은 적이 있었다는 사실이 얼마나 대단한 사고라고 이 무뚝뚝한 사나이가 아무때나 아무 장소에서나 맥락 없이 눈물을 흘리고 한밤중에 문득문득 잠에서 깨어나야 했다는 것인가. 그러나 토론이 계속되면서 심사위원들의 이런저런 감상들이 서로 짜맞춰지고 이 소설에 대한 하나의 독해가 완성된 뒤로는 그러한 의혹들이 더이상 결함이라고는 생각되지가 않았다. 차라리 그와 같은 의혹들은 표면에 쓰여진 것 이상을 읽어달라는 소설의 요구이거나 그 요구를 효과적으로 관철시키기 위한 장치로 이해됐다. 만일 행크의 어린 아들 브라이언이 의자에서 떨어져 다친 그 사소한 일로 잠시 정신을 잃은 것이 아니라 목숨을 잃었다고 한다면, 아들의 어처구니없는 죽음을 도저히 받아들일 수 없었던 행크가 그뒤로 시도 때도 없이 정신을 놓고 눈물을 흘렸으며 나중에 가서는 자신의 기억을 왜곡해 사고가 없었더라면 이제는 분가해 살고 있을 아들에 대한 환상과 함께 살아가고 있는 것이라면 어찌하겠는가? 마침 이웃의 누군가가 그 집 아들의 불륜 현장을 목격하는 불운을 겪었더라는 이야기를 전해들은 터라 행크가 그 불행한 타인의 이야기 속으로 들어가 감당할 만한 불행을 달콤하게 맛본 것이라고 한다면(아들이 도덕적으로 타락했다고? 그것참 근사한 일이겠다. 어쨌거나 그 아들은 살아 있다는 거잖아)? 행크의 이 왜곡된 그러면서도 절박한 심리적 현실에 독자들이 너무 빨리 감정이입해버리는 바람에 그것을 충분한 거리를 두고 관찰할 수 없게 되는 일을 피하느라 약간은 낯선 외국의 이름과 장소가 필요했다고 한다면? 일단 이렇게 보기 시작하자 이 소설의 세부가 온통 다시 다르게 읽히기 시작했다. 이와 같은 독해가 적극적인 독자에 의한 과잉 해석, 쓰이지 않은 것을 보충해서 읽어내기에 해당하는 것은 아닌가 하는 의견도 있었다. 하지만 설령 그렇다 하더라도 소설이 끝난 뒤 해결되지 않는 문제를 다시 돌아보고 싶게 만드는 강한 힘이, 그와 같은 복잡한 독해를 정당화하는 사납고도 절실한 뭔가가 이 소설에 들어 있다는 점에 대해서는 누구도 부인할 수 없었다. 서로 다른 의견들이 거칠게 충돌하고 그러는 바람에 심사위원들끼리 의가 상하는 일은 문학상 심사에서 흔한 일이지만 이번 심사에서처럼 여러 의견들이 모여 하나의 독해를 만들어가면서 심사 대상을 더 잘 이해하고 찬탄할 수 있게 된 것은 몹시 드물고 또 흥미로운 경험이었다.

다른 소설들과 마찬가지로 「양치기들의 협동조합」도 신랄한 비판을 면제받을 수는 없었다. 인물 형상화, 사건 전개, 관념의 진술 등 여러 면에서 이 소설은 어딘가 모르게 미숙하다는 인상을 주는 것이다. 우리에게 무엇인가 심각한 것을 전달해주고 있는 것은 분명하지만, 그것들이 잘 만들어진 하나의 이야기가 되는 데 별로 기여하는 것 같지 않았다. 우리 중의 누군가가 '이건 소설의 문장이 아닌 것 같다'고까지 말했던 것은 그와 같은 이유 때문이었을 것이다. 소설이라는 것이 워낙 잡식성의 장르인 탓에 거의 모든 산문 장르가 소설과 구별되기 어렵고 심지어 시와도 구별되기 어려울 때가 있다는 사실을 우리 중에 모르는 사람이 없었는데도 그와 같은 평가는 즉시 공감을 얻었다. 하지만 소설의 거의 끝에 가서 나오는 단순한 문장들은 어딘가 허술하고 막연해 보였던 이 이야기에 갑자기 '아주 진한' 구체성을 부여해줬던 것 같다. "5월 17일. 무 5개와 밀 10홉. 저녁은 밀을 갈아서 무와 함께 먹음" "9월 7일. 오랜만에 내린 비. 아이들을 위해 23알의 감자를 삶음. 성인들은 금식" "내 총에 당신이 맞을까 두려워요"와 같은 문장들은, 지극히 건조하게 또는 앞뒤 없이 서술되어 있기 때문에 빈틈이 많다고도 할 수 있겠다. 하지만 그 빈틈들은 이상한 마력으로 독자들을 끌어들여 그 속에서 뭔가를 캐내게 하고(소설 속에서 '나'와 얀이 어느 공동묘지에서 그렇게 했던 것처럼) 그런 방식으로, 이상한 말이지만, '암시적'이면서도 아주 진한 '구체성'을 빚어냈던 것 같다. 이를테면 이 무명씨들의 소박하고 평범한 삶은 역사의 격랑 속에서 너무 쉽게 짓눌리고 으깨지고 만다는, 그러나 압도적인 고난 속에서도 이 무명씨들에게는 끝까지 삶다운 삶을 살아내려는 연약하면서도 끈질긴 힘이 있었다는, 그 소박하고도 거룩한 삶의 숭엄함은 도굴이나 학살이나 뭐나 하는 행위로는 좀처럼 훼손시킬 수 없으리라는 생생한 느낌 같은 것을. 우리 중의 누군가가 '나는 이 글을 읽고 소설이 쓰고 싶어졌다'고 말하게 된 것이 그런 느낌에서 비롯된 것인지도 모른다. 심사가 끝나고 이 소설의 작가가 신용목 시인이라는 사실이 밝혀졌을 때 우리는 한편으로 깜짝 놀라기도 했지만 다른 한편으로 이 소설이 집요하게 이미지를 다루는 방식이나 허술한 듯하면서도 마력적으로 느껴지는 서술 방식 그리고 '이건 소설의 문장이 아닌 것 같다'는 느낌까지 모든 것이 납득되는 것만 같았다.

반수연의 「조각들」은 얼핏 순하고 부드러운 이야기로 읽힌다. 갈등하는 듯했던 부녀 관계가 결국에 가서는 존중과 화해로 마무리되는 이 이야기가 우리를 편안하게 해주는 면이 있는 것이다. 하지만 사랑하는 딸을 위해 자기 인생을 내던지다시피 한 이 중년남성이 이제 와서 자신을 버리는 것으로밖에는 보이지 않을 딸에게 함부로 원한을 투사하지 않고 이 낯선 존재(딸)의 낯섦을 받아들이려 안간힘을 쓰는 떨림의 순간에는, 그러는 와중에 자기도 모르게 새로운 인생을 열어가는 듯한 변화의 순간에는, 이것을 그저 순하고 부드러운 이야기로만 읽을 수 없게 만드는 뭔가가 있다. 재빨리 적응하지 않으면 생존이 위협받을 수도 있었던 낯선 캐나다 생활이라는 것은, 이를테면 학교에서 성인이 교직원 화장실을 이용하지 않고 학생 화장실에서 볼일을 봤다는 것만으로 아동 성추행범으로 간주될 수 있는, 그로서는 상상할 수도 없었지만 누군가에게는 너무나 당연한 생각과 느낌들로 질서 잡힌 세상에서 살아가는 일을 연습하는 일이 되어주었을 것이다. 그것이 이 중년남성에게는 너무나 고된 일이었지만 그 덕분에 이 남자는 딸이 아빠와 함께 만들었던 둘만의 세상을 부정하고 파괴하고 있는 것이 아니라, 아빠는 살아본 적 없는 세상, 아빠가 언젠가 살아보고 싶었던 세상, 사실은 애당초 딸이 살아줬으면 했던 세상으로 나아가는 중이라는 사실을 이해하고 받아들일 수 있었을 것이다. 그 덕분으로 그는 또다른 낯선 사람들과도 서투르지만 살아 있는 관계를 맺기 시작할 수 있었을 것이다. 딸에게 "아빠의 평화는 정의를 포기한 대가야"라고 핀잔을 들었던 그는 어느새 그런 말이 부당하게 느껴지는 새로운 인생으로 접어든 것 같다. 평소 은근한 차별과 따돌림을 받던 견습생 베리를 두고, '논바이너리'가 도대체 뭔지는 잘 모르겠지만, 그러니까 남자인 너는 여자가 되고 싶은 거냐는 질문을 가까스로 참아내면서, 여자도 남자도 아닌 어떤 인간을 상상하려 하지만 자꾸만 익숙한 두 개의 선택지 가운데 어느 한쪽으로 미끄러지고 마는 자신을 의식하면서, 딸의 이주를 돕느라 휴가를 내고 미국으로 와 있는 동안 자신이 없는 일터에서 베리가 곤란을 겪을지도 모른다는 사실에 마음 쓰여 서둘러 캐나다로 돌아가려 하면서. 어떻게 그런 일이 가능했을까? 그는 낯선 세계에 적응하려 애쓰며 자신에게 익숙한 것들을 부수고 조각내면서 살아야만 했으니까. 그에게는 몹시 고통스러운 일이었겠지만 그것을 그저 고통으로만 받아들이지 않고 그 조각들을 이용해 어떻게든 자기 삶의 새로운 균형을 만들어가는 중이었으니까. 목수가 된 후로 수평이 맞지 않는 걸 견딜 수 없는 사람이 된 그가 어디에나 나뭇조각들을 들고 다니며 균형이 맞지 않는 가구들의 수평을 맞추기 위해 그 조각들을 써왔던 것처럼. 순하고 부드러운 이야기인 줄로만 알았던 이 소설에 그런 섬세한 고려와 배치들이 있고 그것이 설득력 있는 '신생'으로 이어진다는 사실을 발견했을 때 우리는 반수연의 「조각들」에 설득될 수 있었다.

이승은의 「조각들」은 반수연의 소설과 제목이 같지만 물론 그 성격이 전혀 다르다. 반수연의 '조각들'이 삶을 끊임없이 수선하면서 새로운 균형을 맞춰가기 위해 필요한 목재 조각들pieces이라면 이승은의 '조각들'은 선망의 대상으로 간주되는 특별한 삶 혹은 예술로서의 조각품sculptures이면서 동시에 그것이 깨져나간 조각들fragments이다. 이야기는 이렇다. 입주 가사 관리사인 서경은 고용인인 정미 부부가 가족 여행을 간 사이 잠시나마 그 고급 주택의 삶이 자신의 것이라는 듯한 여유로움을 즐길 수 있었는데, 마찬가지로 며칠 비어 있는 이웃집에 영화 촬영을 위해 찾아온 젊은이들에게 서경은 의도치 않게 부유하고 고상한 집주인 행세를 하게 된다. 이 과정에서 자기 역할에 푹 빠져든 서경은 촬영에 꼭 필요한 소품이 없어 곤란해하는 젊은이들을 돕고자 진짜 집주인이자 조각가이기도 한 정미의 조각품을 빌려줬다가 분수를 모르고 중상류층의 인생을 넘본 벌이라는 듯 커다란 위기를 맞닥뜨린다. 부유하고 화목한 삶을 살지만 자신의 예술성을 아무도 알아주지 않기 때문에 무척 예민해져 있는 정미, 고상한 체하지만 무례하고 고압적인 고용인 정미의 조각품을 분실한 것이다. 서경이 집주인이 아니라는 사실이, 조각품을 허락 없이 함부로 쓰다 잃어버렸으며 그전에는 집안에서 골프를 치는 시늉을 해보다 값비싼 대리석 테이블 상판 모서리를 깨뜨려 조각냈다는 사실이 결국 밝혀지게 될지, 그렇게 된다면 그것은 어떤 경로를 통해서일지, 치러야 할 값은 무엇일지, 서경에게는 너무나 절박한 것일 이 불안한 상황들을 「조각들」은 정교하게 쌓아나간다. 그런데 이 정교함은 소규모 가정식 스릴러를 위해서만 발휘되는 것이 아니고, 물질적 풍요와 타인의 선망을 동시에 즐기고자 하는 '속물근성'과, 전세 사기와 같은 사회적 재난으로부터 자기 삶을 구제하고

330

그것을 자신이 욕망할 수 있는 것으로 가꿔나가려는 '삶의 의지'와, 타인의 잘못을 용서하고 그들의 사정을 살피려는 '선의'가 복잡하게 뒤얽혀 있는 서경의 마음을 관찰하는 데에도 십분 발휘되고 있다는 것이 우리에게 특별한 인상을 남겼다. 영화 촬영 다음 날 아직 사라지지 않은 고양감 속에서 자기 영감에 휘둘린 채 서경이 집주인 정미를 향해 "비관적인 사람도 멀지 않은 곳에 희망이 있다는 걸 알 수 있는, 성냥갑 하나 정도의 온기"에 대해 나직이 읊조리다가 느닷없이 "그런 게 있다고 믿으세요? 그런 순간을 만난 적 있으세요?"라고 외칠 때, 그것은 물론 진실을 숨기고 위기에서 벗어나려는 서경의 위선적이고 기만적인 술책에 지나지 않지만, 그래서 정미가 그 말에 감화되는 것은 코미디에 지나지 않지만, 바로 그 술책 속에서 의외에도 또다른 진실이 얼핏 드러나고 그것을 서경도 느끼며 급기야 자기가 한 거짓말에 스스로 넘어가 도취되는 듯한 그 장면의 강렬함은 쉽게 잊힐 것 같지 않다. 소설 속 '조각들'이, 예술적인 것으로 둔갑한 중상류층 속물들의 텅 빈 삶의 알레고리인지, 물질적 풍요에 의해서만 지탱되는 그 기만적인 고상함을 선망하는 밑바닥 인생들의 허술한 꿈은 반드시 깨뜨려져 조각나고 만다는 현실원칙의 상징인지, 그런 모든 것 안에 숨겨져 있는 누군가의 어떤 순간의 선하고 아름다운 마음의 파편들에 대한 암시인지, 간단히 판정할 수 없어 자꾸 곱씹어보게 된다는 것도.

*

　조해진의 「내일의 송이에게」는 세월호 참사 10주기에 발표된 작품이기 때문에 그만큼 뜻깊은 것이지만 그런 만큼 까다로운 기준을 갖고 보게 만드는 측면이 있다. 세월호 참사를 둘러싼 우리 사회의 여러 문제를 혹은 그 사건에 휘말려든 누군가의 삶을 본격적으로 다뤘어야 했던 것은 아닐까, 하는 식으로. 그런 관점에서 보면 이 소설은 세월호 참사를 비껴간 것인지도 모른다. 「내일의 송이에게」가 세월호 참사 당시의 상황을 보여주거나 그와 같은 비극적인 사건을 막을 수 없었고 여전히 바뀌지 않는 사회구조를 환기시키거나 진실 규명을 둘러싼 온갖 억압이나 유가족과 생존자들이 이후 긴 시간 동안 겪어야 했던 폭력과 부조리를 직접 관찰하고 있는 것은 아니기 때문이다. 하지만 우리가 해야 할 이야기를 특정한 방향으로 한정하는 것 자체가 세월호 참사에 대한 우리의 생각과 표현을 위축시키고 세월호 참사를 다른 다양한 맥락으로부터 고립시키는 일이 될 수 있다. 이 소설은 '고립'과는 반대의 일을 한다. '송이'는 넓은 의미에서의 참사 생존자 가운데 한 사람이지만 세월호 참사가 혹은 그 때문에 잃게 된 친구의 존재가 그의 인생을 결정할 수 있을 정도로 그의 삶이 단순한 것으로 그려져 있지 않다. 이 소설은 송이의 삶을 누추함 속에 가둬놓고 있는 다양한 맥락을 조금씩 건드리면서 그런 맥락들 속에 세월호 참사 또한 자리잡게 한다. 그와 비례해서 송이는 세월호 참사에서 오는 고통과 슬픔 속에만 갇혀 있지 않고 그 안에 홀로 있지도 않다. 이 소설은 송이가 직장 근처에서 떠돌이 개를 만나게 하고 그 개를 돌보는 와중에 오래전 복지관 공부방에서 함께 지냈던 친구 장훈과 재회하게 하고 장훈이 송이에게 먼저 말 걸어왔듯 혼잣말을 중얼거리며 끊임없이 걸어다니는 중년여성에게 송이가 먼저 말 걸게 한다. 그렇게 해서 송이의 고통과 슬픔은 다른 고통과 슬픔들과 만나고 그 만남을 통해 타인의 삶과 접촉하고 거기서 다른 감정이 생겨나고 그래서 이제 그 고통과 슬픔은 망각되지 않은 채로 다른 것이 되어가는 중이다. 미친 것으로 간주되는 중년 여자가, 눈물로 온통 얼굴이 젖어 있는 이 여자가, 자신에게 말 걸어오는 송이에게 "너, 왜 울어?"라고 물었을 때, 송이는 사실 울고 있지 않았지만 저 미친 여자의 질문이야말로 진실을 말하고 있지 않은지, '내가 얼마나 슬플 수 있는지 실험하느라고 세상이 날 갖고 놀고 비웃고 있다는 것을 너도 알기 때문에 우느냐?'고 묻는 그 미친 여자에게 송이가 '나도 그 실험에 대해 들어봤다'고 거짓으로 답했을 때 거기에도 역시 모종의 진실이 담겨 있지 않은지, 송이가 여자에게 눈물을 닦으라고 냅킨을 주고 냅킨을 건네받은 여자가 송이에게 "얼른 집에 가서 밥 먹어"라고 맥락 없는 소리를 할 때 그 맥락 없는 소리야말로 슬픔끼리의 만남에서 솟아난 슬픔은 아닌 말, 꼭 필요한 말이 아닌지, 그런 생각들을 이 소설은 피해갈 수 없게 만든다. 그러한 만남과 감정의 굴절이 있었기 때문에 송이가 예전에는 진입이 불가능한 것처럼 느꼈던 터널 너머로 가는 자신의 모습을 상상하는 장면이 설득력을 얻을 수 있었을 것이다. "그곳에서도 사람들이 살아가고 있으며 누군가는 연애를 하고 결혼을 약속한다는 것"을 확인하고 그 사실 속으로 들어가게 되리라고 예감하는 장면이. 아직은 예감이지만 그것이 틀림없이 현실화되리라는 점을 가리키기 위해서 이 소설의 제목은 '송이에게'가 아니라 '내일의 송이에게'가 되어야 했던 것일까? 더이상 '오늘은 4월 16일입니다'라는 말을 반복하지 않고 그다음의 날짜를 말하고 살아갈 수 있으리라고 기원하면서? 그런 내일이 아직도 오지 않았다면 아직도 더 많은 만남과 연결이 필요한 것이라고 설득하면서?

안보윤의 「그날의 정모」를 두고 우리 중의 누군가는 '이번 심사에서 만난 작품들 중에 목소리의 전압이 가장 높은 소설'이라고 했다. 그와 같은 평가에 우리가 금세 수긍할 수 있었던 것이 정모와 연수 남매가 너무나 고통스러운 상황 속에 몰아넣어졌기 때문만은 아닐 것이다. 그 둘이 서로를 이해하거나 지켜주려고 안간힘을 쓰며 다양한 방식으로 절박해지는 마음을 소리 높여 외치고 있기 때문만도 아닐 것이다. 이 소설은 평범한 사람들은 물론이고 전문가들조차 근거 없는 관념들에서 자유롭지 못하고 '비정상'으로 판정되는 사람들과 그 주변인들이 마땅히 취해야 할 태도가 있다고 함부로 가정해버리기 때문에 그들에게 시혜적이면서도 난폭하게 굴고 그들을 어딘가 보이지 않는 곳으로 격리시키고 싶어한다는 사실을 보여주면서, 정신질환을 앓는 사람이 아니라 이른바 '정상인'을 자처하는 사람들이야말로 타인에게 위험한 사람일 수 있다는 사실을 보여주면서, 우리를 분노하게 만든다. 그리고 그에 앞서 비정상으로 규정되는 정모가 어떻게 자신만의 세계를 구성하고 또 그 세계에 대응하기 위해 어떤 시나리오를 만들어가고 있는지 그 시나리오가 어떤 복잡하고 섬세한 논리를 갖추고 있는지를 이 소설은 공들여 관찰하고 표현한다. 정모의 그 독특한 세계가 다른 무슨 사회적 효용이 있어서가 아니라 함부로 침범되어서는 안 될 섬세한 복잡성을 지니고 있다는 사실 그 자체가 우리를 탄복하게 하고 그런 정모가 치료나 혐오의 대상이 되어야 한다는 것이 우리를 몹시 안타깝게 한다. 하지만 「내일의 정모」는 이런 설명들보다 조금 더 나간다. 이 소설은 폭력적인 가해자(정상인)와 취약한 상태에 놓인 피해자(비정상인)의 구도로 매끄럽게 정리돼 있지 않은 것이다. 상상력이 풍부한 여느 어린이들의 공상과 발병 이후의 정모의 시나리오는 간단히 구분될 수 없다. 정모를 보호하기 위해 연수가 취했던 행동들은 정모를 향한 집단적 폭력의 리듬에 빨려들어갔거나 그런 리듬들을 결집시킨다. 부모들은 정모와 함께 살아야 하는 고통을 면제해주려고 연수를 다른 지역의 기숙학교로 보내려 하지만 그와 같은 조치가 연수에게는 미치지 않았기 때문에 버림받는 것처럼 느껴진다. 정모의 시나리오에 따르면 연수가 정모를 보호한 것이 아니라 정모가 연수를 보호해왔던 것이므로 그 둘이 떨어져 지내게 된 지금 정작 곤란해진 것은 정모가 아니라 연수다, 기타 등등. 요점은 가해와 피해, 정상과 비정상, 도움을 주는 사람과 받는 사람 등의 안정적인 그러나 지나치게 단순한 구도를 교란시키면서 이 소설이 아니었더라면 우리가 찬찬히 들여다보기 어려웠을 해결 불가능한 곤혹스러움을 「내일의 정모」는 우리에게 보도록 강제한

다는 것이다. 우리를 감전시키는 듯한 이 소설의 강력한 전압은
거기서 온다.

*

　도대체 어떻게 그런 일이 벌어진 것인지는 모르겠지만 조경란
작가가 김승옥문학상에 이름을 올린 것은 이번이 처음이다. 그
러나 그가 써낸 소설에 합당하게도 이번에는 대상 수상자가 되
었다.
　조경란의 「그들」은 촘촘한 소설이다. 촘촘함? 그러니까 한 편
의 소설이 다루기에는 너무 많은 요소를 끌어들이고 있다는 것
인데, 예컨대 이 소설은 이태원 참사를 본격적으로 다루지 않으
면서도 그것을 막연한 배경 같은 것으로 처리해버리지 않고 다
른 사람들이 밀치면 손쉽게 압박되고 쓰러질 것만 같은 사람들이
있다는 느낌, 그 자신이 누군가를 짓누르게 될 것만 같다는 불안
한 느낌으로 때로는 희박하게 때로는 농도 짙게 채워져 있다. 그
런데 그것은 노인 우울증을 앓는 어머니가 자살해버릴지도 모른
다는 불안에 시달리며 그런 어머니를 보살펴야 하는 의무에 짓눌
려 자기 욕망을 돌보는 일에 대해서는 땅띔도 해볼 수 없는 종소
의 느낌과 얼마나 가깝고 또 먼 것일까. 자신의 삶의 조건들 속에
서는 살아 있다는 아무런 실감을 느끼지 못한다는, 남편이나 친
구들에게도 털어놓지 못하는 속내를 십 년 전 연락이 끊긴 '선생
님'에게 문자메시지로 토로했다가 그 메시지가 엉뚱한 사람에게

가는 바람에 모르는 누군가가 자신의 비밀을 알고 그것을 약점삼아 찾아와 무서운 일을 벌일지도 모른다는 영주의 불안은, 또 그 불안에 너무나 생생한 근거를 부여하는 현실에서의 여성혐오 범죄는, 제대로 된 채용 절차를 거치지도 못하고 복마전 같은 교수 임용 과정에서 밀려나 이제 생계를 걱정해야 하는 처지가 된 종소의 어려움은, 그 모든 갑갑한 상황을 잊어버릴 수 있기를 소망하다가 대학에서 자신을 부당하게 쫓아낸 원흉으로 생각되는 최 교수를 찾아가 그가 두려움을 느끼게 만들고 싶어하는 종소의 욕망은, 여차하면 자신의 삶에서 가출해버릴 것이라는 듯 늘 캔버스 가방을 챙겨들고 다니면서 별것이 들어 있지도 않은 그 가방을 뒤집어 거기에 뭐가 있는지 보여주고 싶어하는(하지만 누구에게?) 영주의 욕망은, 또 서로 얼마나 가깝거나 먼 것일까. 이렇게 나열해놓으면 그저 복잡하고 산만하게만 느껴지는 이 과밀한 요소들을 그러나 조경란은 경탄할 만한 솜씨로 엮어 섬세한 질감을 만들어냈다. 조경란의 그 촘촘한 내러티브 속에서 종소와 영주 각자의 사소한 일상의 순간들은 무의미한 파편들로 흩어져 제 자리에 가만히 고립되어 있지 않고 서로를 향해 밀려들고 뒤얽혀 의미심장한 뉘앙스를 빚어내는데 그것은 두 사람 각자의 내밀하고도 고유한 열정에서 비롯되는 것이기도 하지만 동시에 그 열정은 두 사람의 우연한 만남과 뒤엉킴이라는 독특한 무늬에서만 촉발되는 것이기도 하고 거기에는 두 사람뿐만 아니라 우리 모두가 함께 겪고 있는 사회적 현실에서 오는 리듬이 새겨져 있으며 또 그 리듬 위에는 그에 대한 개인들의 작은 응답들 또한 덧입혀져 있다. 고요하고 잔잔한 것처럼 보이는 표면 아래에서 그토록 다양한 차원의 너무 많은 요소가 뒤엉켜 폭발할 듯 부글거리고 있는「그들」의 질감은 그 자체로 우리 시대의 삶에 대한 진실한 표현이 되고 종소와 영주를 그들이 갇혀 있는 무기력과 무감각에서 풀어주면서 우리 독자들에게도 삶에 대한 의욕을 자극하거나 되찾아준다. 이 투명한 문장들의 연쇄 속에서, 사실상 아무런 사건도 일어나지 않는 이야기를 가지고, 그토록 뜨겁게 부글거리는 주름 많은 커다란 물결을 만들어냈다는 것이 놀라웠다. 그러나 그것은 무슨 현란한 문학적 장식물 같은 것이 아니고 삶에 대한 정직하고도 탁월한 관찰에서 비롯된 표현일 것이다. 소설가는 이야기꾼이기 이전에 삶에 대해 정직하고 정확한 문장들의 세공사이며 그 세공된 문장들을 배열하고 재배열하는 작곡가여야 하는 것은 아닌지, 그렇게 만들어진 섬세한 텍스트의 질감을 통해서가 아니고서는 표현하거나 느낄 수 없는 진실한 이야기가 있는 것은 아닌지 생각하게 된다. 적어도「그들」을 읽는 동안에는 그렇게 된다. 그것이 이 작품을 올해의 김승옥문학상 대상 수상작이 되게 했다.

김화영 권여선 권희철 김경욱 백지은 이승우 하성란
(대표 집필 권희철)

김승옥문학상 수상작품집

2024 김승옥문학상 수상작품집
ⓒ조경란 신용목 조해진 반수연 안보윤 강태식 이승은 2024

초판인쇄 2024년 10월 4일
초판발행 2024년 10월 10일

지은이 조경란 신용목 조해진 반수연 안보윤 강태식 이승은
책임편집 이재현 | 편집 서유선 임고운 방원경 정민교 김봉곤 김영수 강윤정
디자인 엄자영 유현아 | 저작권 박지영 형소진 최은진 오서영
마케팅 정민호 서지화 한민아 이민경 왕지경 정경주 김수인 김혜원 김하연 김예진
브랜딩 함유지 함근아 박민재 김희숙 이송이 박다솔 조다현 정승민 배진성
제작 강신은 김동욱 이순호 | 제작처 영신사

펴낸곳 (주)문학동네 | 펴낸이 김소영
출판등록 1993년 10월 22일 제406-2003-000045호
주소 10881 경기도 파주시 회동길 210
전자우편 editor@munhak.com | 대표전화 031) 955-8888 | 팩스 031) 955-8855
문의전화 031) 955-2696(마케팅) 031) 955-1920(편집)
문학동네카페 http://cafe.naver.com/mhdn
인스타그램 @munhakdongne | 트위터 @munhakdongne
북클럽문학동네 http://bookclubmunhak.com

ISSN 3022-022X
ISBN 979-11-416-0127-0 03810

www.munhak.com